KB276147

봉구삼촌

세상에서 가장 무서운 건 물,
그 중에서 가장 무서운 건 은서의 눈물
.
.
.

은

서

의

은서에

은서에 의한

은서를 위한 삶이

인생의 전부인 바보

삼촌 봉구의 바보 사랑.

한없는 믿음이 이루어 낸

기적과 같은 약속…

1

비밀...

사극에 나오는 털복숭이 산적 두목만큼 걸걸한 목소리가 교실 뒷문을 통해 귓가로 흘러들었다. 미향이었다. 인구 5만의 소도시 남해군 내, 전교생 357명인 남해 여중 안, 3학년 전체 122명 중에서 저만치 거대한 울림통의 주인공이 손.미.향이란 사실은 본인 외엔 모두가 능히 짐작했다. 해서 몇몇 엎드려

자다 놀란 아이들 외에는 굳이 고개를 돌리거나 수근 거리는 이는 없었다. 다들 옆집개가 짖는 냥 무심히 하던 일을 할 뿐이었다. 다가선 미향이 신주단지 모시듯 품에 안은 두 개의 보온도시락을 조심히 책상 걸이에 걸었다. 급식을 하는데도 불구하고 밥 먹고 돌아서면 배고픔을 호소하던 미향이기에 도시락은 교과서보다 오백배는 중요한 등교 필수품이었다.

"아이, 무거워.."

애지중지 하던 도시락과는 대조적으로 책가방은 돌덩이 던지듯 책상에 냅다 던진 미향이 나의 어깨를 향해 큼지막한 팔뚝을 얹었다.

"아무래도 우리 전생에 부부의 연이 아니었나 몰라. 자그마치 3년 내내 같은 반이라니... 큭큭큭... 기분이다. 일루 와! 특별히 이 언니 젖 동산에 안길 기회를 줄 테니까."

말처럼은 못돼도 학교 뒷동산은 족히 돼 보이는 봉긋한 가슴을 향해 나를 끌어 당겼다. 이어 순대만큼이나 두툼한 입술을 똥꼬처럼 모으며 달려드는 모양새를 보노라니, 오지랖 넓게 훗날 이년의 낭군 될 남자가 불쌍해졌다.

"아따, 징그럽게 와 이라노."

"어허, 어디서 앙탈을... 이리 와!"

밀치는 나의 목을 향해 냅다 종아리만큼이나 굵다란 팔뚝이 뱀이 똬리를 틀 듯 감싸 들어왔다.

"켁켁.."

제 나름의 애교가 나에겐 생사를 넘나드는 사경의 헤드록이었다.

16살이라고는 믿기지 않을 육덕진 C컵 몸매의 미향이는 역도부였다. 그리고 또 하나 믿기지 않는 건, 이 와일드한 중학생이 서울에서 전학 온 아이라는 사실이었다. 적어도 내가 아는 서울 사람은 하얀 피부에, 가냘픈 몸매에 더해 새침데기 같은 말투가 기본이라 여겼었다. 한데, 미향이는 그 모든 걸 전부 뒤집은 서울 돌연변이였다. 비닐하우스 안에서 살았는지 직사광선을 잔뜩 받은 듯한 그을린 얼굴은 그렇다 치더라도 통무우를 뻥튀기 기계에 넣고 튀긴 것 같은 통짜 몸매며, 경로당에 모인 할머니들 못잖은 맛깔지고 구수한 입담만은 도저히 받아들일 수가 없었다. 그나마 서울말을 쓰지 않았다면 백내장 있는 할머니들의 흐릿한 촛점으로도 이곳 토박이로 보여 질 아이였다.

"그나저나 우리 담탱이는 누굴까?"

"그러게 설마 피바다는 아니겠지?"

대화에 끼어든 정화가 다들 속으로 쉬쉬하던 폭탄발언을 발포했다.

"야, 야! 퍼뜩 취소하고 바닥에 침 세 번 뱉어라!"

피바다란 말에 소름이 돋아 얼른 취소를 촉구했다. 하필 하고 많은 쌤들 중에 피바다를 상상하다니... 생각만으로도 온몸에 소름이 돋았다.

"취소, 퉤! 퉤! 투.."

스스로 망발을 인정한 정화년이 세 번째 침을 뱉으려는 찰라 드르륵 문이 열렸다. 평소 없던 선견지명에서 우러난 설마의 눈빛으로 앞문을 응시했다.

피바다였다!!!

그의 등장을 눈에 담은 모든 아이들의 눈빛이 일순간 굳었다. 더불어 몸 또한 직각으로 꼿꼿이 굳었다. 나 역시 우리집 '대견이' (참고로 우리집 똥개 이름)의 영역 표시구역인 뒷 텃밭 허수아비처럼 사지가 굳었다. 부디, 제발 피바다만은 피하기를 바랐건만... 여하튼 정화 저년의 입이 항상 문제였다. 전교생이 모두 피하고 싶어 하는 피바다...

성명 : 김환갑

나이 : 35세

담당과목 : 영어

직위 : 학생 주임

특기 : 자술 (30센치 자를 이용한 손톱가격, 정수리 가격 등의 각종 타격술)

취미 : 각종 체벌 연구

특이사항 : 학사 장교 출신으로 항상 군대식 어투를 사용함.

하필이면 하고 많은 쌤들 중에 그가 담탱이라니...

앞으로 펼쳐질 험난한 여정에 생각만 해도 피가 마르고 뇌의 주름이 쪼그라들었다. 평소 기분 내킬 때만 가는 교회였지만 중학교 입학 후 송구영신 예배만은 빼먹지 않았었다. 그리고 기도 제목은 언제나 같았었다.

  "제발 피바다만은 피하게 해주소서."

 기도 덕택인지 지난 2년간은 무사히 피해갈 수 있었는데...

막바지에 왕 벼락 맞은 기분이었다. 이번 송구영신 예배를 마다하고 진주로 슈퍼 쥬니어 오빠들을 보러간 것이 뒤늦게 후회의 쓰나미로 몰려왔다. 그리고 그 원망의 불똥은 정화를 지나 어렵사리 콘서트 티켓을 구해 함께 가자고했던 미향이의 볼따구로 향했다.

  "너, 일어나!"

 피바다가 첫줄 가운데 책상에 앉은 어리숙한 뽈테를 향해 30센티 자를 들어 가리켰다. 우리는 그 30센티 자를 피자(피바다의 동반자)라 불렀다. 두리번거리던 뽈테의 정수리를 향해 날을 세운 피자 두 판이 날아들었다.

“어딜 봐, 너, 너 말이야! 이름이 뭐야?”

머리를 매만지며 뽈테가 자리에서 일어났다.

“강하지입니더..”

이름을 듣고는 여기저기서 키득 소리가 새어 나왔다.

“다음 주 반장 뽑을 때까지 니가 임시반장이다.”

“제.. 제가예?”

“뭐해, 인사 안하고!”

강하지의 말을 딱 잘라 갈아 마시며 피바다의 무미건조한 호통이 이어졌다.

“차.. 차렷, 경례!”

머리를 조아리는 나의 시야로 책상 모퉁이에 깨알같이 적힌 붉은색 문구가 새겨 들어왔다.

‘이 자리에 앉는 사랑하는 후배에게 피바다를 담탱이로 맞이하는 저주가 내릴지어다. ^^’

“이런 제기랄..”

“누구야! 중얼거리는 놈이!”

“지금까지 테레비에서 자살하는 사람들 얘기 나오믄 미쳤다꼬 생각했는데.. 와 그러는지 백 프로 이해가 간다. 당장 내일부터 피바다 얼굴 볼 생각하니 으으으...”

끔찍한 악몽을 꾼 듯 말끝을 맺지 못하고 정화가 고개를 내저었다. 나란히 팔짱을 끼고 가던 나와 미향이 역시 공감 천배의 심정으로 인상을 구겼다.

“여하튼 니 입이 웬수야!”

미향이가 정화의 저주받은 입술을 노려보며 원망을 내뱉었다.

"아따, 웬 사람이 저리 많노?"

못내 미안했던 정화가 얼른 시내버스 터미널 앞을 가리키며 화제를 돌렸다. 터미널 앞은 오일 장날을 맞아 읍내로 나왔던 사람들로 북적였다.

"내일 보자."

군청 앞 사거리에서 식육 식당을 하는 부모님에게 들리기 위해 미향이 작별인사와 함께 돌아서 갔다. 정화와 함께 터미널 앞에 도착하고 얼마 지나지 않아 대기하고 있던 버스 앞으로 라이방을 낀 채 머리엔 무스를 발라 잔뜩 힘을 준 기사가 다가와 잠겨 있던 문을 열고 버스에 올랐다. 뒤이어 대기하고 있던 사람들이 우루루 자리를 잡기 위해 버스 위로 몰려 올라갔다. 정화와 함께 중간쯤 줄을 서 있다 올라 탄 버스 안은 이미 빈자리라고는 눈 씻고 찾아도 보이지 않았다. 뒷문을 경계로 앞쪽을 장악한 나이 드신 어른들을 피해 그나마 한산한 뒤쪽으로 가서 자리를 잡고 섰다.

"장에 왔더나?"

"예, 장거리 볼 거 있던교?"

"비싸서 뭐 살끼 없드라. 만 원짜리 한 장 갖고는 자반 한손도 못 사니.. 올라도 너무 올랐다."

"그러게요. 저도 제사 장거리 보는데 뭐 집어 들기가 겁납디더."

대다수가 노약자들이다 보니 서로 왕래가 힘든 터라 시골 버스 안은 언제나 이산가족 상봉만큼이나 떠들썩했다.

"장에 오셨던교?"

잠시 후, 두 연세 지긋한 아줌마의 대화에 꼬리를 물며 뒤늦게 버스에 오른 또 다른 아줌마가 인사치레와 함께 대화에 끼어들었다.

"그래, 뭐 장거리 볼 거 있더나?"

"아이고 말도 마이소, 비싸서 뭐 살끼 있어야지예. 만 원짜리 한 장 갖고 명태 서너 마리도 몬 사니.."

"장에 왔더나."

"예, 행님."

"뭐 장거리 볼 꺼 있더나?"

그렇게 메아리가 울리듯 버스 위로 새로운 탑승자가 등장 할 때 마다 반복된 대화가 이어졌다.

"자, 자 다들 요금 준비 하이소!"

귀가 잘 안 들리는 노인들을 위한 배려의 일환으로 외침에 가까운 안내 멘트를 날린 기사가 철제 요금통을 들고 자리를 다니며 요금을 거뒀다. 잠시 후, 요금을 거두고 운전석에 앉은 기사가 룸미러를 바라보며 출발을 알렸다.

"버스 출발 합니더."

기사의 말에 손잡이를 움켜잡자 경운기 엔진만큼이나 거친 쿨럭임과 함께 시동이 걸렸다.

"나는 고등학교 실업계로 가기로 했다. 미용학교 가서 졸업하고 미용실 차릴 끼다."

뜬금없이 정화가 별로 궁금하지도 않은 자신의 미래 계획을 늘어놓았다.

"그래, 잘됐네."

행여나 반사적으로 질문을 물어올까 최대한 무뚝뚝하게 대꾸했다.

"니는?"

- 여하튼 이년의 눈치 없음은 대한민국 최강이다.

"나? 글쎄.. 아직은 생각 안해봤다."

"그래도 기본적으로 뭔가 있을꺼 아니가?"

- 끈질기기까지 한 년…

"작가.."

어차피 답을 해야 끝이 날 것 같아 내심 생각하고 있던 바람을 흘리듯 답했다.

"이야, 멋지네! 근데 어떤 작가? 소설가, 시인, 아니면 드라마 작가.. 뭐 어떤 쪽?"

- 어휴~ 물귀신 같은 년..

"동화 작가."

속내 긴 한숨을 쉬고는 태연스레 답했다.

"오호~ 이거 결혼하믄 친구덕에 애 동화책은 무상 공급 받겠는데.. 그래, 뭐 어떤 장르의 동화 쓸 건데? 우화? 아니믄 환타지..? 뭐? 뭐?"

- 참자! 참자! 참자!

머릿속으로 참을 인(忍)을 수십 번 새기는 사이 버스는 나의 주거지인 향월리로 접어들고 있었다.

"빵~ 빵~"

언덕배기 코너를 돈 버스가 도착을 알리는 경적음을 울렸다.

"어, 저 미친놈 또 따라오네?"

차창 밖을 바라보던 정화가 토끼눈을 하고 소리쳤다. 따라 옮긴 차창 밖 시선으로 똥꼬가 끼일 정도로 한껏 치켜 올린 배바지에 누런 이를 드러내며 실실거리는 모양새가 누가 봐도 딱 정신줄 놓은 사람이 버스를 향해 손을 내흔들고 있었다. 거기다 한손에 꼭 쥔 츄파춥스가 바보임을 더욱 강력히 증명했다.

"혹시 해꼬지 할지도 모르니 조심해라."

"그럴 일 없으니 걱정 마라."

“애 봐라, 미친놈이 달리 미친놈인 줄 아나? 저렇게 순하게 보이는 미친놈이 더 무서운 기다. 그라고 가만히 보믄 항상 니한테 발맞춰 쫓아온다 아니가? 저, 저 봐라! 지금도 니 보고 쪼갠다 아니가! 암만해도 니한테 꽂힌기다.”

- 여하튼 저 인간, 나오지 말라고 귓구멍 막히도록 일렀건만...

눈앞에서 세상 해맑음의 대표주자 마냥 한없는 미소와 함께 사람들에게 본의 아닌 즐거움을 주고 있는 그는 다름 아닌 내가 세상에서 가장 싫어하는 사람 1순위, 제발 내 눈 앞에서 사라졌으면 하는 사람 역시 1순위인 그 무엇도 절대 닮고 싶지 않은.. 나의 삼촌 오봉구였다.

“어, 저 미친놈.. 손 흔든다. 손 흔들어..”

“그만 좀 해라, 듣는 미친놈 기분 나쁘겠다.”

“???, 미친놈을 미친놈이라카지 뭐라 부르노?”

“그야.. 어, 문 열렸다. 내일 보자.”

다행히 구원의 뒷문이 열리며 절실히 헤어나고 싶은 나를 위기에서 구해줬다.

“응.. 응서야~”

버스에서 땅바닥으로 발을 내딛기가 무섭게 등 뒤로 외침이 들려왔다. 소리에 거리 폭을 가늠해가며 붙잡히지 않기 위해 최대한 바삐 걸음을 옮겼다.

“응.. 응서야, 응서야~”

들려오는 소리와 함께 뿜어져 나온 후덥지근한 삼촌의 입김이 목덜미로 느껴질 때쯤 버스가 코너를 돌아 사라졌다.

“나오지 말랬제! 아는 체도 말랬제! 도대체 몇 번을 말하노?”

짜증과 함께 나무라듯 노려보며 삼촌에게 소리쳤다.

“몇 번? 음.. 백 번 오십 번하고 다섯 번 더!”

손가락으로 수를 표시해 가며 삼촌이 미소와 함께 대답했다.

“어휴, 내가 말을 말아야지..”

“응서야~ 이거 니가 좋아하는 죽빵줍스! 이.. 이거 묵고 있으믄 어.. 엄마 온다. 응.. 응서 엄마 온다...”

과거 날 버리고 간 엄마가 한 말에 대한 기억의 잔재 탓인지 삼촌은 항상 나에게 츄파춥스를 건넸다.

“쫌! 삼촌! 제발 쫌!!!”

지구의 자전에 발맞춰 매일매일 반복되는 지긋지긋한 삼촌의 행동에 타들어간, 속에서 끓어오르는 화의 열기를 담아 삼촌을 얼굴에다 대고 하소연 하듯 소리쳤다.

“멍~ 멍~”

분위기도 모르고 삼촌을 뒤따라 나섰던 대견이가 눈치 없이 반가움의 꼬리를 흔들며 다가 와 짖었다. 참고로 대견이라는 이름의 의미는 대견해서가 아니라 그냥 개가 크다고 할매가 큰개라 부르던 것을 내가 그나마 세련되게 대견(大犬)이라고 바꿔준 것이었다.

“저리 안가나, 콱!”

분명 이 나라는 자유민주주의 국가인데도 불구하고 나에겐 공산국가만큼이나 많은 간섭에 숨이 막혔다. 하물며 오늘따라 반갑지 않은 저 놈의 개마저 덩달아 날 귀찮게 했다.

대문을 들어서는 찰라 뒤따라온 대견이가 나의 다리를 핥았다. 넘쳐나는 짜증지수를 모아 녀석의 복부를 걷어찼다.

“깨갱~”

“이년아, 좋다꼬 반기는데 와 그라노!”

대견이의 비명소리에 수돗가에서 연신 빨래 방망이질을 하던 할매가 돌아보며 버럭 소리쳤다.

"아이씨, 몰라! 전부 다 꼴 뵈기 싫다!"

"꼴 뵈기 싫으믄 나가던가."

"할마씨이 말하는 거 하고는.. 그기 하나뿐인 손녀한테 할 말이가?"

"내가 틀린 말 했나? 니 입으로 꼴 뵈기 싫다매."

집안 내력인지 말 안 통하기는 이분도 마찬가지였다. 어쩌다 이런 집안의 혈통으로 태어났는지 언제나 딱 이 시간만 되면 새삼 하늘을 향해 원망 섞인 넋두리를 하게 된다. 그리고 그 엔딩은 앞으로 몇 초 뒤 나타날 해맑은 캔디맨의 등장과 함께 대단원의 막을 내릴 것이다.

"응.. 응서야~ 이거, 니 좋아하는 죽빵쥽스, 죽빵쥽스~"

"안 먹어!!!"

"안녕하세요, 밤으로 가는 기차에 승무원 정유미입니다. 새록새록 피어난 봄기운이 어느새 우리들 마음속에도 어여쁜 싹을 틔웠네요. 지난 겨울 유난히 추위에 몸서리 떨었던 탓일까요, 유달리 반가운 봄을 맞이하며 밤으로 가는 기차 출발합니다."

언제나 들어도 포근한 목소리였다. 하긴, 그러니까 DJ를 하는 거겠지만...

이리 저리 둘러봐도 답답이요, 요리조리 살펴봐도 암울한 나의 환경에 유일한 안식처가 되는 시간이 바로 지금이었다. 평균 연령 65세, 총가구수 12가구의 구석진 시골마을 향월리는 9시 뉴스가 끝나면 강제 소등이라도 하듯 일제히 불이 꺼졌다. 물론 우리집도 다를 바 없었다.

"야, 이년아 전기세 나온다, 내일 비온다카이 우산이나 챙기고 퍼뜩 불 끄고 자라!"

날씨를 확인한 할매의 굿나잇 잔소리가 취침 전 마지막 울림이었다.

"피이, 전기세 나와 봐야 얼마나 나온다꼬..."

"삼만 이천 원 나왔다, 이년아!"

할매의 초능력급 청력을 깜박하고 중얼거린 소리에 이내 화답의 잔소리가 들려왔다. 더 이상의 소모전이 싫어 일어나 불을 껐다. 그와 동시에 들려오는 두 모자간의 서라운드 입체 코골이 향연.

"드르릉~ 크르릉~"

자리에 누워 코골이 소리에 유미언니의 목소리가 묻히지 않게 살짝히 볼륨을 높였다.

"어제 공지해 드린 대로 잠시 후 2부에서는 특별 게스트로 씨엔블루에 정용화씨가 나오실 겁니다. 보이는 라디오로 진행 할 예정이니 채널 사수해 주세요. 오늘 첫 곡은 가장 먼저 입장하신 아가페님이 신청하신 사랑비입니다."

언니의 멘트가 끝나자 급 우울해졌다. 난 즉흥적인 신청곡도, 보이는 라디오도 감상할 수 없는 처지였기 때문이었다. 컴퓨터도 없지만, 무엇보다 시장경제 논리에 의해 수지타산이 맞지 않는다는 이유로 우리 동네엔 인터넷이 들어오지 않았다. 한마디로 나에겐 그림의 떡이요, 밧데리 없는 스마트폰이었다. 눈 뜬 장님이 따로 없었다. 그래서일까 지난 신체검사 때 시력하나는 전교 짱 먹었었다.

"아, 맞다. 우산!"

버스에 오르자 그제서야 떠올랐다. 하지만 이미 버스는 문을 닫고 출발 하고 있었다. '아저씨, 내려주세요.'라고 말하고 싶었지만 입이 떨어지지 않았다. 상목오빠가 저만치 뒷자리에 있는 걸 발견했기에 차마 그럴 수가 없었다.

이.상.목!

2년 넘은 나의 사랑이다.

엄격히 말해 817일간 이어지고 있는 짝사랑이었다. 오빠와의 첫 만남은 중학교 입학 후 첫 등교를 하던 날, 버스 안에서 이루어졌었다. 짜파게티의 진갈색만큼 적당히 그을린 피부에 쌍꺼풀 없이도 큰 눈, 텐트를 쳐 놓은 듯 오똑한 콧날, 그리고... 키스를 부르는 도톰한 입술... 게다가 이미 프로팀에서 졸업하기만을 기다리고 있는 장래가 촉망받는 축구선수였다. 두말할 것 없이 남해 최고의 킹카였다. 해서 경쟁률도 심했다. 오빠를 아는 거의 모든 여학생이 오빠를 좋아했다. 그 중에서도 무엇보다 나를 가장 신경 쓰이게 한 라이벌은 바로 군수집 딸 승희언니였다. 전교 회장이었던 언니는 우리 학교의 자랑이었다. 각종 경시대회를 휩쓸며 존재 가치조차 희미했던 학교를 만 대한민국에 알렸다. 얼마 전에는 서울 명문고 입학을 마다하고 남해여고를 선택해 또 한 번 뉴스메이커가 되었다. 참, 내가 봐도 대단한 언니였다. 거기다 맘은 또 어찌 그리 착한지, 누구 하나 언니를 흉보는 사람이 없었다. 착한 친절은 나에게도 와 닿았다.

"은서야, 이거 받아."

교내 문학 동아리 '바이올렛' 선배였던 언니는 언제나 자신이 읽은 책을 나에게 선물했다. 여고에 가서도 한 번씩 직접 교실까지 찾아와 책을 건네주곤 했다. 아무리 학교가 서로 붙어있다고 해도 마음이 우러나지 않으면 쉽지 않은 일이었다.

'언제나 맑음~ ^^'

'세상에 빛이 되는 은서가 되길…'

'사랑을 나눌 줄 아는 은서에게…'

첫 페이지에 메시지 또한 잊지 않았다. 미워 할래야 미워 할 수 없는 전지전능한 존재였다. 그래도 사랑 앞에선 적이었다! 적으로 간주하고 보니 언니의 착한 심성도 모두 상목오빠를 의식한 가식이며, 서울 진학 포기 또한 오빠 곁에 머물기 위한 위장 전술로 보였다.

"야, 야 얘기 들었나?"

조례를 마친 피바다의 그림자가 완벽히 교실을 빠져 나가기 무섭게 저주의 주둥이 정화가 냅다 어깨를 감싸 안았다.

"상목오빠 프로 안가고 서울에 있는 대학 간다카더라"

"정말? 지난번 우리 오빠말로는 경남 FC로 갈 거 같다고 했는데..?"

미향이 갸우뚱 반기를 들고 나섰다. 그 확신에 찬 반기에는 상목오빠와 같은 축구부원인 친오빠 손배훈이라는 정통한 소식통이 있기 때문이었다. 상목오빠와 단짝인 배훈오빠의 말이기에 아무래도 그 신빙성은 컸다.

"그새 맘이 바꼈나 보지."

"갑자기 왜?"

"그걸 내가 우째 아노?"

왜일까? 사실 아는 체는 안했지만 내가 듣기로도 분명 프로로 간단 말을 들었었다. 한데, 갑작스런 진로 변경이라니… 좀처럼 풀리지 않는 의문이 수업 시간 내내 머릿속을 떠나지 않았다. 그 덕에 지겨운 오전 수업이 쏜살같이 지나갔다.

점심시간 때부터 떨어지던 빗방울이 피바다의 종례 잔소리가 이어지는 동안

폭우로 변모했다.

"우째 된 게 셋 중 한 명도 없노?"

쏟아지는 비에 감히 나아가지 못하고 계단 끝자락에 선 정화가 미향과 나를 번갈아 바라보며 원망을 쏟아냈다.

"금새 그칠 비가 아닌데.."

애늙은이처럼 넋두리를 해대는 미향이의 말대로 쉬이 그칠 비는 아니었다. 올려다 본 하늘은 먹구름이 제대로 깔려있었다. 결코 쉬이 물러갈 소나기가 아니었다. 사태파악을 끝낸 다른 아이들이 하나 둘 지체 없이 빗길을 뚫고 달려 나갔다. 시선을 주고받은 우리 셋도 적진에 뛰어드는 병사처럼 결의에 찬 표정을 한 채 냅다 달리기 시작했다. 앞서 나가는 정화의 뒤를 덩치보다 날렵한 발걸음으로 미향이가 뒤따랐다. 미향에게 뒤진다는 사실에 왠지 자존심이 상해, 따라잡기 위해 더욱 속도를 내어 뛰었다. 그렇게 혼신을 다해 미향이의 꽁무니를 뒤쫓아 교문 앞에 막 다다를 때쯤 질퍽거리는 운동장 흙 탓에 운동화가 벗겨졌다. 뒷걸음질로 운동화를 집어신고 돌아보니 미향의 치마 끝자락이 교문 밖 모서리를 돌아 사라지고 있었다.

"의리 없는 것들.."

갑작스런 허탈감에 만사가 귀찮아졌다. 마음을 내려놓고 나니 살갗에 닿는 빗방울이 샤워기의 물줄기처럼 개운했다. 주위를 둘러보니 넓은 운동장 안은 나 혼자였다. 나도 모르게 두 팔이 벌려졌다. 고개를 들어 쏟아지는 빗줄기를 얼굴 흠뻑 받아냈다.

"응.. 응서야..."

"!!!"

소리에 정신이 번쩍 들었다. 어디서 난건지 눈에 딱 띄는 샛노란 색 우의를 입은 삼촌이 우산을 내흔들며 해맑게 웃고 있었다. 정말 청개구리도 아니고 어쩜 내가 싫어하는 짓만 저리 딱 골라 하는지... 가끔 진짜 내가 창피해 하는 걸 몰라서 그런 건지, 아님 알고도 일부러 나 혈압 올리려고 저러는 건지 일관성 넘치는 행동거지에 심히 의구심이 들었다. 다행히 지켜보는 이 없는 현 상황에 안도하며 발걸음을 떼는 순간... 삼촌의 체격을 뒤덮는 거대한 덩치가 엄습해 왔다. 굳이 가려진 얼굴을 보지 않더라도 덩치의 주인공이 미향이임을 단박에 알 수 있었다. 신고 있던 유달리 큰 곤색 운동화가 확신을 더해줬다. 체격에 걸맞게 발사이즈가 280이나 되었던 미향이었기에 남성용 운동화를 신을 수밖에 없었다. 게다가 저 운동화는 나랑 함께 사러간 것이었다.

"응서야.."

"어맛, 절루 가요!"

달려드는 삼촌을 밀치며 치한 취급을 했다.

"응.. 응서야...?"

영문을 모르는 삼촌이 어리둥절한 표정을 지었다. 하지만 그도 잠시, 잡기놀이라도 하자는 줄 알았는지 더욱 해맑은 미소와 함께 다가왔다. 이럴 땐 살짝 모자란 게 다행이란 생각도 들었다.

"으악!!!"

나의 연기력은 더욱 신들려 갔다.

"이얏!"

비명소리와 맞물려 미향이의 기합소리가 천지를 울렸다.

"촤악~"

소리와 함께 삼촌의 얼굴이 얕은 흙탕물 아래로 입수했다.

"가자!"

쪼그리고 앉은 나의 팔을 일으킨 미향이의 손에 이끌려 운동장을 빠져나왔다. 돌아보는 나의 눈이 삼촌의 흙 묻은 눈과 마주쳤다. 흘러내리는 흙탕물을 닦는 것도 잊은 채 연신 '우.. 산.. 우산!'을 외치는 삼촌이었다. 또렷한 입모양을 외면하며 고개를 돌렸다. 교문을 나서자 문구점 앞에 정화네 차가 세워져 있었다. 차에 오르는 나의 눈에 뒤쫓아 오는 삼촌의 모습이 들어왔다. 여전히 한손에 움켜 쥔 우산을 내흔들며... 그렇게 서서히 시야에서 사라질 때까지 삼촌의 뜀박질은 계속됐다.

"저 미친놈 니하고 뭔 원수졌나, 와 니만 보믄 저래 못 잡아먹어서 안달이고.."

"처음이 아닌가 보네?"

"응, 은서만 보믄 달려들라 카더라."

"그라믄 가만 두믄 안돼지, 당장 갱찰에 신고해야겠꾸만.."

피는 못 속인다더니 두 모녀의 넓은 오지랖이 삼촌을 범죄자로 만들고 있었다.

"무턱대고 신고하믄 돼나, 현장을 덮쳐야지.."

"그러네. 캬아~ 역시 우리 딸래미네!"

애초 나에 대한 걱정은 해저 이만리에 묻혀 지고, 어느 순간 두 모녀의 대화는 자화자찬 모드로 변모해갔다.

오는 내내 이어신 보녀의 자화자찬에 가식적 맞장구라는 비싼 요금을 지불하고 차에서 내렸다. 땅에 발을 내려놓는 순간 거짓말같이 비가 그쳤다.

"너거 삼촌은?"

집으로 들어서자 마당에 고인 빗물을 쓸고 있던 할매의 물음이 이어졌다.

"몰라."

“비 온다꼬 니 우산 주러 점심 묵자마자 나갔는데 오는 길에 못 만났나?”

“몰라!”

그나마 맘 한구석에 자리하고 있던 인간 본연의 작은 양심과 현실의 불만이 뒤섞여 돌연 짜증이 밀려왔다. 버럭 할매를 향해 짜증을 쏟아 붓고는 방으로 들어와 버렸다.

“저 년은 뭔 말만하믄 모른다꼬 난리고, 그나저나 야는 우째 된기고? 뭔 일 난 거 아니가?”

방안으로 스며드는 할매의 우려에 괜시리 내 맘도 목에 가시라도 걸린 듯 찝찝하고 불편했다. 애써 외면하며 젖은 옷가지를 벗어던지고 이불속으로 숨어들었다. 추위에 떤 탓인지 이내 잠이 들었다. 꿈속에서 상목오빠와 결혼하는 꿈을 꿨다. 아쉽게도 입맞춤의 결정적 순간에 터질 듯한 오줌보에 잠이 깼다. 그 와중에 팔자 좋게 그런 꿈이라니 나도 참 대단한 아이라는 생각이 들었다. 게다가 마음 한켠엔 신혼여행까지 이어지지 못하고 잠을 깬데 대한 아쉬움까지 남았다. 나의 이기심이 스스로도 무섭고 재수 없었다. 방문을 열고 나선 바깥은 어둠이 깔려있었다. 평상 아래 놓인 신발들에 눈이 갔다. 삼촌의 신발이 보이지 않았다. 걱정과 불안이 엄습해 왔다.

- 몰라, 내가 오라고 한 것도 아니고 자기가 오로지 자기 발, 자기 생각으로 온 거니까 난 죄 없어. 후일의 법적, 도의적 책임을 피하기 위한 정당사유로 모든 원인을 삼촌 탓으로 돌렸다. 정신연령 5세 수준의 지적 장애인에게 말이다. 긴 한숨과 함께 올려다본 하늘은 낮에 내린 비가 오염 찌꺼기를 씻어낸 듯 맑고 깨끗했다. 지난 밤 백열등 정도였던 달이며 별들이 선명한 LED만큼이나 환히 빛났다. 걱정에서 우러난 긴장이 그렇잖아도 부풀어 오른 오줌보를 자극했다. 통바베큐 작대기에 끼워진 닭다리 마냥 양다리를 비비꼬며 창고 옆에 난 화장실

로 걸음을 옮겼다.

"옴마야!"

문고리를 잡고 당기는 순간 비명이 터져 나왔다. 그리고 찔끔 오줌도 터져 나왔다. 어둠 속 번쩍이는 눈동자와 시선을 마주쳤다. 뒤로 나자빠진 나를 향해 엉덩이를 살짝 치켜 든 채 휴지로 뒷마무리를 하던 삼촌이 바지도 올리지 않은 채 나를 향해 다가왔다.

"으.. 응서야..."

"아이, 더럽거로!"

짜증과 함께 잡아 일으키는 삼촌의 손을 뿌리쳤다.

"뭔일이고?"

놀란 할매가 처마 아래 달린 마당 불을 켰다.

"아이씨, 와 불을 안켜고 난리고!"

엉거주춤 바지를 올리고 있는 삼촌을 향해 짜증을 쏟아냈다.

"전구 나갔는지 아까부터 불 안 들어온다."

할매가 대신 대꾸를 했다.

"벙어리가? 입 뒀다 뭐하노, 그라믄 기척이라도 내던가."

"이년아, 그라믄 니는 팔병신이가 손모가지 뒀다 뭐하노? 그 뭐꼬, 녹콘가 똑똑인가 해야 할거 아니가."

"이이씨, 몰라!"

때리는 시어머니보다 말리는 시누이가 더 밉다고 끼어드는 할매에게 돌연 성질을 냈다.

"저년은 할 말만 없으믄 맨날 몰라다, 몰라."

"옴.. 응서, 우리 응서 괘.. 괘 안나? 괘안나?"

삼촌의 호들갑에 더욱 짜증이 솟았다.

"으, 더럽거로 어디 똥 딲던 손을!"

밀치는 나의 손을 삼촌의 똥 묻은 손이 와락 움켜잡았다.

"으악!!!"

똥 묻은 손을 바라보며 동네가 떠나가라 소리쳤다.

생각 탓일까? 수 십 번을 씻어도 여전히 손에서 똥냄새가 났다. 하지만 한편으로 삼촌이 별 탈 없이 귀가 했다는 사실에 안도했다. 행여 탈이나 할매의 강력한 등짝 스파이크를 맞는 것 보단 이런 짜증이 훨씬 나았다.

그래도... 똥냄새는 싫었다.

2

나의 탄생기

오늘도 어김없이 상목오빠와 같은 버스를 탔다. 하지만 여느 때처럼 그를 가까이서 바라 볼 순 없었다. 이유는 간단했다. 행여 아직 채 가시지 않은 똥냄새가 오빠의 콧등에 다다를까봐... 해서 최대한 거리를 두어 자리 잡고 섰다. 행여 눈이라도 마주칠까 고개 또한 돌리지 않고 창밖을 향해 시선을 고정했다. 누가 봐도 자연스럽지 못한 목석같은 자세가 더욱 이목을 집중시킨다는 사실을 미처 알지 못했다. 적어도 자동적으로 나의 심장을 요동치게 하는 그의 목소리가 달팽이관을 타고 새어 들어오기 전까지는…

"은서야, 뭔 일 있나?"

목에 기브스를 한 것 마냥 고개가 돌아가지 않았다. 머릿속이 피타고라스의 정의며 상대성 이론공식보다 몇 백배는 복잡한 수천수만 가지 경우의 수들로 가득 찼다. 얼마나 지났을까, 가득 찬 수식과 기호들이 사라지고 겨우 정신을 수습한 나의 뇌가 자리를 찾고서야 중추신경에 지시를 내렸다.

- 입띠라고!!!

"예!? 아.. 아니요."

"그래, 그럼 다행이고. 평소에 맨날 눈인사하던 니가 쳐다도 안보길래 혹시 뭔 일 있나 싶어서 물어 본기다. 참말로 별일 없제?"

"예."

"혹시 뭔 일 있으믄 언제든지 오빠한테 말해라, 내가 다 해결 해 주꾸마."

기쁜 나머지 하마터면 입 밖으로 '네!' 라는 대답이 튀어 나올 뻔한 걸 겨우 참았다. 간밤 라디오에서 여자는 자고로 도도하고 튕겨야 매력 있다는 유미언니의 말이 떠올라서였다. 옅은 미소한방으로 오빠의 심박을 뒤흔든 뒤 수줍은 눈인사와 함께 시선을 창밖으로 돌렸다. 버스 뒷꽁무니로 언제나처럼 삼촌이 손을 흔들며 뒤따르고 있었다. 시력은 또 얼마나 좋은지 나와 시선이 마주친 걸 어찌 알고 손짓이 자동차 와이퍼 마냥 더욱 빨리 움직였다. 언제나처럼 무시와 함께 시선을 피했다.

간밤의 소동으로 잠을 설친 탓에 등교하자마자 엎드려 잠을 청했다. 나에게 있어 꿈속 세상은 현실 속 바람을 이루는 유일한 행복 안식처였다. 상목오빠와의 사랑도 물론이거니와 하늘나라로 간 아빠와의 만남이 이루어지는 곳이기도 했다. 여자는 아빠와 닮은 남자에게 끌린다는데, 가만 보면 아빠와 상목오빠는 닮은 구석이 많았다. 그래서일까, 가끔 한창 스토리를 이어가던 꿈속 아빠가 순식간에 목소리만 달리해 상목오빠가 되기도 했다. 아빠는 내게 너무나 큰 존재였다. 일단 키가 컸다. 그리고 목소리도 컸고, 배포도 커 나에게 언제나 가장 크고 좋은 것들만 사주었다. 내 방에 대형 곰인형 하나가 자릴 잡고 있는데 난 아직 그놈보다 큰 곰인형을 본적이 없다. 마지막으로 무엇보다 나를 사랑하는 마음이 그 누구보다 컸다.

'오씨 성에 방자, 식자.' 아버지의 존함이다. 이름은 다소 촌스러울지 몰라도 아빠의 생긴 간지 하나는 장동건 뺨을 후려칠 정도로 박빙이었다. 완전 킹카였다. 오죽하면 결혼 후에도 안심 못한 엄마가 함께 가게를 하자며 잘 다니던 우체국을 관두게 했을까. 24시간 감시체제를 위한 엄마의 극단조치였다. 두 분의 연애는 엄마의 일방적인 구애로부터 시작됐다. 대구에서 변호사 사무실 경리로 일하던 엄마는 업무상 우체국을 찾는 일이 잦았다. 인연의 그날도 언제나처럼 발송 우편물 다발을 들고 우체국을 찾았다. 그리고 문을 열고 들어서는 순간! 엄마는 두 눈이 실명할 정도의 광채와 맞닥뜨렸다. 가슴팍에 박힌 오방식이란 이름과는 결단코 어울리지 않는 꽃미남의 인사 맞이에 번개를 맞은것 마냥 정신이 혼미해 졌다. 간단명료하게 첫눈에 반했다.
"빠른 등기로 해드리까요?"
"예!? 아, 예..."
우체국을 나오는 순간까지도 떨리는 가슴을 주체 할 수 없었던 엄마는 약국에서 청심환을 사먹고 나서야 겨우 정상맥박을 되찾을 수 있었다.

“아니, 김양 니 제 정신이가! 달력 보내는데 등기로 보내는 사람이 어딨노!”

사무장의 불호령에 주눅이 들어야 할 엄마는 아직 아빠에 대한 감동이 잊혀지지 않은 탓에 의지와는 무관하게 실웃음이 났다. 평소 변호사에게 받은 스트레스를 딱 두 배로 푸는 통에 악마의 아들로 보였던 사무장이 오늘만은 날개를 단 천사로 보였다. 짜증수치만큼 훤히 벗겨진 사무장의 이마로 아빠의 미소 짓는 얼굴이 물가에 반사되듯 떠올랐다. 바라보는 엄마의 입가에 절로 환한 미소가 띄워졌다.

“뭐꼬? 내 말이 웃겨!”

“아.. 아니예, 푸훗...”

“야!”

참다못한 사무장의 불호령이 떨어지고 나서야 겨우 엄마의 미소는 수그러들었다.

“뭔 좋은 일 있나?”

엄마의 미소는 퇴근 후 절친인 경숙 이모와의 술자리에서까지 이어졌다. 그만큼 아빠에게 완전 꽂혀 있었다.

“어, 응?”

“애 봐라? 정신을 아주 딴 데다 놓고 있네.”

“미안, 누구 좀 생각하느라꼬..”

“누구? 승훈 오빠야?”

“아니.”

“별일이다. 맨날 머릿속이며 가슴속이며 온통 승훈 오빠야로 가득 차 있던 니가 딴 사람 생각을 한다꼬. 누꼬? 감히 황제 신승훈 오빠를 제끼고 니 머릿속에 들어 찬 인물이?"

"오방식!"

"오방식? 아따, 그 이름 한번 구수하네. 첨 듣는 이름인데 누꼬?"

"내 신랑감!"

"뭐!?"

엄마의 말은 결코 가벼운 농담이 아니었다. 평소 엄마의 성격을 아는 경숙이모이기에 테이블에 놓인 맥주를 원샷하고는 엄마를 다그쳐 물었다.

"니 잘 생각해라, 그라다 지난 번 처럼 상처만 입고 돌아서지 말고."

경숙이모의 진심어린 충고도 이미 아빠에게 콩깍지 씐 엄마의 무데뽀 정신 갑옷을 뚫을 순 없었다. 그렇게 엄마의 스토커적 연애사는 시작됐다. 우선, 우편물을 한 번에 접수하지 않고 하나씩 하나씩 나눠 접수했다. 많게는 하루에 자그마치 열다섯 번이나 우체국을 들락날락거린 적도 있었다. 간혹 발송할 우편물이 없을 땐 본인의 집으로 이면지를 넣어 보내기도 했다.

"또 오셨네요, 걸음하기 힘드신데 한번에 모아서 갖고 오시지…"

"저도 그라고 싶은데 저희 사무장님 성격이 워낙 꼼꼼하셔 가꼬 바로바로 처리하길 바라시거든예."

"아무리 그래도 그렇지… 까탈스런 상사분 때문에 피곤하시겠네요?"

"먹고 살라믄 어쩔 수 없지예, 뭐…"

"하긴, 뭐 세상에 거서 얻는 건 없으니까요. 지금처럼 그렇게 맘이라도 편히 가지이소."

기운을 북돋아주는 아빠의 응원 메시지에 엄마의 확신은 더욱 굳어졌다.

- 역시, 내 남자야.

그렇게 넋이 나간 얼굴로 아빠의 도톰한 입술에 시선을 빼앗긴 엄마의 귓가에 전방 2시 방향으로부터 낯익은 목소리가 들려왔다.

"그럼, 잘 부탁드리께예."

"???"

소리가 나는 곳으로 시선을 옮긴 엄마의 눈에 국장실에서 국장과 인사를 나누며 나오는 사무장의 모습이 들어왔다.

"걱정 마이소, 국장님."

"!!!"

예상 못한 그의 등장에 두 눈이 휘둥그레진 엄마가 얼른 데스크 아래로 몸을 숨겼다. '뚜벅, 뚜벅...' 앞코에 광을 내 번쩍이는 구둣발 소리가 점점 가까워졌다. 좁혀오는 거리감만큼이나 엄마의 맥박 또한 급히 뛰었다.

"우째 말씀은 잘 나누셨습니꺼? 외삼촌..."

순간, 엄마는 자신의 귀를 의심했다.

- 외삼촌이라니!!!

"자세한 건 들어가서 변호사님캉 상의해 봐야겠지만 정황상 국장님 아들은 정당방위가 인정될 것 같다."

"다행이네요."

"그나저나 우째 일은 할만하나?"

"첨엔 하나도 정신없었는데, 이제 몸에 익으니 할만합니더."

"집에는 전화 자주 하나?"

"예, 안그래도 어머니가 오징어 피데기 말린 것도 가져갈 겸 한번 들리시랍니더."

"하긴 한번 가긴 가야 되는데... 내가 집사람캉 날짜 한번 맞춰보고 연락한다꼬 전해라."

“예.”

한참의 상투적인 대화가 오가고 나서야 엄마의 존재가 떠오른 아빠가 시선을 옮겼다. 오리걸음으로 뒤뚱뒤뚱 문을 열고 사라지는 엄마의 풍만한 엉덩이가 눈에 들어왔다.

사실 아빠는 엄마가 구면이었다. 맨 처음 우체국에 발령을 받고 근처에 위치한 외삼촌의 사무실을 찾아 간 적이 있었다. 하필이면 당시 엄마는 출근길 만원 버스에서 안경테가 부러지는 불상사를 겪었다. 시야가 흐릿한 상황에서 아빠를 본 거라 형체가 명확치 않았다. 해서 사무장에게 직접 안내까지 하면서도 알지 못했다. 그 우월한 외모를... 창피한 마음에 다음날부터 엄마는 우체국으로의 발길을 끊었다. 그 덕에 아래층 변호사 사무실에서 일하던 경숙이모가 바빠졌다.

“야, 이것도 하루 이틀이지 언제까지 이럴낀데...”

“몰라, 맘 같아선 당장 사무실 나오고 싶지만 월급은 받고 나올라고 참고 있는 기다.”

“가스나, 말도 안되는 소리하고 앉았네. 그깟 일로 관둘 것 같으믄 세상천지에 일할 사람 아무도 없겠다.”

“여하튼 지금은 쥐구멍이라도 있으믄 숨고 싶은 심정이니까 암말 말고 그냥 이거나 퍼뜩 부쳐두기.”

“하여튼 똥고집은...”

투덜대며 우체국으로 들어갔던 경숙이모가 갑자기 만개한 꽃처럼 활짝 웃으며 나왔다.

“야, 야!”

뛰쳐나오는 경숙이모의 손에 종이 한 장이 나풀거리고 있었다. 다름 아닌 아빠
가 쓴 편지였다.

- 유진씨에게

많이 망설이다 몇 자 적습니다. 무엇보다 제 의지와는 달리 불편하게 했다면 죄
송해요. 전 그저 유진씨가 구면이라 반가운 마음에 대화에 응했던 건데 돌이켜
생각해보니 비꼰 것으로 오해 할 수 도 있겠단 생각이 들었어요. 이유야 어찌됐
던 맘 상하셨다면 죄송해요. 다시 뵈면 사과해야겠단 생각을 했는데 그럴 기회
가 없어 고심 끝에 이렇게 몇 글자로 대신 합니다. 기회 되면 정식으로 사과하
고 싶은데... 그럴 기회를 주지 않으실래요? 그럼 답변 기다리겠습니다.

                                        1993년 12월의 어느 날 오방식 올림.

P.S 참고로 그날 외삼촌에 관한 대화는 백 프로 진심이었어요.
     사실 좀 깐깐하신 건 사실이라...^^

편지를 읽은 엄마는 퇴근길에 팬시점에 들러 심사숙고 끝에 연분홍 장미가 그
려진 편지지를 골라 집으로 돌아왔다. 그리고 그날 밤, 아빠에게 받은 편지를
옆에다 놓고 창작 사투를 시작했다.
  "오방식 님께? 방식 님께..? 방식씨께..?"
  첫줄을 쓰는 것부터 고뇌의 연속이었다. 장롱 위에서 가득 쌓인 먼지와 함께

그 존재가치를 잃어가던 국어 대사전까지 꺼내 가며 엄마의 열렬 편지는 이어졌다. 고 3시절에노 새시 않던 밤까지 꼬박 세워가며 엄미는 고심에 고심을 거듭했다. 그렇게 우여곡절, 고군분투로 이어진 편지는 마지막 한 장 남은 편지지에 겨우 담겼다.

- (오)방식님께.

편지 받고 많이 놀랐어요. 전혀 예상치 못한 방식님의 배려심에 제 자신이 부끄러웠답니다. 한편으론 속 깊은 방식님이 존경스럽기도 했구요. 그리고 저 또한 죄송하단 말씀드리고 싶네요. 사정상 그때 방식님의 모습을 제대로 볼 수 있는 상황이 아니어서 기억 못한 걸... 해서 저 역시 직접 만나서 사과의 말씀을 드리고 싶네요. 정확한 시간과 장소는 답장을 통해 알려주세요. 참고로 저는 이번 주 토요일이 괜찮을 것 같네요.

1993년 12월의 추운 겨울밤 이유진 드림.

채 편지지 한 장도 채우지 못한 여덟 줄의 편지를 위해 날밤을 샌 엄마는 그 덕에 사무실에 출근한 내내 졸았다.
　"뭐꼬, 내가 무슨 사랑의 전령사도 아니고..."
졸지에 두 사람의 메신저가 된 경숙이모는 덩달아 바빠졌다.
　"친구 좋다는 게 뭐꼬? 니가 내 입장이라믄 나는 두 팔 걷어붙이고 도왔을끼다."
　우정을 내세운 엄마의 다그침에 더 이상의 군소리 없이 경숙이모는 우체국으로 입장했다. 그 후로도 두 번의 우체국 왕래가 이어졌다. 그리고 그 주 토요일 저녁, 두 사람은 경양식집에서 역사적인 정식 만남을 가졌다. 간밤 설레임으로 잠을 설친 엄마의 얼굴은 푸석했다. 장소에 먼저 나온 엄마는 파운데이션 뚜껑을 닫기가 무섭게 다시 열기 바빴다.

"아, 수면제라도 먹고 잘걸.."

점점 두꺼워지는 화장 두께에도 가려지지 않는 푸석한 얼굴이 엄마를 더욱 속상케 했다. 평소 잘 신지 않던 하이힐까지 불편함을 더했다.

"벌써 와 계셨네요."

아빠의 등장에 가슴이 쿵쾅거렸다. 첫 만남도 아닌데 떨리는 가슴은 어쩔 수가 없었다. 청바지에 갈색 코르덴 마이를 입은 아빠의 모습은 근무복과는 느낌이 사뭇 색달랐다. 빛나는 외모가 더욱 빛을 발했다. 그 덕에 스테이크를 썰어야 할 칼이 접시 바닥을 긁고 있는 것도 모를 정도로 아빠에게서 눈을 떼지 못하는 엄마였다.

"끼익.."

날카로운 칼 소리가 식당 안을 울렸다.

"이리 주이소, 제가 썰어 드리께요."

"아니, 괜찮.."

말이 끝나기 전에 접시를 낚아채 간 아빠는 먹기 좋게 고기를 잘라 엄마 앞에 내려놓았다. 누구말마따나 음식이 입으로 들어가는지 코로 들어가는지 모를 정도로 아빠에게 푹 빠진 식사는 순식간에 끝이 났다. 장소를 옮겨 간단히 차를 마신 뒤 헤어지기 위해 두 사람은 버스 정류장 앞에 섰다. 버스를 기다리는 동안 엄마는 못내 아쉬움에 깊은 한숨을 내쉬었다.

"12번 왔네요."

느낌일까, 그날따라 버스는 유달리 빨리 도착했다.

"저기, 맥주 한잔 안 하실래예?"

친절히 버스 앞으로 인도하는 아빠를 향해 엄마가 고심 끝에 입을 뗐다. 이대로 헤어지고나면 왠지 이 사람을 놓칠 것만 같았다. 엄습해오는 불안감이 한순간의 창피함을 눌러 이긴 것이다. 부끄러움에 제대로 고개를 들지 못하는 엄마의 얼굴을 바라보던 아빠가 고개를 아래로 숙여 엄마의 얼굴을 향해 백만 불짜리 긍정 미소를 날렸다.

"가시죠."

호프집에 아빠와 마주하고 앉은 엄마는 종업원이 500cc 호프를 내려놓기 무섭게 아빠와 건배를 청하고는 그대로 원샷을 했다. 지켜보던 아빠도 얼떨결에 잔을 비웠다.

"단도직입적으로 말하께예, 저 방식씨 좋아합니더. 좀 더 솔직히 말해가 첫눈에 반했십니더. 완전 솔직히 고백하믄 결혼하고.. 흡!"

순간, 아빠의 입술이 엄마의 거품 묻은 입술을 향해 덮쳐왔다.

"그 말은 내가 하께요, 우리 결혼하입시더."

잠깐 입술을 떼고 뜻을 전한 아빠가 다시금 입술을 맞붙였다. 사실 아빠도 진작 엄마를 맘에 두고 있었다. 엄마의 보조개가 너무 맘에 들었단다. 당시 이상형이었던 '보조개 공주 음정희'라는 배우만큼이나 깊고 선명한 보조개가 아빠의 두 눈을 멀게 한 것이었다. 첫눈에 반한 두 사람에게 시간이며 환경의 장벽은 문제가 되지 않았다. 그렇게 장작불에 부어진 기름처럼 두 사람의 사랑은 급격히 불타올랐고 얼마 지나지 않아 '나'라는 결실을 맺었다. 사실을 안 외갓집에선 한바탕 난리가 났다. 집안 망신이라며 당장 애를 떼라는 외할아버지의 불호령이 떨어졌다. 거부하는 엄마의 손을 이끌고 외할아버지가 산부인과로 향했다. 병원 앞에 다다른 택시가 속도를 줄이는 사이 엄마는 냅다 문을 열고 도망쳤다. 곧장 아빠에게 달려간 엄마가 상황을 설명하자 아빠는 자신이 허락을 받아 오겠다며 극구 말리는 엄마의 손을 뿌리치고 외갓집으로 향했다.

그리고...

외갓집 대문을 들어서자마자 아빠는 흠씬 두들겨 맞았다. 알고 보니 외할아버지는 북한을 다섯 번이나 침투한 적이 있는 HID특수부대 출신이었다. 그대로 뒀단 죽겠다 싶었던지 외할머니가 뜯어 말렸다. 그 사이 아빠를 부축한 엄마가 도망쳤다. 다음날 옆구리 통증이 너무 심해 병원을 찾은 아빠의 진단은 3,4,5번 갈비뼈 골절이었다. 소식을 들은 할매가 노발대발하며 당장 고소하겠다며 난리치는 것을 할배가 겨우 말려 사태는 진정됐다. 하지만 그 이후로 두 집안의 화해는 없었다. 본의 아니게 원수관계가 되어버린 양가 탓에 결혼식은 훗날을 기약해야만 했다. 그렇게 축복받지 못한 상황에 대해 서로를 위로하며 두 사람은 결혼 생활을 시작했다. 아직 모아둔 돈이 많지 않았던 터라 신혼살림은 아빠의 자취방에 차려졌다. 결혼 후 직장을 관둔 엄마는 매일 빠짐없이 우체국으로 출근도장을 찍었다. 아빠에게 손수 싼 점심도시락을 전해주기 위해서였다.

"식당에서 사먹으믄 되는데 힘들거로 뭐한다꼬 이래 싸오노?"

"식당 음식은 조미료 많이 들어가서 몸에 해롭다 아닙니꺼."

"거 고작 한 낀데 어때서.."

"그래도 혹시 탈나믄 우짭니꺼, 집안의 가장인 당신이 건강해야지예."

엄마의 지극정성에 다들 한마디씩 건넸다.

"아따, 부러워서 나도 퍼뜩 장가가던지 해야지.."

"방식씨 전생에 나라라도 구했는갑네, 요즘 세상에 저런 현모양처가 어딨노?”

 주변의 부러움이 아빠도 싫지 않았기에 이후로는 애써 마다하지 않았다. 하지만, 얼마가지 않아 엄마의 속내는 드러났다. 그 모든 게 잘난 아빠를 감시하기 위한 빌미였던 것이다. 처음엔 도시락만 건네고 가던 엄마가 서서히 우체국에 머무르는 시간이 늘어갔다. 나중엔 작정하고 뜨개질 거리를 가져와 아빠의 퇴근시간까지 눌러앉아 뜨개질을 하며 기다렸다. 난감해진 아빠가 조심스레 만류의 뜻을 내비추자 엄마는 닭똥 같은 눈물을 흘리며 대성통곡했다. 사랑이 식었다느니, 맘을 몰라준다느니, 밤새 울먹이는 통에 백기를 들 수밖에 없었다. 그렇게 엄마의 출근도장은 산달이 될 때까지 계속됐다.

 “여.. 여보...”

 나를 위한 배냇저고리를 뜨던 엄마가 갑자기 아빠를 불렀다. 진통이 온 것이었다. 급히 국장님 차에 실려 병원으로 가는 내내 엄마는 비명을 질러댔다. 나중엔 참을 수 없는 진통에 앞좌석을 부여잡는다는 것이 그만 국장님 머리채를 잡아 당겼다. 그 덕에 십 수 년간 감춰져 온 국장님의 부분 가발이 만천하에 공개됐다. 분만실로 들어간 지 30분 만에 난 세상 밖으로 나왔다. ‘분홍신 준비해 두세요.’ 라는 의사 선생님의 언질에 딸임을 진작 알고 있었던 부모님은 부디 건강하게 태어나 주기만을 바랐었다. 단, 엄마는 추가적인 바람으로 눈과 코만은 아빠를 닮았으면 하는 마음이 컸다. 쌍꺼풀 수술한 눈과 살짝이 높인 콧대가 못내 맘에 걸려서였다. 엄마의 애절한 기도 덧일까, 다행히 난 아빠를 쏙 빼닮은 모습으로 태어났다. 소식을 듣고 할배와 할매가 병원을 찾아왔다. 그리고 두 내외분의 뒤를 따라 딱 봐도 모자라 보이는 봉구 삼촌이 병실로 들어섰다. 엄마의 품에 안긴 나에게 다가선 삼촌이 외쳤다.

 “어, 쭈글쭈글하다. 똥구멍 같다. 큭큭큭...”

삼촌은 그때부터 나한테 찍혔다. 담담한 할배에 비해 사고로 삼촌이 저렇게 된 이후, 장남인 아빠에게 더욱 기대감이 컸던 할매는 첫 손주가 딸이란 사실에 연신 깊은 실망의 한숨을 내쉬었다.

"쯧쯧쯧, 암만 그래도 그렇지 외손주 태어났는데 우째 코빼기도 안보이노. 그러게 내가 그렇게 말렸건만…"

대 놓고 불만을 표시하는 할매로 인해 병실안 분위기가 냉랭해졌다. 하필 그때 문을 열고 외삼촌이 들어섰다. 외할아버지의 엄포에 병원을 찾지 못한 외할머니가 몰래 대신 보낸 것이었다.

"왔어, 처남…"

"예."

대답과 함께 두 노인네를 향해 짧은 목례로 예를 갖춘 외삼촌이 손에든 베지밀 상자를 탁자에 내려놓았다. 불편함에 시선을 어디다 둘지 몰라 쭈뼛대는 외삼촌을 아빠가 이끌었다.

"은서야, 외삼촌 왔네?"

눈치를 살피던 외삼촌이 못이기는 척 나의 손가락을 살짝 만지작거리고는 이내 손을 뗐다. 어색한 침묵이 흘렀다.

"삐삐삐삐~"

정적을 깨고 외삼촌의 허리에 차고 있던 삐삐가 울렸다.

"어, 소리 난다. 소리나!"

신기함에 봉구삼촌이 외삼촌의 삐삐를 만지작거렸다.

"봉구야, 그라믄 안돼!"

할매가 삼촌을 잡아끌었다.

"어.. 엄마, 저.. 저기서 소리 난다. 소리…"

“어이구, 내 팔자야…”

그렇잖아도 속상하던 통에 삼촌의 호들갑에 더욱 울화통이 터진 할매가 긴 한숨과 함께 병실 밖으로 나가버렸다. 머뭇거리던 할배가 여전히 삐삐를 신기하게 바라보고 있던 삼촌을 이끌고 할매의 뒤를 따라 나섰다.

“얘기들 나누고 있어.”

난처해진 아빠가 수습을 위해 밖으로 나갔다. 그렇게 할매를 시작으로 꼬리를 물고 쓰나미처럼 빠져나간 병실 안에는 엄마와 외삼촌 단둘이 남게 되었다.

“쯧쯧쯧.. 꼴좋다. 이런 대접받을라꼬 가족까정 버리고 갔더나?”

잠시 못마땅한 얼굴로 바라보던 외삼촌이 먼저 입을 뗐다.

“뭐꼬, 속 뒤집을라꼬 왔나? 그럴거믄 가라!”

그렇잖아도 아픈 맘을 긁는 외삼촌의 비아냥거림에 속상해진 엄마가 서운함을 담아 맘에도 없는 대꾸를 내던졌다.

“누가 오고 싶어 온 줄 아나, 엄마가 하도 사정을 하니까 온 거지..”

“그라믄 조용히 있다 가던가, 와 시비는 걸고 난리고!”

“흥, 이 꼴을 보고 가만히 있으라꼬? 니 같으믄 그러겠나?”

“니? 누나한테 니가 뭐꼬!”

감정이 격해진 두 사람이 서로 한 치의 양보도 없는 고성을 쏟아냈다.

“누나 대접 받고 싶으믄 걸맞게 행동하던가!”

“뭐라쏘, 니 참말로..!”

결국, 참다못한 엄마가 몸을 일으켰다. 외삼촌도 지지 않고 엄마를 노려봤다. 일촉즉발의 순간, 밖으로 나갔던 아빠가 혼자 들어왔다.

“두 분 차표 미리 끊어 놓으셔서 가셔야 한다니까 바래다 드리고 오께. 처남, 나 올 동안 기다리고 있어라. 간만에 보는 건데 밥이라도 한 끼 해야제. 알았제,

가지 말고 있거래이.”

　말을 끝낸 아빠가 엄마에게 눈짓으로 참으라는 신호를 보내고는 병실문을 닫고 사라졌다. 하지만, 아빠의 신신당부에도 아랑곳 않고 엄마와 또다시 옥신각신을 이어가던 외삼촌은 외할머니가 주라며 건넨 돈봉투를 침대 위에 던지듯 내려놓고는 그냥 가버렸다. 사실 할매에겐 비밀이지만 후에 아빠는 퇴원한 엄마와 함께 나를 안고 외갓집을 찾았었다. 하지만 외할아버지의 엄포에 끝끝내 대문 안으로 들어설 수 없었다. 돌아오는 내내 엄마는 울었다. 그날 이후 아빠도 더 이상은 외갓집 얘기를 입 밖으로 꺼내지 않았다.

　내가 말귀를 알아듣고 아장아장 걸음을 떼게 되자 잠잠하던 엄마의 집착증은 다시 재가동되었다. 예전처럼 우체국에 상주하지는 않았지만 나를 데리고 수시로 우체국을 드나들었다. 이유는 간단했다.

　“은서가 자꾸 아빠를 찾으면서 울어싸서..”

고백컨데 난 절대 그런 적이 없다. 그렇게 우체국을 세상의 절반으로 여기며 나는 무럭무럭 자랐다. 내가 나의 의사를 표현할 수 있는 나이가 되자 더 이상 핑계꺼리가 없어진 엄마는 고심 끝에 묘책을 짜냈다.

　“갑자기 뭔 소리고!? 우체국을 관두라니..?”

　“석 달 뒤에 입주하믄 융자금도 내야하고 앞으로 은서한테 들어갈 돈도 한두 푼이 아닐낀데 월급 생활 해가꼬는 근근이 밥만 묵고 살수 밖에 없다 아닙니꺼.”

　“그렇다고 당장 관두믄 뭐하게?”

"내 친구 중에 가구점 하던 영옥이 알지예, 걔 시댁이 서울인데 어르신들이 하시던 중식당 물려 받기로 해가 이사간다네예, 내가 하믄 권리금 없이 주겠다니까 그거 하입시더."

"장사라는 게 아무나 하는 것도 아니고 쉬운 게 아닐낀데.."

"친구가 터 닦아 놔서 단골도 많고 잘만 하믄 당신 월급 서너 배는 거뜬히 번답니더."

망설이는 아빠를 향해 엄마의 쉴 새 없는 설득포탄이 날아들었다. 그리고 최종적으로 갈등하는 아빠의 눈동자를 읽은 엄마가 나를 이용한 마지막 결정타를 날렸다.

"은서야, 아까 하던 노래 아빠한테 불러줘 봐?"

"A~B~C~D~E~F~G.."

"저 봐요, 벌써부터 영어에 저래 소질 보이는데 유학 보낼라믄 돈 많이 벌어야지예."

평소에 몸에 나쁘다며 사주지 않던 불량식품을 사주면서 낮부터 가르친 학습효과였다. 다음날, 국장님의 책상엔 아빠의 사직서가 놓였다. 퇴직금과 대출금으로 가구점을 인수한 아빠, 엄마는 그 누구보다 열심히 일했다. 살림살이에 대한 선택권을 가진 아줌마들에게 잘생긴 아빠의 외모는 큰 이점이 되었다. 예상치 못한 변수에 처음엔 당황한 엄마였지만 나날이 늘어가는 통장잔고가 인내력을 길러주었다. 가게를 시작한지 일 년 만에 우리는 난독주택 2층에서 아파트로 이사를 했다. 어린 내가 가장 좋았던 건 엘리베이터와 집 코앞에 놀이터가 있다는 사실이었다. 삶의 여유가 생기자 주눅 들어 있던 아빠의 자존심도 덩달아 솟아올랐다.

"이번 주말에 처갓집에 갈까 하는데..?"

조심스런 아빠의 물음에 엄마는 한동안 침묵했다. 내심 조만간 혼자라도 찾아가려 맘을 먹고 있던 엄마였었다. 눈빛에는 아빠에 대한 고마움이 서려 있었다. 화창한 일요일 아침, 아빠 엄마와 함께 트렁크 한가득 선물을 싣고 외갓집으로 향했다. 긴장감이 역력한 부모님과는 달리 난 이쁜 옷에 무엇보다 평소 이빨 썩는다며 못 먹게 하던, 그래서 더욱 갈구하던 츄파츕스를 거머쥐고 있단 사실에 간간히 막히는 도로상황에도 아랑곳없이 마냥 즐거웠다.

"와 찾아와서 잔잔하던 집안에 풍파를 일으키노!"

대문 앞에서 죄인처럼 선 부모님을 향한 외삼촌의 고성에 놀란 난 얼른 아빠의 등 뒤로 숨었다. 그간의 흐른 시간보다 아직 외할아버지의 고집이 더 셌다. 그렇게 부풀었던 희망을 고스란히 상처로 되돌려 안고 우리는 집으로 돌아와야만 했다. 한동안 베란다에는 그날 산 과일바구니가 그대로 놓여져 있었다. 상처받은 맘을 추스리기 위해 부모님은 더욱 일에 열심이었다. 언젠가는, 분명 언젠가는 용서하고 받아 들이실거란 기대감을 가지고…

그렇게 다시 일상으로 돌아 온 지 얼마 되지 않았을 즈음 할배의 사고소식이 전해져 왔다. 경운기를 몰고 가다 사고가 나신 것이었다. 소식을 듣자마자 아빠가 다급히 차를 몰고 병원으로 갔지만 결국 임종을 지키지는 못했다. 장례가 끝난 후 아빠가 할매에게 모시고 살겠다고 했지만 어쩐 일인지 극구 거부하며 삼촌이랑 남겠다며 고집을 부리셨다. 그 후로도 서너 번의 설득이 있었지만 끝끝내 할매의 강력한 고집을 꺾을 수는 없었다.

불행은 불행의 씨앗을 옮겨왔다. 할배의 장례가 끝난 지 두 달이 채 지나기 전에 친척분이라며 한 아주머니가 가구점을 찾아왔다. 때마침 아빠는 배달을 나가고 엄마는 은행 업무를 보느라 자리를 비운 터라 가게에는 직원인 종대 삼촌과 나 단둘뿐이었다.

"니가 은서구나."

"어서 오세요."

조기학습이 무섭다고 온종일 '어서 오세요, 안녕히 가세요.'를 듣다보니 반사적으로 인사가 나왔다. 4살짜리 꼬마아이의 인사에 아주머니는 방긋이 웃으며 나를 품에 안아 올렸다.

"아이구, 엄마 닮아 이쁘네."

"엄마 아냐, 아빠 닮았쩌!"

아이는 거짓말을 못한다. 나의 대꾸에 잠시 당황하던 아주머니가 들고 온 백화점 종이가방을 펼쳤다. 가방 안에서 다양한 키티 표정으로 가득한 분홍 원피스가 나왔다.

"아이구, 이뻐라."

나에게 원피스를 입힌 아주머니가 감탄사를 연발했다. 연신 머리며 볼을 쓰다듬는 아주머니가 귀찮았지만 옷을 사준데 대한 값어치는 해야 된단 생각에 평소 까탈스런 나였지만 그때만은 가만히 참았다. 근데, 어린 나의 눈에 이해가 가지 않는 게 하나 있었다. 가게로 들어 선 내내 아주머니는 얼굴을 반쯤 가린 챙이 넓은 원형 모자를 벗지 않고 있었다. 얼마가 지났을까 아주머니가 자리에서 일어섰다.

"많이 늦나보네.."

"이제 올 때 됐는데 쪼매만 더 기다리시지요."

"약속이 있어서.. 담에 다시 온다고 전해 주이소."

가게에 들어 선 내내 수시로 시계를 바라보던 아주머니는 약속에 늦은 듯 밖으로 나가자마자 택시를 잡아타고 사라졌다. 그와 때를 같이해 엄마가 가게 안으로 들어섰다.

"와 이래 늦었습니꺼?"

"김사장쪽에서 계좌번호를 잘못 알려 줘가 통화했더만 뭔 통화를 그리 오래 하는지 왠종일 통화 중이지.. 사람들은 뒤에서 기다리지.. 아주 진을 뺐다. 와 뭔일..? 어!? 은서 니 그 옷은 어데서 났노?"

대화를 이어가던 엄마가 나의 원피스를 바라보며 물었다.

"친척이라면서 어떤 아줌마가 사다 주고 갔니더. 안그래도 한참을 기다리다 좀 전에 갔는데.."

"친척..?"

종대 삼촌의 대답에 잠시 웅얼거리던 엄마의 눈빛이 일순간 흔들렸다. 그와 동시에 허겁지겁 가게 밖으로 뛰쳐나갔던 엄마는 한참이 지나서야 돌아왔다. 얼마를 뒤쫓았는지 온몸이 땀으로 흠뻑 젖어 있었다. 그날 밤, 엄마는 아빠의 품에 안겨 밤새 울었다. 이유를 모르는 나는 구겨진다며 벗고 자라는 아빠의 만류에도 불구하고 꿋꿋이 키티 원피스를 입고 잤다. 그로부터 한 달 뒤, 가게 전화로 낯선 여자의 목소리가 들려왔다. 얼굴 한 번 본 적 없는 외숙모였다. 통화를 하던 엄마가 어느 순간 수화기를 떨어뜨렸다. 외할머니가 돌아가셨다는 전화였다. 병명은 유방암이었다. 나중에 TV에서 암환자의 까까머리를 보는 순간 그때 외할머니의 눌러쓴 모자가 문득 떠올랐다. 장례식장으로 가는 차 안에서 또 한 번의 엄마의 구슬픈 울음소리를 들었다.

"여긴 와 왔노!"

한껏 취기 어린 외삼촌의 목소리가 장례식장 안을 울렸다. 외숙모가 겨우 말리며 데리고 사라지자 거대한 그림자가 우리 세 식구의 앞을 가렸다. 외할아버지였다. 그때 느낀 외할아버지는 마치 한 마리 곰과 같이 크고 무서웠다.

"볼일 없으니까 가라!"

"아부지!"

"누가 니 아부진데?! 니 같은 딸 둔 적 없으니까 시끄럽게 하지 말고 퍼뜩 가라!"

"참말로 너무하네예, 아무리 미워도 그렇지 우째 엄마 얼굴 한 번 못 보게 하십니꺼.. 흑흑흑..."

바닥에 주저앉은 엄마의 옆으로 아빠가 무릎을 꿇었다.

"이 사람은 잘못 없습니더, 벌 하실라믄 절 벌하시고 미워하실라믄 절 미워하시고 부디 이 사람만이라도 절하게 해주이소. 장인어른.."

"쫘악!"

아빠의 말이 끝나기 무섭게 외할아버지의 큼지막한 손이 아빠의 뺨을 후려갈겼다.

"장인? 누가 니 장인인데! 더 이상 험한 꼴 보기 싫으믄 당장 나가라!"

찔러도 피 한 방울 나오지 않을 단호함이었다. 결국, 아빠와 엄마는 장례식장 입구 앞에서 절을 하며 외할머니의 명복을 빌었다. 그날 이후, 엄마는 집안에서 앓아누웠다. 괜찮다는 엄마의 말에도 아빠는 아픈 엄마를 배려해 가게로 출근할 때 날 데리고 왔다. 사정을 모르는 난 매일 아빠와 외식을 한다는 게 그저 좋았다. 엄마의 병치레는 생각보다 길었다. 고로 나의 입맛도 점점 인스턴트에 길들여지고 있었다. 그러기를 나흘 째 되던 날,

"아빠, 햄버거.. 햄버거 먹을래..."

여느 때처럼 가게 안에서 한창 업무를 보고 있는 아빠의 뒤를 졸졸 쫓으며 연신 '햄버거'를 외쳐 대는 나의 귓가에 낯익은 목소리가 들려왔다.

"은서, 너 햄버거 많이 먹으면 안된다고 했제?"

몸을 추스린 엄마가 다시 가게로 나온 것이었다. 그와 함께 나의 자유만찬은 끝이 났다.

"뭐래예?"

전화를 끊는 아빠를 향해 엄마의 물음이 이어졌다.

"며칠만 좀 기다려 달라네.."

"며칠만, 며칠만 한 게 벌써 몇번쨉니꺼, 우리는 뭐 땅 파서 장사하나. 그 말 믿고 대출까지 받아서 물건 대줬구만 하루하루 이자가 얼만데.."

"오죽하믄 그러겠나, 이번에는 틀림없다니까 한번만 더 믿어보자."

못내 미더워하는 엄마를 달래는 사이 종대삼촌이 배달을 갔다 돌아왔다.

"경기가 안 좋긴 안 좋은 갑네요, 저 위 사거리 삼겹살집도 문 닫았던데요."

"진짜가? 아따, 그 집까지 문 닫을 정도믄 참말로 장사가 안 되긴 안 되는 갑네. 우리도 이라다가 손가락 빠는 거 아닌지 모르겠네.."

엄마의 우려는 현실이 됐다. 믿었던 거래처에서 부도를 내고 잠수를 탄 것이었다. 그 즈음 뉴스에서는 IMF라는 곳에서 돈을 빌린다는 둥 청문회를 한다는 둥 금을 모아야 된다는 둥 나라 안이 한바탕 난리가 났다. 집으로 낯선 아저씨들이 찾아와 만지지 말라고 적힌 빨간 스티커를 붙이고 갔다. 그리고 얼마 지나지 않아 우리는 계단을 47개나 올라야 되는 빌라 옥탑방으로 이사를 했다.

"다리 아프단 말야!"

엘리베이터에 익숙해져 있던 나에게 계단을 오르내리는 일은 여간 곤욕이 아니었다. 그럴 때 마다 엄마는 츄파춥스로 나의 투정을 틀어막았다. 내가 츄파

츱스에 집착을 보인 건 그때부터였다. 빚을 청산하고 나자 수중에 남는 돈이라고는 칠백만원 남짓이 전부였다. 종잣돈 치고는 워낙 작은 액수라 무슨 일을 해야 될지 고민하던 아빠가 정보지 한 장을 들고 들어왔다. 엄마와 머리를 맞대고 꼼꼼히 훑어 내려가며 할 만한 일들에 붉은색 사인펜으로 표시를 시작했다. 고심 끝에 최종후보로 거론된 일은 세 가지였다. 첫 번째는 청소대행업, 두 번째가 과일장사, 마지막으로 분식차였다. 청소 대행업은 아빠의 반대로 제외됐다. 이유는 간단했다. 엄마 손에 물 안 묻히게 하겠다고 한 약속을 지키기 위해서였다. 남은 건 과일과 분식차였다. 두 업종을 두고 고민하고 있던 찰라 켜두었던 TV에서 분식차로 성공한 청년의 다큐가 방송되고 있었다. 배고픈 이들에겐 남의 떡이 더욱 커보였다. TV에서 시선을 옮긴 아빠 엄마가 서로의 눈을 마주치며 고개를 끄덕였다. 맘을 정하니 손이 바빠졌다. 아빠는 분식차량 구입에 들어갔고, 엄마는 맛 탐방에 나섰다. 아침부터 나선 엄마는 대구에서 유명한 분식차며 가게들을 찾아 다녔다. 엄마 손에 이끌린 나는 덩달아 고생이었다. 구석구석 찾아 헤매다 보니 교통편을 이용하기보다 걸어 다녀야 했기 때문이다. 이에 다리가 아프다는 말이 나오기 무섭게 나의 입엔 츄파춥스가 물려졌다.

- 내 무다리의 원인이 그때의 강행군 탓이 아닐까란 짐작을 해본다.

탐방을 끝내고 집으로 돌아온 엄마는 포장해온 떡볶이며 순대 등을 펼쳐 놓고 맛의 비결 찾기에 들어갔다. 그날은 어김없이 분식으로 끼니를 때웠다.

내 작은 기의 원인이 가장 중요한 발육시기에 섭한 영양 불균형 탓이 아닐까란 짐작 또한 해본다.

"방식씨~"

떡볶이를 만든 엄마가 시식을 위해 주방으로 아빠를 불렀다. 참고로 엄마는 항상 아빠의 이름을 불렀다. 결혼하면 서로의 이름을 잃어버리는 현실에 대한 저

항이라고 했다. 하지만 속내는 아빠를 사수하기 위한 전략이었다. 가구점에 온 여자 손님이 아빠에게 호감을 보일라치면 '방식씨!' 라는 외침이 더욱 커지는 걸 보면 알 수 있었다. 마트에 장을 보러 가서도 힐끔거리는 여자의 시선을 느끼면 어김없이 들려오는 소리.. '방식씨!' 왠지 잘난 아빠의 외모를 절반은 깎아먹는 듯했다.

"맛이 어때예?"

백 프로 만족스럽진 않지만 판매 가능한 수준의 떡볶이라 여긴 엄마는 나름 자신에 차 있었다.

세계 요리경연대회 심사 위원만큼의 신중함으로 한참을 씹어 삼킨 아빠가 눈동자를 이리저리 굴렸다. 잠시 후 생각을 정리한 아빠가 입을 뗐다.

"먹을 만하네."

"뭔 대답이 그래예? 먹을 만하다니.."

낙담한 엄마의 얼굴을 읽은 아빠가 다시금 떡볶이를 집어 삼켰다.

"음, 맛있네, 진짜 맛있다!"

어린 내가 보기에도 어색한 아빠의 정정 평가는 도리어 엄마의 화를 돋구었다.

"몰라예!"

짜증스런 목소리와 함께 후라이팬 가득했던 떡볶이는 곧장 쓰레기통으로 향했다. 그 덕에 평소 절대 아빠의 옆자리를 양보하지 않던 엄마가 나를 사이에 두고 누웠다. 화가 풀리지 않는지 연신 한숨을 내쉬며 잠을 설치는 엄마였다. 그와 달리 난 아빠를 차지했단 기쁨에 두 분이 매일 싸우게 해달라고 기도했다. 엄마의 뾰로퉁은 다음날까지 풀리지 않았다. 그로 인해 불편해진 건 아빠보다 나였다. 아침 일찍 개조된 분식차를 보러간 사이 엄마는 아빠에 대한 궁시렁을 늘어놓았다.

"칫, 빈말이라도 맛있다고 하믄 어디 덧나나.."

"생각할수록 서운하네?"

"정 맘에 안들믄 자기가 해보던지..."

늘어나는 불만만큼 쌓여가는 혈압지수에 일순간 엄마는 휘젓고 있던 떡볶이 주걱을 냅다 내려 놓고는 방으로 들어가 버렸다. 바닥에 엎드려 그림책을 보고 있던 나는 그 나이에 으레 갖는 호기심에 떡볶이가 끓고 있는 가스렌지 앞으로 다가갔다. 후라이팬은 딱 나의 콧등 위치에 있었다. 까치발을 들자 그제야 남은 열기에 보글보글 끓고 있는 떡볶이들이 시야에 들어왔다. 입에 문 츄파춥스를 빼어든 뒤 맛을 보기 위해 주걱을 집어 들었다. 파르르 떨리는 다리를 진정시키려 발끝에 힘을 줬다. 인형 뽑기 기계를 다루듯 온 신경을 집중해 겨우 떡하나를 주걱에 올렸다. 입맛을 다시며 떡을 입으로 가져가다 그만 손목부위가 후라이팬에 닿았다.

"앗 뜨거!"

소리와 함께 다른 한손에 들고 있던 츄파춥스가 후라이팬 안으로 떨어졌다. 늪에 빠지듯 서서히 츄파춥스는 떡볶이 국물 속으로 빠져 들어 갔다. 잠시 후 하얀 막대가 물구나무를 서듯 일자로 솟아나는 가 싶더니 이내 다시 시뻘건 국물 안으로 사라졌다. 혼이 날까 두려웠던 나는 얼른 옷가지들과 풀지 못한 짐들이 쌓인 작은방으로 들어가 빨아서 개켜 논 이불 속으로 숨어들었다.

"진짜야, 진짜 맛있다니까!"

얼마가 지났을까? 불안감도 잊고 단잠에 빠져있던 나는 아빠의 격앙된 소리에 놀라 잠에서 깼다.

"됐어예, 억지로 그럴 필요 없어예."

빼꼼히 문을 열고 선 나의 눈에 팔짱을 낀 채 돌아선 엄마와 떡볶이 주걱을 든 아빠가 들어왔다.

"하늘에 맹세코 맛있다니까!"

평소 진지한 아빠에게서 맹세라는 단어까지 나오자 엄마의 눈빛이 흔들렸다. 절반 정도의 의심을 푼 엄마가 천천히 돌아섰다.

"정말예...?"

"그렇다니까! 뭔가 달콤하면서도 향긋한 게 그래! 복숭아 맛 같은 게 맴도는데..."

참고로 빠뜨린 츄파춥스는 복숭아 맛이었다. 구체적인 아빠의 평가에 떡 하나를 입에 넣은 엄마의 표정이 아리송한 얼굴로 변모했다.

"어, 정말 그러네."

"그렇지? 맞지? 복숭아맛 나지?"

"그렇긴 한데.. 복숭아 같은 거 넣은 적 없는데 우째 이런 맛이 나지?"

엄마의 손이 또다시 떡볶이로 향했다. 오물거리며 연신 눈동자를 굴리던 엄마의 시선이 일순간 훔쳐보던 나의 눈과 마주쳤다. 놀란 나머지 얼른 문을 닫았다. 순간, 아차 하는 생각이 머리를 스쳤다. 도둑이 제 발 저린 꼴이었다.

"은서 너지?"

"아.. 아니."

어디서 나온 객기인지 캐묻는 엄마를 향해 발뺌에 나섰다. 또래의 아이들에겐 회초리 찜질보단 거짓말이 쉬웠다. 하지만 발뺌은 오래가지 못했다.

"그럼 이건 뭐꼬?"

엄마가 물로 헹구어낸 사탕막대를 들이밀었다. 사탕의 녹는점보다 플라스틱은 녹는점이 훨씬 높다는 것을 깨우쳤다.

"그만해라, 우리 은서 덕에 맛의 비결 찾았잖아."

역시 나의 수호신은 아빠였다. 못이기는 척 돌아선 엄마는 곧장 마트로 가 봉지 한가득 과일맛 사탕을 사왔다. 그날 밤, 주방에서 새어 들어 온 과일향이 잠든 나의 코끝으로 스며들었다. 그 덕에 다양한 과일사탕 밭을 뒹구는 좀처럼 꾸기 힘들다는 컬러꿈을 꿨다.

 자리를 잘 잡은 덕인지 과일 향신료를 넣은 색다른 과일 맛 떡볶이 탓인지 장사는 무척이나 잘됐다. 푸른색 플라스틱 바케쓰에 항상 돈이 가득 찼다. 두 분이 장사를 하는 사이 나는 앞좌석에 앉아 그림책에 색칠을 하거나 장난감을 가지고 놀며 시간을 보냈다. 하지만 그도 하루 이틀이지 한창 호기심 많고 관찰력 만빵인 다섯 살짜리 소녀에게 답답한 차 안은 이내 싫증이 났다. 그렇다고 쉬이 문을 열고 나갈 수는 없었다. 그러기엔 이미 한 번의 큰 전과가 있었다.
 한창 손님들로 북적이는 저녁시간, 지루함이 한계에 다다른 나의 눈에 위험하게 도로를 건너는 연분홍 꼬리의 개 한 마리가 들어왔다. 어린 맘에 길을 잃은 듯 좌우를 살피는 녀석의 모습에 도와줘야겠단 생각에 문을 열고 나갔다. 한데, 나의 호의도 모르고 두려움을 느낀 녀석이 다시 도로를 향해 질주를 하는 것이 아닌가! 반사적으로 나 또한 도로로 뛰어 들었다.
 "끼익!"
 굉음을 내며 승용차 한대가 나의 코앞에 멈춰 섰다. 태어나 처음으로 아빠의 화난 모습을 보았다. 그 날 밤, 우연히 두 분의 대화를 엿들었다.
 "은서, 다시 자리 잡을 때까지 시골 어머니께 맡길까?"
 조심스런 아빠의 말에 잠시 고민하던 엄마가 등을 돌려 나의 뺨을 어루만졌다. 손길에서 엄마의 대답이 느껴졌다.
 "그러..."

"싫어!"

두고 볼 수 없었던 내가 눈을 뜨며 소리쳤다. 놀라 바라보는 두 분에게 또박또박 말을 이었다.

"나 안 갈거야, 아빠 엄마랑 같이 있을 거야, 다시는 차 밖으로 안 나갈테니까 할머니한테 보내지마! 엉엉엉…"

다행히 나의 눈물작전은 부모님의 마음을 돌려놓았다. 다음 날, 장사를 나가던 아빠가 집 근처에 위치한 구청 도서관 앞에 차를 멈춰 세웠다. 차에서 내린 아빠는 황급히 건물 안으로 뛰어 들어갔다.

"아빠, 왜 안와?"

화장실을 간 거라 여긴 나는 생각보다 긴 아빠의 볼일에 의아함을 내던졌다.

"금방 올 거야."

엄마의 대답이 떨어지기 무섭게 아빠가 건물 밖으로 모습을 드러냈다. 그리고 다시 차에 오른 아빠의 손엔 세 권의 동화책이 들려져 있었다.

"은서야, 이 책 보면서 차 안에서 얌전히 있어."

그날 이후, 장사를 나가는 길에 항상 도서관에 들린 아빠는 서너 권의 동화책을 나의 무릎에 내려놓았다. 내가 유독 국어를 좋아하는 것도, 그리고 동화작가라는 꿈을 품게 된 것도 이때의 영향이 컸다. 그렇게 시작된 독서는 나의 상상력에 돛을 달아 주었다. 동화책을 펼치는 순간부터 좁다란 차 안은 나만의 거대한 상상마당이 되었다. 특히, 내가 좋아했던 동화는 일곱 명이나 되는 남자들에게 도움 받는 것도 모자라 왕자 하나 잘 만나 호강하거나, 내내 잠만 자다 역시 능력남 왕자 입맞춤에 깨어나 팔자 피는 미녀 같이 무기력한 주인공들이 나오는 내용보단, 용왕 앞에서 간을 두고 왔다고 잔꾀를 내는 토끼나, 목숨을 지키기 위해 무려 천일동안 이야기를 들려주며 살아남은 지구력 강하고 말재

주 넘치는 여인의 이야기 같이 임기응변으로 위기를 벗어나는 자립심 넘치는 동화가 더욱 와 닿았다. 그렇게 지루한 나의 삶을 지탱해주던 동화는 부모님의 생각과 달리 뜻하지 않은 난관에 봉착했다. 안타깝게도 도서관의 신작 구비율은 나의 폭풍 독서력에 발맞추지 못했다. 나의 동화작가로서 꿈에 추가 목표가 있다면 바로 다작 작가로 기네스북에 오르는 것이다. 이때의 아쉬움이 그 이유가 됐다.

"뭐야, 이거 지난번에 본 거잖아, 그리고 이건 벌써 네 번째 보는 건데…"
무릎에 얹어진 동화책을 바라보며 아빠에게 넋두리를 늘어놓았다.

"며칠 있다가 새 책 들어온다니까 조금만 기다려…"
살짝 미안한 표정을 짓는 아빠의 대답에 행여 시골로 쫓겨 갈까 우려스런 맘이 들어 하는 수 없이 책을 받아들었다. 하지만 몰려오는 지루함은 어쩔 수 없었다. 지겨움에 수 십 번이나 문손잡이를 바라봤다. 그럴 때 마다 백미러에 비친 두 분과의 약속이 맘을 붙잡았다. 결국, 뻗어가던 손을 거뒀다. 그리고 거두어진 손이 우연히도 라디오 버튼으로 옮겨갔다. '치이익~' 짧은 잡음에 이어 경쾌한 음악이 흘러나왔다.

"마음이 울적하고 답답할 땐 산으로 올라가 소리 한 번 질러 봐~ 나처럼 이렇게 가슴을 펴고 쿵따리 샤바라 빠빠빠빠…"
내용을 이해할리 만무했지만 왠지 모르게 가슴에 와 닿는 노래였다. 그날 이후 라디오는 나의 친구가 되었다. 세상에 대한 정보를 라디오를 봉해 듣고 배웠다.

"아빠, 당기순이익이 뭐야?"

"엄마, 엄마도 골다공증 있어?"
처음엔 당황하던 부모님도 크게 악영향을 끼치진 않을 거란 생각에 라디오 청취를 말리진 않았다.

"We wish your a merry Christmas, We wish your a merry Christmas, We wish
your a merry Christmas And a Happy New Year~"

라디오에서 크리스마스 분위기를 돋우는 캐럴송이 흘러나왔다. 부모님의 손을 맞잡고 지나쳐가는 아이들의 손엔 하나같이 알록달록 포장된 선물이 쥐여져 있었다. 부러움에 쫓아가던 나의 눈길이 작은 뒤창을 통해 아빠와 마주쳤다. 싱긋이 웃는 아빠에게 화답의 미소를 띠웠다. 하지만 맘은 여전히 멀어져가는 아이의 선물 보따리를 떠나지 못했다. 내용물을 떠나 마냥 부러웠다.

"그만 들어갈까?"

답답함에 살짝 열어둔 창문을 통해 아빠의 목소리가 새어 들어왔다.

"무슨 소립니꺼, 오늘 같은 대목에 벌써 들어가다니예?"

"늦게 들어가서 우리 은서 산타할아버지 못 만나면 우짜노?"

아빠의 말에 엄마가 백미러에 비친 나를 힐끔 바라봤다. 조마조마한 얼굴로 반사된 백미러를 통해 엄마의 입술을 뚫어져라 바라봤다.

"그..래...요...오..."

슬로우 모션처럼 엄마의 말이 하나하나 새겨 들렸다.

"우리 은서, 산타할아버지한테 받고 싶은 선물이 뭐꼬?"

집으로 돌아가는 길에 아빠가 물었다.

"음... 이쁜 라디오. 집에서 들을 수 있는 이쁜 라디오."

사실 난 산타가 없다는 걸 진즉 알았다. 라디오에서 한 가수가 산타의 이면엔 아빠와 알바생들이 자리하고 있음을 알려줬다. 하지만 아빠의 연기에 찬물을 끼얹고 싶진 않았다. 엄마와 나를 집 앞에 내려준 아빠는 잠시 볼일이 있다며 트럭을 몰고 사라졌다. 집으로 돌아온 나를 엄마가 재촉해 재웠다.

"우리 은서 얼른 자야지. 그래야 산타할아버지가 선물가지고 오시지. 자장 자장 우리 아기.."

토닥이는 엄마의 손길에 보람도 없이 나는 아빠가 제발 맘에 드는 라디오를 사 왔으면 하는 바람에 조바심이 났다. 그 사이 점점 느려지는 엄마의 토닥거림이 느껴졌다. 안쓰러웠던 나는 못내 자는 척을 했다. 깊게 잠들었다는 내색을 하려 간간히 코까지 골아주는 센스도 잊지 않았다. 잠시 후, 나의 눈가를 손으로서 너 번 휘저어 보고선 자리에서 일어나는 엄마였다. 까다로운 딸의 취향을 맞추기 위해 고군분투하는지 아빠는 한참이 지나도 오지 않았다. 기다리다 지친 나의 눈꺼풀이 점점 무게감을 더했다.

"따르릉…"

막 잠이 들려는 찰나에 전화가 걸려왔다.

"뭐라꼬요!"

일순간 큰소리가 집안을 울렸다. 그게 끝이었다. 더 이상의 소리대신 '탁!' 무선 전화기 떨어지는 소리가 들렸다.

병원에서 마주한 아빠는 미이라처럼 온몸에 붕대를 감고 있었다. 선물을 사 돌아오던 길에 유조차와 충돌해 전신 화상을 입은 것이었다. 아빠의 손을 부여잡은 엄마가 계속 울었다. 눈물이 메마르고 목이 쉬어 갈라져도 엄마의 울음소리는 그치지 않았다. 곁에 선 나는 엄마의 눈물에 덩달아 울었다.

"아이구, 아이구 내 새끼.. 아이구, 불쌍한 내 새끼.. 흑흑흑…"

엄마의 울음이 진정되어 갈 즈음 병원을 찾아온 할매의 통곡이 바통을 이어 받았다.

“빠.. 빵식이형, 빵식이형.. 어.. 엄마 빵식이형 어딨노?”

붕대에 감긴 아빠를 알아보지 못하고 삼촌이 주위를 두리번거렸다.

“바보, 여기 있잖아!”

훌쩍이던 내가 소리쳤다. 곧바로 엄마의 꾸지람이 이어졌다.

“은서야, 그럼 못 써!”

“삼촌이 자꾸..”

“은서 너..!”

쏘아보는 엄마의 매서운 눈매에 서운하기도 하고 억울하기도 한 맘에 눈물이 왈칵 쏟아졌다.

“으아앙~”

“뚝 안그치나!”

지켜보던 할매가 호통과 함께 나의 등짝을 때렸다. 할매의 생애 첫 등짝 스매싱이었다.

“으아아앙! 아빠~”

나의 울음소리는 더욱 커졌다.

“삐이, 삐이, 삐이...”

나의 부름에 대답하듯 아빠에게 연결해둔 심장 박동기 소리가 요란히 그리고 바삐 울렸다.

“은서 아빠!”

엄마가 다급히 아빠 곁으로 다가섰다. 기계음은 더욱 요란한 소리를 냈다.

“여기, 여기 우리 아들 살려 주이소!”

복도로 뛰쳐나간 할매가 병원이 떠나가라 외쳤다. 수술실을 나온 아빠는 중환자실로 옮겨졌다. 담당의와 면담을 마치고 나오는 엄마의 얼굴은 핏기 없는 창백함 그 자체였다. 터들터들 걸음을 옮기던 엄마는 몇 걸음 못 가 바닥에 쓰러졌다. 엄마가 깨어났을 때 병실 안에는 나만이 자릴 지키고 있었다.

"할머닌 어디 가셨노?"

"아빠 마중 갔다 온다고 엄마 지키고 있으래."

휴게실에서 가져온 동화책을 펼쳐보던 내가 답했다. 순간, 벌떡 일어난 엄마가 냅다 뛰쳐나갔다. 팔에 꽂힌 링거바늘이 살을 찢고 바닥에 떨어졌다. 떨어지는 핏방울에 아랑곳 않고 엄마는 복도 끝을 돌아 사라졌다. 놀람과 두려움에 울먹이며 엄마 뒤를 따랐다. 바닥의 핏물들을 따라 도착한 중환자실 앞에선 엄마와 할매가 침대를 부여잡고 울고 있었다. 침대 위에는 흰시트가 덮여져 있었다. 다가서는 나의 어깨를 누군가의 손이 지그시 잡아 눌렀다. 뒤늦게 소식을 듣고 도착한 경숙이모였다.

"이모, 아빠 답답하게 왜 이불 덮어쓰고 있어?"

잠시 머뭇거리던 경숙이모가 울컥 쏟는 눈물을 참아 삼키며 입을 뗐다.

"응, 아빠 자는데 햇빛 때문에 눈 따가울까봐 그러는 거다."

"피이, 아빠 잠꾸러기.. 나한텐 일찍 자고 일찍 일어나라고 해 놓고선..."

아빠가 영원한 숙면에 빠졌단 사실을 안건 장례식장 휴게실에 틀어 놓은 드라마를 통해서였다. 어떤 아줌마가 아빠처럼 침대보에 덮인 아저씨를 두고 울부짖었고, 장면이 바뀌자 병원 안으로 뛰쳐 들어온 남자에게 아저씨가 돌아가셨다는 말을 했다. 그리고 다음 장면에서 지금의 아빠처럼 환하게 웃는 사진을 앞에 두고 절하는 사람들이 나왔다. 어린 나이에 어떻게 그런 생각을 했는지 몰라도 굳이 엄마나 할매에게 아빠가 죽었다는 사실을 확인하지 않았다. 그냥 믿고 싶지 않았는지 모른다. 다만, 유품을 태우는 자리에서 선물로 사오던 핑크빛 라디오만은 악착같이 놓지 않고 품었다. 그 라디오는 아빠에 대한 그리움을 이어주며 지금껏 내 방에 놓여있다.

아빠가 떠나간 지 한 달 남짓 될 때쯤 엄마는 나의 손을 이끌고 시골집을 찾았다.

"멍, 멍~"

가장 먼저 우리를 맞이한 건 지금 대견이의 엄마의 엄마인 그러니까 원조 큰개였다. (할매는 이때부터수 개 이름을 큰개라고 했다.)

"누..누구신교? 엉!? 응.. 응서야..."

개 짖는 소리에 삼촌이 밖으로 나왔다. 그때도 여전히 하의는 한껏 치켜 올린 츄리닝에 어디서 구한 건지 쫄티마냥 꽉 끼다 못해 배꼽까지 드러난 OB베어스 마스코트가 그려진 아기 야구단 티셔츠를 입고 있었다.

"아앙, 삼촌 싫어!"

두 팔 벌려 다가오는 삼촌을 피해 얼른 엄마 뒤로 몸을 숨겼다.

"은서야, 삼촌이 너 좋아서 그러는 거잖아."

"그래도 싫어! 삼촌 무섭단 말이야~"

금세 울 듯 한 얼굴을 한 나는 더욱 깊숙이 엄마의 치마폭 속으로 숨어들었다.

"어머님은요?"

"어.. 어머님, 응.. 어머님 밭에 갔다. 밭에 갔다."

삼촌의 대답을 들은 엄마가 주변을 두리번거렸다.

"은서야, 할머니 모시고 올 테니까 삼촌이랑 놀고 있어."

"싫어, 엄마 따라 갈래."

"꼬불 꼬불 산길이라서 은서는 같이 못 가는데다, 그라니까 쪼매만 기다리고 있어."

"쪼매? 얼만큼 쪼매?"

나의 물음에 잠시 생각하던 엄마가 가방 안에서 츄파춥스 하나를 꺼내 건넸다.

"이거 다 먹기 전까지 오께. 그라믄 됐제?"

흔들리는 나의 눈빛이 결정을 내리기도 전에 츄파춥스가 입으로 들어왔다. 온몸에 전해져오는 달콤함이 일순간 나를 무방비 상태로 만들었다.

"삼촌, 저 갔다 올 동안 은서 잘 데리고 있으이소."

"으.. 응, 올 때까지 응.. 응서 내가 지킨다. 약속한다. 응서 엄마 올 때까지 응서 내가 지킨다!"

덥석 엄마와 새끼손가락을 걸며 삼촌이 큰 소리로 외쳤다. 삼촌의 외침을 뒤로하고 엄마는 마당을 나섰다. 받아먹지 말았어야 했다. 짧은 달콤함은 영원한 이별의 댓가였다. 사탕을 다 녹여 먹고도 한참이 지났지만 엄마는 돌아오지 않았다. 함께 가는 엄마의 짐 보따리보다 서너 배는 많은 나의 짐을 보며 의심 했어야 했다.

그렇게 난 버려졌다.

처음엔 원망도 되고 무엇보다 이유가 궁금했다. 하지만 나이를 먹어가며 결국 달라질 게 없다는 걸 깨달았다. 그렇게 현실과의 타협과 함께 자연히 궁금증은 사그라졌다. 시간이 약이란 고언이 내겐 너무 일찍 와 닿았던 것이다. 십 여 년이 흘렀는데도 여직 그 사실을 받아들이지 않는 사람은 오로지 삼촌뿐이었다.

"아.. 약속했나. 응.. 응서 내가 시킨다꼬, 응서 엄마 올 때까지 응서 내가 지킨다!"

주문처럼 외치는 말이 도리어 지우고 싶은 순간을 떠 올리게 해 나에겐 곤욕이었다. 그래서 삼촌이 괜시리 더 밉고 싫었다.

3

흔들림

"그건 만지지마!"

쉬는 시간, 짧은 단잠을 깨운 건 정화년의 짜증에너지였다.

"아직 액정 필름 안 붙여가 때 탄단 말이다!"

새로 나온 최신 스마트폰을 한창 자랑질 중이었다.

"또 바꿨나?"

"응, 이거 어제 출시된 최신기종이다. 어떤노?"

"이쁘네."

휴대폰 자체를 가지고 있지 않은 나로서는 부러움이 정수리까지 차올랐다. 세상은 타고나길 잘해야 한다는 말을 정화를 보면서 새삼 깨닫는다. 보디빌더의 크림 잔뜩 바른 몸통만큼이나 까만 얼굴, 그 구릿빛 얼굴에 가려져 존재를 구분하기 힘든 연한 눈썹에다 결정적으로 쌍꺼풀 없는 찢어지고 작은 눈... 귀티와는 거리가 멀어 보이는 정화지만 정작, 남해군내 최고 부자 부동의 1위 집안 무남독녀 외동딸이었다. 읍내 최고층인 7층짜리 빌딩부터 읍내 유일의 예식장, 그리고 역시 유일의 장례식장이 모두 정화네 소유였다. 그녀가 그 누구보다 먼저 최신 기종을 소지할 수 있는 이유도 빌딩 1층에 휴대폰 대리점이 입점해 있기 때문이었다. 그나마 외모는 내가 낫단 생각에 신은 공평하단 말로 위안을 삼았었다. 하지만 그도 이번 여름 방학 때 성형할거란 정화의 선언으로 끝이 났다.

"넌 휴대폰 와 안사노?"

돌연, 정화가 물어왔다.

"그러게, 은서 너 휴대폰 왜 안사?"

미향이의 되새김 질문이 이어졌다.

"어!? 그게.. 그래, 난 그냥 아날로그적인 삶이 좋다."

방송에서 한 여배우가 인터뷰한 내용이 떠올라 얼른 도용했다.

"촌스럽게 늙은이도 아니고 뭔 노땅 같은 소리고, 쓸 때 없는 소리 말고 오늘 당장 개통해라. 내가 대리점 삼촌한테 얘기하믄 싸게 잘해 줄끼다."

"그렇게 해, 사실 수업 끝나고 헤어지고 나면 너랑은 완전 소통 단절되니까 답답해. 하고 싶은 얘기도 많은데.. 이참에 개통해서 카톡도 하고 페북도 하고 그러자."

 당혹감에 등에서 한줄기 식은땀이 흘러내렸다.

 - 이것들아, 나도 휴대폰 갖고 싶다! 그런데 형편이 안 된다. 그래서 속상하니까 속 좀 그만 긁고 그놈의 주둥이 좀 닥쳐라!

 목젖 바로 앞까지 울부짖음이 차올랐다.

 "글쎄, 생각 좀 해보고…"

 "생각할게 뭐 있노? 이따 당장 개통하자. 아차, 부모님 동의가 있어야 되니까 내일, 그래 내일 하자!"

 - 여하튼, 눈치 없는 건 저년의 트레이드마크다.

 유독 적극적인 게 혹시 리베이트를 먹는 게 아닌 가 의구심이 스쳐갔다.

 "피바다 떴다!"

 외침에 모여 있던 아이들이 자리를 찾아 사라졌다. 죽기보다 싫은 피바다가 이번만큼은 구세주 같았다.

 "생각 좀 해보고 나중에 개통할 때 보게."

 "나중은 나중이고 보는데 돈 드는 것도 아니고 일단 들어가서 한번 보기나 해라."

 수업을 마치기 무섭게 나의 거부에도 불구하고 막무가내인 정화의 손에 이끌려 결국 대리점 안으로 들어섰다. 견물생심이라고 막상 진열된 휴대폰들은 보노라니 구매욕구가 용솟았다. 마치 살아있는 것처럼 모두가 나를 향해 손짓했다. 몇몇은 윙크까지 날려댔다.

 "이건 어떤노? 앞에도 카메라가 있어서 셀카 찍는데 최고다."

 깜찍한 스마트폰을 내밀며 점원의 설명이 이어졌다.

“글쎄요..”

속맘과는 180도 다른 명배우 뺨치는 망설임 연기로 내가 답했다.

“그럼 이건 어때? 핑크폰이라꼬 전화오믄 네온 싸인 처럼 불빛 들어오거든..”

눈치를 살피던 점원이 정화의 사전 귀뜸을 들은 건지 내가 가장 좋아하는 핑크색으로 전신 무장한 휴대폰을 들이밀었다.

“우와! 험험.. 이.. 이쁘긴 하네요.”

만족에 찬 감탄사가 튀어 나올 뻔한 걸 겨우 눌러 참았다. 이후로도 서 너 개의 휴대폰을 들이밀며 장황한 설명이 이어졌다. 어차피 살수 없는 상황이라 마치 사활을 건 듯 한 직원의 열의에 조금은 미안한 맘이 들었다.

“내일 꼭 개통하는 거다. 알았제?”

헤어지는 순간까지 정화의 단도리는 이어졌다. 눈치가 없는 건지 생각이 없는 건지 친구지만 늘상 헷갈렸다.

“할매, 응~ 으응~”

“이년이 몇 번을 말하노? 니가 후대폰이 와 필요한데, 씰 때 없는 소리 말고 저 고추나 걷어라!”

“아이씨, 공부하는데 필요하단 말이다!”

“어? 공부에 필요 하다꼬?”

“응.”

“어휴.. 그카모...”

"응!"

"공부하지 마라!"

"!!!"

 할매는 분명 날 싫어한다. 오늘로써 더욱 확실해졌다. 그나마 남아있는 가족애가 말린 고추로 인해 튀어나온 재채기와 함께 날아갔다. 언제나처럼 시위를 위해 방으로 들어가 이불을 뒤집어썼다. 그리고 역시나 언제나처럼 무대응으로 일관하는 할매의 무시에 홀로 씩씩거리다 잠이 들었다. 나의 불만 도피처가 이불 속이 된 건 아주 간단했다. 현실에서 이루지 못하는 갈망을 그나마 꿈에서만은 비록 대리만족일지언정 이룰 수 있었다. 해서, 불만이나 바람이 생길 때면 으레 본능적으로 이불 속 출입구를 찾아 들었다. 이상한 나라 앨리스의 비밀 통로처럼 나의 이상 세계를 향해... 캄캄한 통로를 통과해 펼쳐진 세상은 모든 게 내 맘대로 내 의지대로 이루어지는 '오은서 공화국' 이었다. 아빠를 보고 싶으면 아빠를 부르면 됐고, 휴대폰이 갖고 싶으면 그냥 생각만하면 됐다. 그럼 그게 금덩어리 휴대폰이던 다이아몬드가 잔뜩 박힌 휴대폰이던 문제없이 가질 수 있었다. 그러다 보니 권력에 맛들인 통치자의 포기 할 수 없는 정권 야욕처럼 자연스레 꿈속은 떨칠 수 없는 나만의 도피처가 되었다.

 "응.. 응서야, 빠빠묵자."

나의 기분을 알 리 없는 삼촌이 덮고 있던 이불을 제쳤다.

 "안 묵는다!"

 "응.. 응서, 빠빠 안묵으믄 안된다. 빠빠묵아야 키 큰다."

 "싫다니까, 휴대폰 사줄 때까지 밥 안 묵을끼다!"

 "후.. 후대폰? 그.. 그거 있어야 빠빠 묵는다꼬?"

“그래!”

대꾸와 함께 다시금 이불을 뒤집어썼다.

“어.. 엄마, 응.. 응서 후대폰 사주믄 빠빠 묵는단다.”

“뱃떼지 쳐 불렀는 갑네, 안 묵으믄 지만 손해지.”

“응.. 응서야, 니 뱃떼지 쳐 불렀는 갑네? 안묵으믄 지만 손해지. 라는데..”

“나도 귀 있거든! 휴대폰 사줄 때까지 단식 투쟁할거니까 귀찮게 하지 말고 나가라!”

“다.. 단식 투쟁? 그게 뭔데?”

“밥 안묵는다꼬!”

“그.. 그건 알겠고, 다.. 단식투쟁은 뭔데?”

“그게 그 말이다!”

“그.. 그러니까 그.. 그게 뭔데?”

“밥! 빠빠 안 묵는다는 말!”

“그.. 그건 알겠는데 단식투쟁이 뭔데?”

“어휴 답답해, 그러니까 밥 안 묵는 걸 사자성어로 단식투쟁이라꼬 한단 말이다!”

“아~ 그.. 근데 사자성어는 뭔말인데?”

“???... 어휴, 됐다, 밥 묵는다 묵어!”

무식이기는 장사 없다는 말은 필시 삼촌을 두고 만든 말이 분명했다. 밥상에 앉았지만 밥이 들어가지 않았다. 아랑곳 않고 밥을 먹는 할매를 보니 더욱 짜증이 솟구쳤다. 결국, 들었던 수저를 놓고 방으로 들어와 버렸다. 그렇게 좋아하는 라디오도 오늘만은 귀에 들어오지 않았다. 내일 정화년의 아우성에 어떻게 대처할지 고민하느라 머리에 쥐가 날 지경이었다.

"!!!"

한참의 고심 끝에 한 가지 묘안이 떠올랐다. 물론 옳은 행동은 아니었다. 악마와 천사가 나의 좌우에서 각자 설득에 나섰다.

"안돼! 할머니 신분증을 훔치다니... 그건 엄연히 범죄야. 은서야 절대 그래선 안돼!"

"뭐 어때, 친구들한테 무시당하는 것보단 났지. 그래봐야 몇 대 두드려 맞기 밖에 더하겠어!"

"몇 대? 할머니 손이 얼마나 매운지 알지? 다리가 부러질지도 몰라!"

"다리 부러지면 입원해야 하니까 도리어 좋지, 학교 안가도 돼지. 뭣보다 피바다 쪽지시험도 안봐도 되고..."

피바다란 말에 두 눈이 번쩍 뜨였다. 아무래도 할매보단 당연 피바다가 공포대상 우선순위였다.

살금살금 안방으로 잠입한 나는 벽 한쪽을 완전히 채우고 선 장롱 앞에 섰다. 아빠가 첫 월급 선물로 사준 장롱은 세월의 흔적으로 군데군데 칠이 벗겨지고 장식이 떨어져 나가 있었다. 웬만한 집이 그렇듯 할매의 귀중품 금고 역시 장롱이란 확신이 들었다. 문제는 장롱 안 옷가지들 어딘 가냐, 아님 아랫쪽 2단 서랍장 중 한 곳이냐였다. 조용히 그리고 천천히 장롱문을 열었다. 다행히 계절별 단벌숙녀(?)였던 할매인지라 옷가지가 그리 많지 않았다. 대 여섯 별 되는 옷의 주머니들을 하나하나 뒤져나갔다. 마지막에 걸린 털조끼까지 뒤겼지만 수확은 없었다. 뒤편으로 잠든 할매와 삼촌을 재차 확인하고 조용히 서랍장 앞에 쪼그리고 앉았다. 세월을 거치며 헐거워진 손잡이가 '딸가닥' 소리를 냈다. 제풀에 놀라 얼른 고개를 돌렸다. 다행히 기척이 없었다.

'끼이익...'

오래된 서랍장 바닥 롤러가 또 한 번 나의 심박을 뛰게 했다. 입술을 앙다물고 최대한 서랍을 들어 올려가며 천천히 잡아 당겼다. 서랍장 안에는 버선과 흰색 메리야스, 그리고 분홍색 엠보싱 내복들로 가득했다.

"!!!"

신분증을 찾아 아래를 들춰가던 나의 눈이 번쩍 뜨였다.

"아니, 할매가 왜..?"

손에 잡힌 건 브레지어였다. 그것도 호피무늬...

뒤를 이어 줄줄이 비엔나처럼 호피무늬 끈팬티가 따라 올라왔다. 곧 여든을 바라보는 할매가 호피무늬 속옷세트라...? 뭐, 못할 것도 없지만 현실로 받아들이기란 쉽지 않았다. 무엇보다 평소 늘어진 흰색 메리아스 안으로 힐끔 보이는 할매의 가슴은 분명 노브라였다. 호기심을 뒤로 접고 아래 서랍을 조심히 열었다. 알록달록 꽃무늬 몸뻬와 코르덴 몸뻬, 그리고 각종 치마 같은 아랫도리들로 채워져 있었다. 왠지 모르게 분명 여기에 있을 거란 확신이 들었다. 일일이 옷가지들을 꺼내가며 꼼꼼히 뒤졌다. 점점 바닥을 보여 가는 서랍 안을 보노라니 초조함이 스며들었다. 어찌된 일인지 옷가지를 다 꺼내 뒤졌지만 어디에도 신분증은 없었다. 좌절감에 긴 한숨이 새어 나왔다. 실의에 빠져 원상복귀를 위해 옷을 집어 드는 순간 신문지가 깔린 바닥 한쪽이 유독 불룩한 모습이 눈에 들어왔다. 조심히 신문지를 들어 올리자 무게감에 눌려 납작해진 검은 비닐봉지가 보였다. 일순간 만개한 미소가 띠워졌다. 봉지 안에는 할매의 신분증과 통장이 들어있었다. 견물생심이라고 불현듯 할매의 재산이 궁금해졌다. 예금주 김심술(참, 사람 성격 이름 따라 간다더니...)의 잔고는 283만 6천원이었다. 맨날 돈 없다, 돈 없다를 외치던 것 치고는 꽤나 큰 액수였다. 얼른 신분증을 챙기고 봉투를 제자리로 돌려놓다 바닥에 있던 또 다른 통장 하나를 발견했다. 의구심에 꺼내든 통장은 우체국 통장이었다. 페이지를 넘기자 '예금주 오은서' 라는 글귀가 또렷이 박혀있었다. 떨리는 손으로 넘긴 다음 페이지를 보는 순간 눈을 의심했다.

"오.. 오천만원!!!"

숫자를 잘못 셌나 싶어 다시금 하나하나 짚어가며 헤아렸다. 역시나 오천만원이 확실했다. 로또에 당첨된 사람처럼 심장이 벌렁벌렁 거렸다. 호흡이 가빠져 숨이 멈출 것만 같았다. 거금의 정체가 궁금해졌다. 그러다 입금된 날짜를 보는 순간 나름의 해석이 가능해졌다.

"1999년 3월 13일..."

엄마가 날 이곳에 버리기 전날이었다.

"흥, 그래도 양심은 있었네."

근 십 여년 만에 엄마의 얼굴이 떠올랐다. 환한 미소를 보노라니 기분이 나빠졌다. 고개를 저어 얼른 기억에서 지웠다.

"니.. 니 뭐하는데?"

"으악!"

소리에 놀라 비명이 튀어나왔다. 언제 다가왔는지 삼촌이 얼굴을 들이 밀었다.

"뭐.. 뭐꼬!"

- 엿됐다...

난데없는 비명에 할매가 깼다. 어쩐지 순탄하다 싶었다. 할매가 침침한 눈을 비비는 사이 달아나려 문 쪽으로 향했다. '착!' 깜깜한 방안에 불이 켜졌다. 어느새 전등 스위치 앞에 선 삼촌이 보였다. 전생에 나와 원수진 게 분명했다.

"이노무 가스나, 도둑 고양이 맹키로 뭐하는 짓이고!"

할매의 불호령에 두 가지 생각이 교차했다. 기왕 이리된 거 통장에 대해 따져 물을 것인가? 아님, 후일을 위해 일단 접어두고 핑계 꺼리를 찾을 것인가?

"내.. 내일 가정시간에 바느질 수업 있어서 바늘이랑 실 찾고 있었다."

언젠가 더 큰 히든카드가 될 것 같아 후자를 선택했다.

"이년아, 그런 거야 내일 아침에 찾으믄 되지, 뭐한다꼬 이 한밤에 찾고 지랄이고 지랄이.."

"내일 까먹을까봐 그라지."

"이년아, 그리 걱정되믄 어따 적어 두던가!"

말이 끝나기 무섭게 꿀밤이 날아들었다.

"악! 아이씨, 말로하믄 되지 와 때리노?"

"이년이 뭘 잘했다꼬 난리고."

또 다시 꿀밤 가격이 이어졌다.

"아, 진짜..!"

머리를 어루만지며 슬며시 할매의 주민등록증을 허리 뒤춤에 꽂아 감췄다.

"알았다, 알았어. 내일 챙기믄 될꺼 아니가!"

적당한 짜증과 함께 자리에서 일어섰다.

"쯧쯧쯧.. 나중에 뭐가 될라꼬 저라는지..."

평소 같으면 확 대꾸를 했겠지만 상황이 상황인지라 목젖을 억누르며 문고리를 잡았다.

"응.. 응서야..."

불길함이 등줄기를 타고 흘렀다.

"와!"

할매에 대한 불만까지 한데 실어 돌아섰다.

"이.. 이거 옷에서 떨어졌다."

일어서다 떨어진 듯한 주민증이 삼촌의 손에서 내흔들리고 있었다.

"!!!"

"이년이!"

"악, 할매, 잠깐만.. 악, 잠깐만...!"

여기저기 할매의 손길이 닿은 곳이 쑤셔 밤새 신음으로 지샜다. 특히 주 타격점인 등짝의 쓰라림에 가방을 앞으로 메야할 지경이었다.

"할망구, 나 몰래 한약 먹나? 맨날 기운 없다면서 우째 저리 손이 맵노..."

아침까지 이년저년 잔소리가 이어질까 할매가 깨기 전에 집을 나섰다. 해가 뜨지 않은 아침은 생각보다 기온이 찼다. 시계를 보니 첫차가 오려면 아직 한 시간이나 남아 있었다. 추위도 이길겸 운동 삼아 옆 마을까지 걷기로 맘먹었다. 매일 다니던 길인데도 이른 아침의 경치는 남달랐다. 해안을 따라 난 도로 주변은 모두가 한 폭의 그림이었다. 바다 끝 떠오르는 해는 안방 벽에 붙은 달력 사진보다 훨씬 화려하고 아름다웠다. 하지만 감상도 잠시, 정화의 성화에 뭐라 핑계를 댈지 갑갑해졌다. 이리저리 강구책을 찾아 고민하는 사이 저만치 앞에 '대석리' 마을 표지판이 들어왔다. 들여다 본 시계는 20분 정도 지나있었다.

"에게, 이것밖에 안 지났어..."

생각보다 얼마 지나지 않은 시간에 적잖이 당황스러웠다. 잠시 고민 끝에 다음 마을까지 걷기를 이어가기로 작정했다. 시간을 맞추려 중간 중간 시계를 보며 속도를 조절했다. 매일 다니는 길인데도 인적이 없어서 그런지 뭔가 색달랐다. 마치 나만의 정원을 걷는 것 마냥 여유롭고 따뜻한 기분이 들었다. 문득 옆에 상목오빠가 함께 거닐면 좋겠다는 생각이 들었다. 기분이라도 느끼자 싶어 두 눈을 감았다. 살며시 손을 잡는 상목오빠의 손길을 떠올리니 절로 미소가 지어졌다. 오늘도 새삼 깨닫는다. ‘신은 공평하다.’ 주님이 저주받은 빈약한 가슴을 주신 대신 남다른 상상 몰입력을 주셨다. 그 능력이 얼마나 큰지 손끝으로 상목오빠의 따뜻한 온기까지 느껴져 왔다. 따뜻하다 , 참 따뜻하고 촉촉.. 아니, 축축했다...

"???"

끈적한 느낌에 눈을 떴다.

"!!!"

커다란 혓바닥이 눈에 들어왔다.

"음매~"

소가 두 눈을 끔뻑이며 시선을 마주쳤다.

"엄마야!"

놀라 뒤로 나자빠졌다. 나의 분위기를 망친 것도 모르고 놈이 연신 혀를 낼름거렸다. 제놈이야 애교의 낼름거림이겠지만 기분 상한 나에겐 마치 약 올리는 것 같이 밉상스러웠다.

"이 노무새끼가 디질라꼬!"

치밀어 오른 화를 실어 냅다 얼굴을 후려 갈겼다. 순간, 순해 보이던 소의 안면이 굳어지며 날 째려봤다. 남들이 들으면 거짓말이라고 하겠지만 분명 째려봤다. 녀석이 여세를 몰아 성큼성큼 다가왔다. 뒷걸음질 치는 나의 눈에 풀려있는 놈의 고삐가 들어왔다. 그제야 사태 파악을 한 나의 발이 뇌가 지시를 내리기도 전에 줄행랑을 시작했다. 우사인 볼트가 와도 엇비슷하게 견줄 만큼 죽을 힘을 다해 뛰었다.

"헉헉헉.."

다리를 지나 마을 입구에 도착해서야 안도감을 찾은 발이 움직임을 멈췄다. 숨이 턱까지 차올랐다. 태어나 이렇게 숨 가빠 보기는 처음이었다. 정류장 의자에 앉아 목구멍으로의 산소공급을 막는 침을 바닥에 뱉었다. 끈적한 침이 엿가락처럼 길게 늘어져 흘렀다.

"은서 아니가?"

"!!!"

상목오빠 목소리였다.

- 아닐거야, 아니야, 아니어야 해!

혼잣말을 되뇌이며 현실을 거부하는 사이 소리는 점점 가까이 들려왔다.

"은서 맞제?"

확실히 상목오빠였다.

"퉤, 퉤!"

침을 끊어내려 혓바닥을 바삐 움직였다. 허나 생각보다 끈적한 침은 쉬이 떨어지지 않았다. 선택은 하나였다. 긴 들이쉼과 함께 침을 들이 삼켰다.

"쓰흡~ 네에... 오.. 오빠."

제발, 제발 오빠가 못 봤길 바랄 뿐이었다. 아침 운동을 갔나 온 듯 츄리닝 차림에 한 손에 축구공을 든 오빠가 옆으로 다가 와 앉았다. 같은 츄리닝 차림인데도 삼촌과는 간지가 틀렸다.

"여긴 웬일이고?"

"그.. 그게... 아, 요즘 살이 쪘는지 몸이 무거워서 아침 운동 겸 걸어와 봤어예.”

역시 난 작가자질이 다분한 것 같았다.

“에이, 니가 몸이 무거우믄 미향이는 네발로 다녔게.”

오빠의 농담에 혹시나 하는 우려감이 달아났다.

“큭큭큭..”

적당한 웃음으로 농담을 받아쳤다.

“그럼 내일도 하겠네?”

“예?”

“운동?”

“예? 아, 예.”

“잘됐네, 같이 하자!”

“예!?”

“어제 테레비 봤는데 박주영 선수는 맨날 공을 발에서 안 떼고 살았다고 하더라, 학교 갈 때도 공차면서 가고.. 그래서 나도 내일부터 공 몰고 학교 가볼 생각이었거든. 기왕이믄 같이 운동하믄 서로 심심하지도 않고 어떤노?”

듣고도 꿈이 아닌 가 허벅지를 꼬집었다. 아팠다.

“좋아예.”

행여 오빠가 제안을 거둘까 얼른 답했다.

“오케이! 그나저나 첫차 타고 가게?”

“예.”

“잠깐만 기다려라, 옷 갈아입고 나오게.”

집으로 향하는 오빠를 보며 속으로 ‘야호!’ 를 외쳤다. 엄마가 날 버렸다는 사실을 깨달은 후로 행복과 행운은 나에겐 예외라 여겼었다. 하지만 오늘만은 그 예외가 도리어 예외가 되었다. 상목오빠와 함께 할 수 있다니, 그것도 단둘이... 생각만 해도 입가가 찢어졌다. 기쁨이 밖으로 새어나갈까 손으로 입을 막았다. 심장도 뛰고 덩달아 발도 방방 뛰었다.

"아참, 은서야.."

갑작스런 오빠의 부름에 언제 그랬냐 듯이 요조숙녀로 돌아왔다.

"네, 오빠.."

"기술 좋던데."

"???"

"쓰흡~"

제기랄 봤었다. 버스에 올라 오빠와 나란히 뒷자리에 앉았다. 분명 기쁘지만 오롯이 순간을 즐길 수가 없었다. 내내 그 놈의 '쓰흡~' 이 신경 쓰였다.

"은서, 니 축구 좋아하나?"

"네."

"진짜?"

"그럼요, 박지성이 있는 맨유 경기는 꼭 챙겨보는데예."

거짓말이었다. 사실 난 축구를 잘 몰랐다. 거의 문외한에 가까웠다. 해서 그냥 주워들은 이야기를 그대로 옮겨 답했다.

"캬아, 역시 은서는 뭐가 달라도 다르네. 니 알제, 여자들이 제일 싫어하는 얘기가 군대 얘기랑 축구 얘기인 거?"

"예, 그라고 특히 제일 싫어하는 얘기는 군대에서 축구한 얘기잖아예. 근데, 저는 안 그래예. 축구가 얼마나 재밌는데예."

"내 말이! 내가 축구를 해서가 아니라 이만큼 매력 있는 스포츠가 없거든."

만담 파트너를 만난 듯 신이 난 오빠가 일장 연설을 시작했다. 금시초문인 용어들까지 써가며 열변을 토하는 오빠의 말에 난 눈치껏 맞장구로 받아쳐 줬다.

　"특히, 이 오버헤드 킥이랑 중거리 인프런트 킥이 축구의 백미인데.. 내가 인프런트 킥이 좀 약해서 걱정이다..."

　열변을 토하던 오빠가 갑자기 낙담한 얼굴로 옅은 한숨을 내쉬었다. 손을 잡고 싶었다. 드라마나 영화에서 보면 이럴 때 두 손을 꼭 잡고 기운을 주던 게 떠올랐다. 조심히 오빠의 손을 향해 스물스물 팔을 뻗었다. 온기를 느낄 만큼 가까이 다가선 손끝이 미세하게 떨렸다. 에라 모르겠단 맘으로 두 눈을 질끈 감고 손을 오므렸다. 순간, '끼익' 급정거와 함께 몸이 앞으로 나아갔다.

　"!!!"

손안에 물컹한 무언가가 잡혔다.

　"악!"

비명소리가 버스 안을 울렸다. 하필, 군대 가기 전 고향에 내려와 포경수술을 한 대학생 오빠의 그곳을 잡았다. 병원까지 함께 동행한 나는 민망함에 죽고 싶은 심정이었다. 다행히 덮어둔 보호 장구 덕분에 실밥이 터지지는 않았다고 했다. 아침부터 손에 액운이 씌인건지, 소며 남자며 아주 죽을 맛이었다. 그것도 다름 아닌 상목오빠 앞에서 무슨 망신인지 쥐구멍에라도 숨고 싶었다.

　"고.. 고마워예, 오빠..."

눈을 마주치기 부끄러워 인사를 위해 숙인 고개를 똑바로 들지 못하고 살짝 수그린 채 섰다.

　"뭘, 수업 잘하고 낼 보자."

　"예!? 아, 예.."

대답 끝을 흐리며 얼른 돌아섰다. 경보선수 마냥 종종걸음으로 걸어갔다. 고개는 여전히 반쯤 숙인 상태였다.

"쿵!"

마주한 전봇대에 부딪쳤다. 전해져 오는 고통도 오빠를 향한 부끄러움을 능가하진 못했다. 화끈거리는 이마를 향해 연신 입바람을 불어가며 전진 또 전진해 나갔다. 모퉁이를 돌아서야 이마를 어루만질 수 있었다. 볼록한 혹이 돋아나 있었다.

수다스런 정화의 질문공세가 귀찮아 앞머리로 최대한 혹이 난 이마를 가리고 교실로 들어섰다.책상 위에 올라선 미향이 킹콩마냥 가슴을 치고는 바닥으로 뛰어내려 네발로 걷기 시작했다.

"푸하하핫!"

영문을 모름에도 순간 빵 터졌다. 상목오빠의 말이 떠올라서였다.

'에이, 니가 몸이 무거우믄 미향이는 네발로 다녔게.'

웃음소리에 시선이 일제히 나에게로 쏠렸다.

"뭐하는 거고?"

수습하려 얼른 미향이에게 다가서며 물었다.

"어제 진주가서 혹성탈출 봤거든. 거기 시저라는 대장이 나오는데 진짜 매력적인 거 있지."

"뭐꼬, 이제 하다하다 짐승한테 꽂힌기가?"

"니가 안 봐서 그렇지, 보면 그런 말 못할 걸. 그 카리스마며 푹 빠져들고 싶은 눈동자까지.. 완전 매력 덩어리야."

참고로 미향이의 이상형은 영화를 볼 때마다 바뀌었다.

그것도 유독 이상한 쪽으로.. 반지의 제왕 때는 남들이 다 열광하는 금발의 레골라스가 아닌 골룸에, 아바타에서는 하루 종일 '꽤액~ 꽤액~'만 외치는 거

대한 새 토루크에 흠뻑 빠졌었다. 어쩌면 미향이가 나의 절친이 될 수 있었던 결정적 이유가 이상형이 절대 겹치지 않아서 일수도 있단 생각이 들었다. 일찍 시작한 하루라 그런지 그 어느 때보다 피곤함이 몰려왔다. 다행히 3교시가 음악시간이라 흘러나오는 클래식을 자장가 삼아 단잠을 잘 수 있었다.

"꼬로록..."

잠을 보충하고 나니 이번엔 배고픔이 몰려왔다. 매일 먹던 아침밥도 굶은 대다 무리한 걷기가 허기를 더했다. 점심시간까지 견디다간 쓰러질 것 같아 매점으로 향했다. 매점에는 이미 미향이와 정화가 자릴 잡고 있었다.

"의리 없는 것들, 나 빼놓고 먹으니까 맛있나?"

"와았엉, 자공잇길랭 앙 깨웠징.."

입이 터져라 빵을 쑤셔 넣은 미향이 웅얼거렸다. 서운한 기운을 빌미로 냅다 미향이 들고 있던 빵을 빼앗아 입에 넣었다. 들고 있던 딸기우유로 시선을 향하자 냅다 품에 안는 미향이었다.

"하여튼, 식탐은.."

"미향이 저년, 남자는 양보해도 음식은 양보 안하는 거 몰랐나, 자."

정화가 건네는 우유를 단번에 들이부었다.

"뭐야? 굶었어?"

평소와 다른 나의 먹성에 놀란 미향이 입안 가득한 빵을 꿀떡 삼키기 무섭게 물었다.

"몰라, 키 클려나 요즘 들어 먹어도 먹어도 배가 고프네."

본의 아닌 상목오빠와의 운동으로 내일부터 한동안 이어질 배고픔을 대비해 미리 연막을 뿌렸다.

"아참, 이따 갈꺼제?"

“어딜?”

“휴대폰 하러 가야지.”

정신없는 하루로 인해 깜빡 하고 있었다. 삼킨 빵이 식도 중간에서 딱 멈췄다.

“켁! 어, 그.. 그게 조만간 신형 LTE폰 나온다던데 그때 할라꼬..”

온천수 같이 샘솟는 나의 거짓말 재능이 스스로도 감탄스러웠다.

“뭐꼬? 가게 삼촌한테 얘기 다 해놨는데..”

아쉬워하는 모양새가 더욱 리베이트 먹는 게 확실했다.

“미안, 어차피 하는 거 쫌만 참았다가 최신기종으로 하는 게 맞는 거 같더라.”

그렇잖아도 튀어나온 정화의 입이 새부리 마냥 삐죽 나왔다.

“빵 더 먹을래?”

설득이 이어질까 얼른 화제를 바꿨다.

“응.”

예상한 미향이의 답에 잽싸게 팔짱을 끼고 진열대를 향해 돌아섰다.

“야, 야!”

등 뒤에서 누군가의 외침이 들려왔다.

“운동장에 골 때리는 놈 나타났다!”

왠지 모를 불길한 기운이 온몸을 타고 흘렀다. 모퉁이를 돌아 운동장으로 들어서자 아니나 다를까 삼촌이 서 있었다. 수위 아저씨와 실랑이 중인 삼촌의 손엔 숟가락과 양푼이 들려 있었다.

“빠.. 빠빠, 응.. 응서.. 빠빠...”

어렴풋이 들려오는 소리에 가슴이 철렁 내려앉았다. 엉성한 발음 덕에 내 이름이 명확히 들리지 않는 게 천만다행이었다.

"저 인간 어디서 많이 봤는데..?"

안도도 잠시, 정화년의 아는 체에 몸이 굳었다. 살며시 두 손을 모으고 간만에 주님을 찾았다.

- 주님 제발 정화의 기억력에 감퇴, 철퇴, 쇠퇴를 부어 주시어 부디, 제발, 결코 기억해 내지 못하게 하옵소서.

"어디서 봤더라...?"

떡이 나오는 것도 아닌데 정화는 포기를 몰랐다. 기출문제 떠올리듯 머리를 긁적이던 정화의 손놀림이 일순간 멈췄다.

"그래 맞다! 그 미친놈!"

- 제기랄..

"은서야, 너희 동네 미친놈!"

"어, 응.."

"아따 저 미친놈, 여기는 우째 알고 왔데?"

"그.. 그러게..."

행여 눈이라도 마주칠까 얼른 몸을 돌렸다.

"우.. 울 응서 빠빠~~"

아우성에 가까운 메아리가 귓전을 때렸다. 하지만 끝내 돌아보지 않았다. 내가 오란 것도 아니고 지발로 온건 내 탓이 아니라는 정당성을 되뇌이며 곧장 교실로 들어왔다.

수업 내내 일말의 양심이 가슴 한켠을 콕콕 찔렀다. 그 때문일까 체한 듯 영 속이 좋지 않았다. 결국 양호실에 들러 조퇴증을 끊었다. 버스를 타면 멀미를 할 것 같아 걷기로 맘먹었다. 부러 짧은 신도로 대신 돌아서 가는 구도로를 택했다. 다들 신도로를 이용하는 덕에 구도로는 한적했다. 과수원과 논밭이 펼쳐진 구도로는 아침에 거닐던 해안도로와는 또 다른 매력이 있었다. 하지만 행복은 얼마안가 후회로 밀려왔다. 무진장 가파른 오르막길이 눈앞에 펼쳐졌다. 감성에 사로잡혀 현실을 깜빡 잊은 결과였다. 새삼 자동차를 발명한 사람의 위대함이 느껴졌다. 돌아가기엔 온 길이 아까워 정면 돌파를 선택했다.

"새엑.. 새엑..."

가빠진 숨이 두 번째 오르막길을 오를 때쯤 거친 쇳소리를 토해냈다. 사지에 힘이 풀려 길가 풀밭에 주저앉았다.

"니미럴 고생을 사서하고 앉았네."

스스로를 꾸짖으며 양손으로 허벅지를 두들겼다. 호흡이 안정권에 접어 든 걸 확인하고 나서야 자리에서 일어섰다. 쉬었다 다시 걸으려니 배로 힘이 들었다. 평소 할매에게서 들려오던 앓는 소리가 절로 새어 나왔다.

"에고고.."

아직 하나의 고개가 남아있었다. 그것도 가장 높다란 고개였다. 고충을 분산해줄 지팡이의 필요성을 느꼈다. 때마침 뒤편의 과수원 한쪽에 쌓아둔 지지목이 눈에 들어왔다. 침입을 막기 위해 설치해둔 철조망 사이로 팔을 뻗었다. 거리가 멀지 않아 쉬이 지지목을 잡을 수 있었다. 행여 철조망에 옷가지가 걸릴까 조심조심 움직였다. 한데 그만 발이 살짝 미끄러지며 몸이 앞으로 기울고 말았다.

"!!!"

일순간 피가 거꾸로 솟고 머리끝이 바짝 일어났다. 니미럴 감전이었다. 옅은 신음과 함께 기억이 끝이 났다. 다시 눈을 떴을 땐 누군가의 등에 업혀 있었다.

"자장 자장 우리 응서.."

삼촌이었다. 한데 말을 더듬지 않았다. 그때 알았다. 바보도 노래할 땐 더듬지 않는다는 사실을... 평소 같으면 불같이 성질을 내며 내렸을 테지만 그러고 싶지 않았다. 일단 걸어갈 기운이 없었다. 그리고.. 그리고... 포근했다. 어릴 적 아빠에게 업혔던 그 순간처럼 따뜻하고 편안했다. 그렇게 난 다시금 눈을 감았다.

"멍~ 멍~"

대견이의 짖는 소리에 잠을 깼다. 하지만 방안에 눕혀지는 순간까지 난 눈을 뜨지 않았다. 어떻게 해야 할지 몰라서였다. 삼촌에게 고맙다는 말을 해본적도, 웃으며 대해 본적도 없었다. 오는 내내 고심 끝에 내린 결론은 모른 체였다. 삼촌이 방을 나간 뒤에도 눈을 뜨지 않았다. 긴장이 풀리자 유난히 고단했던 육신이 휴식을 위해 금방 날 꿈나라로 데려갔다.

"응.. 응서야 빠빠 묵자!"

언제나처럼 살아있는 알람시계가 나를 깨웠다. 기분일까? 400볼트의 전류가 흐른 몸은 여느 날과는 다르게 느껴졌다. 정전기 가득한 스웨터를 입은 듯 답답함이 가득했다. 쏟아질 할매의 잔소리를 생각하니 변비로 일주일간 가득 쌓인 숙변 마냥 맘이 무거웠다. 빼꼼히 문을 열고 주방으로 들어섰다.

"???"

웬일인지 혼구녕을 위해 준비 자세를 취하고 있어야 할 할매의 모습이 보이지 않았다. 게다가 밥상 위에는 평소 먹기 힘든 소고기 미역국이 모락모락 김을 피우고 있었다. 추석 명절 때 쓴다며 설날 남겨둔 소고기였다. 낯선 분위기가 도리어 더 큰 위협으로 와 닿았다.

"할매는?"

질문을 던지면서도 언제 등장할지 모를 할매를 향한 경계의 끈을 놓지 않았다.

"하.. 할매.. 내.. 엄마, 아푸다. 아파서 방에 누워 있다."

"뭐!?"

예상 밖의 대답에 얼른 수저를 놓고 일어섰다. 지난 겨울 빙판길에 미끄러져 다리 깁스를 하고도 늦잠 자던 날 혼내던 할매였다. 그런 할매가 방밖도 나오지 못할 정도로 아프다는 소리에 지체 없이 안방으로 향했다. 걱정에 맘이 무거웠다. 무엇보다 그리 아픈 몸으로 손녀 먹이겠다고 미역국까지 끓인 배려가 고스란히 우려로 돌아왔다. 그것도 멸치가 아닌 소.고.기. 미역국으로... 뜨다만 숟가락을 든 채 몇 걸음 앞에 있는 안방 앞에 섰다.

"할매..."

"됐다. 들어오지 마라!"

할매의 만류에 문고리 잡던 손을 멈췄다.

"어디가 얼마나 아픈데?"

"별 거 아니다. 걱정 말고 퍼뜩 밥이나 묵아라."

태연한 모습이 도리어 더욱 불안했다. 놓았던 문고리를 다시 잡았다.

"할매가 의사가? 별거 아닌지는 병원 가 봐야 알지!"

말이 끝나기 무섭게 세차게 문을 열어 제꼈다.

"들어오지 말라니까!"

할매의 외침이 방안 가득 울렸다. 지금껏 해대던 잔소리와는 확연히 틀린 단호하고 격정적인 어투였다. 방안에 들어섬과 동시에 할매가 냅다 이불을 뒤집어 썼다. 아픈 모습을 감출정도라면 더욱 어디가 얼마나 아픈 건지 꼭 확인해야만 했다.

"함 보자. 아니 도대체 얼마나 아프길래 이리 싸 감고 누웠노?"

“아따, 별거 아니라카이..”

“별거 아니믄 보여주믄 될꺼 아니가?”

대답 대신 더욱 이불을 움켜잡는 할매였다.

“아이씨, 진짜!”

참다못한 내가 이불을 와락 들췄다. 수줍은 소녀마냥 양손으로 얼굴을 감싸는 할매였다.

“절루 가라!”

“함 보자!”

상태를 확인하려 물러서는 할매의 손을 냅다 잡아 당겼다. 잠시의 실랑이 끝에 할매의 얼굴이 드러났다.

“!!!”

한쪽 눈이 붉고 퉁퉁 부어있었다. 다래끼였다.

“아이씨, 뭐꼬!”

“그러게 별거 아니라캤잖아. 가스나 옮으믄 우짤라꼬..”

말은 씨가 되고, 찝찝함은 현실이 된다.

“으악!”

다음날 아침, 할매와 똑같은 오른쪽 눈에 다래끼가 났다. 아침을 준비하는 할매에게 한바탕 원망의 아우성을 퍼부은 뒤 그대로 가방을 짊어지고 나와 버렸다.

“삼촌, 오늘 또 학교 찾아 오믄 그땐 정말 다시는 삼촌 안 볼 거니까 그리 알아라!”

그 와중에 삼촌의 방문을 우려한 협박조의 당부만은 잊지 않았다. 버스 타기가 쪽팔려 걷기로 맘을 먹었다. 학교까지는 대략 6킬로, 결코 만만찮은 거리는 아니었다. 그래도 이목의 집중을 받는 것 보단 나은 선택이었다. 안대를 가린 탓에 한쪽 눈으로 바라본 아침 풍경은 또 다른 색다름이 있었다. 두 눈으로 바라본 세상이 풍경적이라면, 애꾸눈 세상은 지극히 사물적이었다. 바닥의 돌 하나, 눈앞의 전봇대 하나 하나가 도드라지게 눈에 들어왔다.

"은서야!"

얼마를 갔을까, 뒤쪽에서 소리가 들려왔다. 상목오빠였다. 귓가를 스며드는 소리에 머리보다 가슴이 먼저 떨림으로 반응했다.

"오늘은 나왔네?"

"???"

아차 싶었다.

"어제는 와 안나왔노? 한참을 기다렸는데.."

"미안해예, 갑자기 일이 좀 있어가.."

가장 흔한 두리 뭉실 핑계로 얼버무렸다. 차마 감전 당했다는 말을 할 수가 없었다.

"큰일은 아니제?"

"예."

"그라믄 됐다. 어? 다래끼 났나보네?"

"!!!"

오빠의 물음을 듣고서야 나의 모습을 깨달았다. 창피함에 얼른 고개를 돌렸다.

"괜찮다. 뭐 그런 걸로 창피해 하노?"

오빠의 태연함 속 배려에 감동이 밀려왔다.

“가까이 오지 마이소, 옮습니더.”

다가서는 오빠의 기척에 걸음을 옮겨 거리를 뒀다.

“옮기믄 어때서, 죽을병도 아닌데 뭐 어떤노?”

또 한 번 나의 선택에 대한 확신이 차올랐다. 이렇게 멋진 사람과 평생 함께 한다면 그 자체만으로도 엄청난 행운이리라. 더더욱 오빠를 놓치고 싶지 않았다. 속으로 다짐했다. 기필코 이 남자를 내 남자로 만드리라. 결단코 혼자만의 짝사랑으로 끝내지 않으리라.

“가자!”

생각에 잠긴 사이 앞장 선 오빠가 공을 드리블하며 나의 팔을 잡고 이끌었다. 축구를 몰라서 그런지 몰라도 오빠의 발재간은 훌륭해 보였다. 나의 시선을 의식해서인지 간간히 헤딩이며 무릎으로 공 튕기기 같은 재주를 부렸다.

“우와~ 우와~”

난 약간의 과장을 실은 감탄사로 열렬한 환호를 표했다. 신이 난 오빠가 점점 난이도 높은 기술을 선보였다.

“오빠, 박지성보다 잘 차는 거 같아예, 호호호..”

고래도 춤추게 한다는 칭찬으로 오빠를 한껏 치켜세웠다. 시대의 현모양처 모두가 칭찬으로 남편들을 성공시켰듯 나 또한 미래의 국가대표를 만들기 위한 사전 포석에 들어갔다. 그렇게 나만의 꿈 잔치에 빠져 들다보니 어느 새 읍내에 다다랐다. 터미널 사거리를 정면에 두고 오른쪽으로 가면 남해 중고가, 왼쪽으로 가면 남해 여중고였다.

“낼 아침에도 나올꺼제?”

“네.”

“그럼 낼 보자.”

발로 공을 튕겨 잽싸게 겨드랑이로 끼워 잡은 오빠가 손을 흔들며 사라졌다. 뒤태마저도 매력적이었다. 특히나 운동으로 다져진 탱탱한 엉덩이의 실룩거림은 나의 심장 박동을 박자 맞춰 뛰게 했다.

상목오빠와의 데이트로 시작한 하루는 그 어느 때 보다 상쾌했다. 내일이 기대되는 삶이 나에게 찾아올 줄은 전혀 예상하지 못했다. 그간 행복은 나에게 먼 나라 얘기라 여겼다. 꿈도, 잠시 잠깐의 상상마저도 꿀꿀하던, 그런 불행한 나에게 상목오빠는 등대였다. 희망의 빛이었다. 행복폰의 전력을 공급하는 충전기였다.

"니 뭐 잘못 먹었나? 하루 종일 헤벌레 해가지고선 누가 보믄 농약 먹고 정신줄 놓은 줄 알겠다."

교실 청소를 위해 의자를 책상에 올리던 나를 향해 정화가 동그랗게 뜬 두 눈을 들이밀었다.

"친구한테 말하는 꼬라지하고는... 농약이 뭐꼬! 농약이..."

행복의 나래를 접어 꺾는 정화를 향해 나도 모르게 벌컥 화를 냈다.

"가스나, 진짜 농약 먹었나? 아니믄 그만이지 와 눈은 치켜뜨고 난리고.. 잘못하믄 한대 치겠다."

"뭐, 니 진짜!"

정화의 되받아 치는 성질에 입안까지 올라오던 사과의 말이 쏙 들어갔다. 평소 같으면 그냥 웃어넘길 정화년도 어쩐 일인지 물러서지 않고 틱틱거렸다. 모양새로 보아 분명 휴대폰을 개통 안한데 대한 불만 때문이라 여겨졌다.

"야, 야 그만해! 별것도 아닌 것 갖고 친구끼리 뭐하는 짓이야."

노려보던 우리 둘의 얼굴 사이로 불쑥 물때가 줄줄 흐르는 밀대가 치고 들어왔다. '척!' 밀대를 짚고 선 미향이 우리를 떼어놓았다. 여전히 기분이 언짢은 정화가 나를 째려봤다. 나 역시 눈싸움이라도 하듯 지지 않기 위해 있는 힘껏 눈을 치켜떴다.

  "둘 다 쓸 때 없는데 기운 빼지 말고 내일 뭐 할 건지 아이디어나 내놔 봐?"

  "내일 뭐하긴 학교..!!!"

 아차 싶었다. 내일은 다름 아닌 개교기념일이었다. 내일 보자며 손을 흔들던 상목오빠의 모습이 떠올랐다.

 - 제기랄... 졸지에 나 홀로 등교하게 생겼다.

  "난 안된다, 낮부터 부모님이랑 멸치축제 행사장 가야 된다."

 팔짱을 낀 채 새침 뗀 어투로 정화가 스케줄을 읊었다. 도도하게 치켜든 고개 속엔 축제 운영위장인 아빠에 대한 자부심이 묻어있었다.

 - 부러운 년. 아냐, 부러우면 지는거야!... 그래도.. 부럽다...

  "아, 맞다. 내일부터 멸치축제지? 밤에 불꽃놀이도 한다 그러던데.. 은서야 우리도 가자?"

  "나!? 난.."

 쉽게 대답이 떨어지지 않았다. 나의 망설임에는 다 이유가 있었다. 작은 읍내에서 축제는 흔하지 않은 화합의 장이었다. 동네별로 시합도 벌이고 필수 행사인 노래자랑도 열리는 말 그대로 지역 주민들의 잔치였다. 그 말인즉, 할매도 지역주민이니 축제에 올 것은 뻔했다. 그리고 삼촌은 옵션이니 더욱 당연했다. 행여 마주치기라도 한다면 난 동네를 떠야 한다. 쪽 팔려서 못산다. 그간 벌려논 거짓이 너무 크기에 선택의 여지가 없었다.

  "난, 안 갈래. 그냥 도서관 가서 공부나 할란다."

 - 쯧쯧쯧.. 고작 지어낸 핑계하고는...

내 입으로 말하고도 속으로 웃겼다.

"푸.. 푸하핫..."

정화가 폭소를 터뜨렸다. 대놓고 웃어제끼는 정화의 웃음에 흘기듯 째려봤다. 헛기침을 하며 정화가 고개를 돌렸다. 그 사이 옆에 있던 미향이 심각한 표정으로 나의 성한 쪽 눈꺼풀을 제끼며 이리저리 살폈다.

"너 진짜 농약 먹었어?"

"영어 공부 좀 해야지, 피바다한테 맞는 것도 하루 이틀이지.. 이러다 손톱세포 다 죽겠다."

오전 영어 쪽지시험에서 맞은 손톱을 호호 불어가며 의지를 피력했다. 이리저리 뜯어보며 미향의 스캐닝이 이어졌다. 조마조마한 심장을 들키지 않으려 고인 침을 삼키는 것조차 멈췄다.

"쩝, 그럼 할 수 없지 뭐. 난 그냥 방바닥이 뒹굴어야겠다."

다행히 미향이 의심을 걷었다. 그대로 있다가 행여, 뭔가 낌새라도 챌까 우려감에 얼른 휴지통을 들고 교실을 나왔다. 소각장으로 향하며 불현듯 그간의 거짓에 대한 종말이 두려웠다. 지금껏 단 한 번도 생각해보지 않았다는 게 신기할 정도였다. 언제고 이렇게 숨길 수만은 없었다. 역시 방법은 하나였다. 고등학교를 다른 곳으로 가는 것만이 내가 살길이었다. 그간 할매의 반대라는 난관이 있었지만 이젠 그도 깔끔히 해결됐다. 통장! 나의 이름으로 된 거금 오천만원이 든 통장이라는 든든한 자립 지원군이 생겼기 때문이다.

- 이제 타지로 갈 실력만 쌓으면 된다. 그러려면 공부를 해야 된다. 공부! 갑자기 머리가 아프다. 내가 좋아하는 국어는 문제없다 쳐도 싫어하는 과학도 해야 하고, 미치도록 싫어하는 수학도 해야 하고, 죽도록 싫어하는 영어도 해야 한다... 그냥 죽을까...

문득, 한 번도 꿈꿔보지 않은 대통령이 되고 싶어졌다. 그렇게 된다면 모든 과목 교사를 장동건, 원빈, 현빈 스타일의 꽃미남으로 채용 할 것이다. 정치적 외압에 전과목이 힘들다면 타협을 통해 국, 영, 수 만이라도... 물론, 차별한다는 반발이 없게 남학교에는 김태희, 전지현, 송혜교 같은 미녀들이 레이싱복 차림으로 수업을 진행하게 할 것이다. 그리되면 대한민국 학생들의 평균성적이 못돼도 50%이상은 향상 되지 않을까. 정말, 정말 힘들다면 이기적이지만 우리학교만이라도... 현실에선 불가능한일이기에 바램이 더욱 컸다. 결국, 이상과 현실의 괴리감만 절실히 깨달았다. 그냥 나중에 작가가 되면 소재로 써야겠단 위안과 함께 즉흥적으로 돋았던 꿈을 살포시 접었다. 정신을 차리고 현 상황에서 가능한 방법들 위주로 대안을 떠올리기 시작했다. 자존심 상하지만 전교 1등인 은주에게 부탁해 배운다? 그러기엔 정화가 맘에 걸렸다. 둘은 완전 앙숙이었다. 엄격히 말해 둘이 아닌 집안끼리 앙숙이었다. 원인 제공은 은주네 집안에서 비롯됐다. 작년부터 은주네가 자신들의 주차장 부지에 장례식장 건축을 시작 때문이었다. 석 달 뒤 준공을 앞두고 요즘 들어 부쩍 두 집안의 신경전이 날카로웠다. 특히, 정화네 집이 더욱 예민했다. 그간 독점하던 밥그릇에 다른 숟가락이 들어오니 당연 위기감을 가진 것이었다. 이런 상황에 내가 은주와 붙어 있는 모습을 정화가 본다면 당장 절교를 선언하는 것은 당근 토끼밥이었다. 어디 그뿐이랴, 그간 매점에서 사준 빵값을 돌려내라며 소송을 걸어 올 지도 모를 일이었다. 하지만 그렇다고 당장 학원을 다닐 처지도 못되고... 딱히 떠오르는 묘안이 없었다. 적어도 들고 있던 쓰레기를 비우고 몸을 돌리기 전까지는...

"은서야.."

쓰레기통을 든 승희언니가 다가서고 있었다. 언니의 미소가 '내가 도와줄게, 걱정 마.' 라고 말하는 것만 같았다. 순간, 갈등이 일었다. 자존심을 버리고 사랑의 라이벌인 언니에게 손을 내밀 것인가. 아님 죽이 되던 밥이 되던, 뭐 분명 죽이 될 게 뻔하지만... 그래도 혼자서 부딪힐 것인가. 사실 고민하기엔 선택의 격차가 너무나 컸다.

"눈은 와 그렇노?"

"아, 다.. 다래끼 났어예."

"어쩌다가..."

"가까이 오지 마이소, 옮아예."

안쓰럽게 다가서는 언니를 보며 한걸음 뒤로 물러났다. 하지만 행동과는 반대로 나의 속내에선 발 빠르게 주문을 외우기 시작했다.

- 다래끼 옮아라, 다래끼 옮아라~ 제발 제발 옮아서 상목오빠랑 못 만나게 해라...

"지난번 준 책은 다 읽었나?"

"예!? 그게.. 요즘 바빠서 아직..."

사실 거짓말이었다. 바쁜 게 아니라 일부러 읽지 않았다. 요즘 들어 상목오빠와 가까워지며 언니에 대한 질투심이 커진 탓에 책을 폈다가 다시 덮기 일쑤였다.

"하긴, 진학 시험 준비할라믄 열심히 해야지. 그래도 분명 도움 되는 책이니까 꼭 읽어봐라."

"네, 언니.."

진심이 묻어난 언니의 말에 약간은 미안한 생각이 들었다.

"저기, 언니.."

정화를 배신하기보단 승희언니를 선택하는 게 낫겠다는 생각에 돌아서는 언니를 불러 세웠다.

“응?”

“저기.. 그러니까 저기...”

맘을 정했다고 생각했었는데 여전히 잔재하고 있던 자존심과 현실간의 충돌이 일었다.

“뭔데 그라노? 괜찮으니까 편하게 말해봐라.”

언니의 미소가 갈등이 일던 맘을 붙잡아 당겼다.

“저.. 시간 될 때 저 공부 좀 도와주시면 안돼요?”

- 안된다고 해라, 제발 안 된다고... 그래서 서운한 맘을 핑계로 독하게 공부할 수 있게...

“그래, 평일은 서로 시간 맞추기 힘드니까 주말에 도서관에서 같이 공부하자.”

옷을 벗겨 날개가 있나 확인하고 싶었다. 나한테만 유독 그러는 건지 아님, 누구에게나 그런 건지 단 한번도 ‘NO’ 라는 대답을 들어본 적이 없었다. 이번에도 역시나 마찬가지였다. 군수 아버지의 대를 이어 출마라도 하려는 건지, 무한 친절이 사전 선거 운동이 아닌가 의구심이 들었다. 그렇다면 한참을 잘못 짚었다. 투표권이 생기기 전에 난 이곳을 떠날 테니까...

“고마워요, 언니..”

언니가 헛다리를 짚고 있단 생각을 하니 맘이 한결 가벼워졌다. 영악해도 어쩔 수 없었다. 사랑 앞에선 악마에게 영혼까지도 파는 게 인간이라고 했다. 다름 아닌 예전 승희언니가 준 책에서 읽은 구절이다. 언니가 준 책이니 날 원망하기 전에 작가를 원망하는 게 순서다.

“모레 놀토니까 그때부터 하자.”

“네.”

돌아서 가며 미소까지 띠우는 언니를 보며 사랑의 질투심에 짓눌려있던 양심
이 또 한 번 꿈틀거렸다. 얼른 상목오빠를 떠올리며 양심을 향해 죽빵을 날렸
다.

 청소를 끝내고 학교를 나오는 내내 정화와 나 사이에 냉기가 감돌았다. 지켜보
던 미향이가 관계개선을 위해 분식집으로 우리를 이끌었다.
 “뭐해 안 먹고?”
 큼지막한 간을 소금에 찍으며 미향이 마주 앉은 정화와 나를 번갈아 바라봤다.
미향의 말에 아랑곳없이 팔짱을 낀 채 시선을 피하는 정화였다. 나 역시 시시
않고 입을 꾹 다문 채 고개를 돌렸다.
 “둘 다 진짜 이럴 거야?”
 살짝 격앙된 미향이의 목소리에 겁이 났지만 포크를 먼저 집어 드는 쪽이 진다
는 생각에 정화의 반응만을 살폈다.
 “이것들, 안되겠네!”
 엄포와 함께 포크를 내려놓은 미향이 냅다 양쪽 팔로 나와 정화의 목을 잡아
끼웠다.
 “악!”
 누가 먼저랄 것도 없이 동시에 비명이 새어나왔다.
 “하.. 항복!”
 고통에 내가 먼저 항복을 외쳤다.
 “너는?”
 “켁, 켁.. 아.. 알았으니까 놔주라.”
 “그러게 진작 말로 할 때 들을 것이지.. 뭐해 안 먹고!”

미향의 불호령에 선뜻 포크를 들지 않고 있던 정화와 내가 군기 바짝 든 훈련 생처럼 동시에 포크를 집어 들었다. 그렇게 미향에 의한 반강제적 화해 무드로 정화와의 냉전은 종식됐다.

"앉아."
버스에 먼저 오른 정화가 하나 남아있던 좌석 앞에 서서는 나를 향해 고갯짓을 했다.
"됐다, 니가 앉아라."
나 또한 정화의 배려에 털끝만큼 흐리게 남아있던 화마저 사라지며 도리어 양보 의사를 내비쳤다.
"아니다, 니가 앉아라."
말이 끝나기 무섭게 정화가 나의 팔을 잡아끌었다.
"됐으니까. 니가 앉아라."
"나는 괜찮으니까 니가 앉아라."
"야, 야 비켜! 탁구도 아니고 무슨 주거니 받거니 대화 핑퐁을 하고 있어.."
지켜보던 미향이 사이를 밀치고 들어와 털썩 자리에 앉았다.
"야!"
나와 정화가 동시에 미향이의 귓전에다 대고 소리를 쳤다. 놀란 승객들의 시선이 일제히 우리에게 쏠렸다. 창피함에 얼른 앉아있던 미향이의 가슴에 얼굴을 파묻었다. 뒤이어 얼굴을 들이민 정화와 마주보노라니 절로 미소가 지어졌다.

"어, 저거 봐라.. 큭큭큭..."
버스가 마을에 다다를 때쯤 누군가의 외침에 이어 여기저기서 웃음소리가 들려왔다. 돌아보니 모두의 시선이 차창 밖을 향해 있었다. 지금 이곳이 우리 동네라는 사실 때문일까, 언제나처럼 불길한 기운이 등줄기를 타고 흘렀다. 예상은 빗나가지 않았다. 삼촌이 버스를 쫓아 나란히 뛰고 있었다. 한데, 복장이 요상했다. 가슴엔 핑크빛 브레지어를 하고 아래 츄리닝 바지 위엔 짝을 맞춘 핑크빛 꽃무늬 팬티 차림이었다. 바보 아카데미라도 다니는 듯 요즘 들어 부쩍 바보스러움의 업그레이드가 상향곡선을 그렸다.

“아, 배 아파..”

“갑자기 와 그라노?”

“몰라, 뭘 잘못 먹었나.. 갑자기 속이 끓네...”

삼촌과 마주치지 않기 위한 핑계가 필요했다. 오늘은 더욱 절실했다.

“나 간다!”

문이 열리자마자 쏜살같이 뛰었다. 버스가 나를 지나치기도 전에 방향을 틀어 골목으로 들어갔다. 여전한 불안감에 버스가 언덕배기 코너를 돌아 사라지고 나서야 걸음을 멈췄다.

“응.. 응서야! 헉헉...”

삼촌의 거친 호흡소리가 등짝 가까이 들려왔다. 오늘은 관계를 아는 동네 사람들과 마주치는 것조차 부끄러웠다. 호흡을 가다듬고 다시금 뛰기 시작했다. 대문을 들어서자 장독에서 된장을 푸고 있던 할매가 기척에 돌아봤다.

“헉헉.. 할매, 삼촌 좀 어떻게 해라!”

“이년이 미친 돼지 음메~도 아니고 뜬금없이 뭔 소리고?”

“삼촌이..”

“응.. 응서야...”

때마침 삼촌이 마당으로 들어섰다.

"저 꼬라지 함 봐라."

"이년아, 삼촌한테 꼬라지가 뭐꼬? 꼬라지가.. 쯧쯧쯧.. 공부한다카는 학생년이..."

"그라믄 저걸 꼬라지라 그라지 뭐라 그라꼬?"

한심한 얼굴로 나를 바라보던 할매가 입을 뗐다.

"모.양.새."

"!!!"

요즘 교회에서 한글을 깨우친 후로 나날이 유식해져가는 할매로 인해 졸지에 나만 피곤해 졌다. 무엇보다 앞으로 성적표가 오게 되면 심히 걱정이었다.

"봉구야, 니 또 장에 가서 골라 골라 했더나?"

"응, 응.."

"엄마가 뭐라캤노? 그렇게 자꾸 장돌뱅이들하고 어울리믄 몰래 니 잡아간다 안캤나."

"아.. 아니다, 골라 골라 하니까 이.. 이거 응서 주라꼬 줬다."

그제야, 할매의 옷장에 있던 호피 브라, 팬티의 존재이유를 깨달았다.

"응.. 응서야, 이거..."

허겁지겁 브라와 팬티를 벗어 건네는 삼촌이었다.

"아이씨, 징그럽거로.. 몰라!"

얼굴이 달아올라 얼른 방안으로 들어와 버렸다.

"봉구야, 이리 두가. 은서 아직 젖이 덜 여물아가 그거 못 입는다. 난중에 더 커모 주게 엄마한테 맡겨둬라."

"더.. 덜 여물었다꼬?"

"그래, 이 젖탱이가 이렇게 궁둥이처럼 툭 튀어 나와야.."

"할매, 쫌!"

더 이상 듣고 있을 수 없어 문을 열고 버럭 소리를 쳤다.

 여전히 가라앉지 않은 사춘기 신체 자존심에 저녁밥을 먹는 둥 마는 둥 하고 방으로 들어왔다. 평소 같으면 밥상을 물리고 함께 TV를 보던 터라 막상 방으로 돌아오니 마땅히 할 게 없었다. 고심 끝에 피바다의 쪽지 시험을 대비해 영어단어 암기에 들어갔다. 하지만 채 한 페이지도 넘기기 전에 슬슬 졸음이 쏟아지기 시작했다. 지금 잠이 들면 새벽녘에 잠이 깨 내내 뒤척이다 결국 뜬눈으로 아침을 맞이할 게 뻔 한터라 애써 잠을 쫓았다. 고개를 내흔들고 이빨을 딱딱거리다 못해 혓바닥까지 깨물어가며 안간힘을 썼다. 한데 노력에도 아랑곳없이 점점 내려앉은 눈꺼풀이 얼마 지나지 않아 눈을 완전히 덮었다.

 "야, 이년아 내일 아침 일찍 나간다매 퍼뜩 불 끄고 안자나!"

알람시계와 같은 할매의 굿나잇 잔소리에 놀라 선잠에서 깼다.

 "쓰읍~ 공.. 공부 중이다. 쫌 있다 잘끼다."

흘러내린 침을 닦으며 얼른 변명의 화답을 보냈다.

 "야, 야 평소 안하던 짓 하믄 아침에 똥구녕 막힌다 이년아. 괜히 전기세 잡아 묵지 말고 퍼뜩 처 자라!"

 역시 할매는 나보다 한 수 위였다. 무관심보다 더욱 무서운 무시 악담에 공부할 맛이 싹 달아났다. 할매의 바람대로 책을 덮었다. 대신 손을 뻗어 라디오를 켰다. 요사이 공사가 다망한 관계로 챙겨 듣지 못했던 유미 언니의 방송에 채널을 맞췄다.

 "언제 들어도 감미로운 목소리 성시경씨의 '거리에서' 였습니다. 여러분 1부 막을 내리기 전에 잠시 공지 사항 하나 날릴께요. 이번 봄 개편을 맞아 개그맨 김한석씨와 함께하는 새로운 코너를 선보입니다. 이름하여 해피 다이어리!
일상에서 일어나는 어떤 것이든 좋습니다. 감동적인 사연이든, 배꼽 빠지게 유
쾌한 사연이든 일상의 에피소드들을 보내주시면 매달 말일 장원을 뽑아 최신
노트북을 상품으로 드립니다. 여러분들의 많은 참여 기다릴께요. 자 그럼, 광
고 들으시고 저는 2부에 다시 돌아올께요.”
- 노트북!!!
 상품으로 노트북을 준다는 말에 두 눈이 번쩍 뜨이고, 두 귀가 뻥 뚫렸다. 휴대
폰과 쌍벽을 이룰 만큼 절실히 가지고 싶었던 것이 바로 노트북이었다. 그만큼
노트북은 나에게 유용한 것이었다. 녀석만 있으면 언제고 듣고 싶은 노래도 들
을 수 있고, 향후 독립에 대한 정보를 얻는데 크나 큰 도움이 될 것이었다. 마음
한켠에 알 수 없는 자신감이 차올랐다. 프로그램의 열혈 청취자였던 터라 어떤
내용을 소재로 삼는 게 유리할지 어느 정도 감이 왔다. 당장 노트를 펼치고 가
능성 있는 소재에 대한 리스트 작성에 들어갔다.

식신 미향이의 24시, 눈치 제로단 정화의 일상, 피바다의 공포.. 욕쟁이 할매 고
발... 아님, 바보 삼촌의 비애...?

 단순히 소재를 찾아 끄적이다 보니 나도 모르게 삼촌에 대한 이야기가 불쑥 튀
어나왔다. 열혈 애청자의 관점에서 냉정히 봤을 때도 충분히 승산 있는 소재였
다.
 “이거 괜찮겠는데..”
 현실의 답답한 삼촌과 내가 바라는 이상적인 삼촌을 적절히 버무리면 꽤나 그
럴듯한 감동스토리가 나올 것 같았다. 맘을 정하고 본격적인 작업에 들어갔다.

가장 먼저 모두가 믿을만한 빈틈없는 구성이 필요했다. 그러기 위해선 무엇보다 삼촌에 대한 구체적 정리가 우선이었다. 난 왜 삼촌이 싫을까? 삼촌의 어떤 모습이 바보스럽게 느껴지는 걸까? 그렇다면 삼촌에게서 건질 수 있는 장점이나 좋은 모습은 뭘까? 하나하나 떠올려 짚어 생각을 써 내려가다 보니 결국은 내가 바라는 이상적인 삼촌의 캐릭터가 탄생했다.

이름 : 오봉구

나이 : 35세

혈액형 : O형

최종 학력 : 서울대학교 기계공학과 입학포기 (혹시나 조사 할 수도 있으니..)

직업 : 농업인

별명 : 만능박사 오박사.

결혼유무 : 미혼

특이사항 : 동네의 모든 대소사에 솔선수범으로 나서 문제를 해결함.

캐릭터가 구축되자 스토리를 만들어 가는 건 수월했다. 주변의 독특한 인물들을 투입시키고 시골의 풍경과 따뜻함을 적절히 버무려 이야기를 써 내려갔다.

『안녕하세요, 저는 경상도 끝자락 조그마한 반농 반어촌에 사는 중딩 소녀랍니다.

제가 이렇게 펜을 들게 된 건 다름 아닌 저희 삼촌의 널따란 오지랖에 대해 공개하고자 해서입니다. 우선, 저희 삼촌에 대해 간략히 소개해드리자면 바늘구멍만큼 들어가기 어렵다는 서울대 공대를 합격했지만... 보증을 잘못 선 할아버지로 인해 어려워진 집안 환경 탓에 입학을 포기한 안타까운 인재입니다. 남들 같으면 부모님에 대한 원망과 좌절감에 힘겨워 할만도 하지만 저희 삼촌은 특유의 긍정마인드로 도리어 부모님을 위로하며 집안을 일으켜 세우기 위해 직업전선에 뛰어들었습니다. 낮에는 안경 공장에서 일하고 밤에는 과외를 가르치며 악착 같이 돈을 벌었습니다. 하물며 군복무 중에는 휴가를 나와서도 건설현장에 나가 일할 정도였습니다. 그렇게 삼촌과 가족 모두가 열심히 일한 덕에 오년쯤 지나 빚을 모두 청산 할 수 있었습니다. 그 즈음, 할아버지가 갑작스레 돌아가시고 대구에서 직장을 다니던 삼촌은 홀로 계신 할머니를 모시겠다며 시골로 내려 왔습니다. 괜찮다며 극구 만류하던 할머니는 삼촌의 고집에 결국 손을 드셨습니다. 그렇게 삼촌의 귀농생활은 시작됐습니다. 삼촌은 이곳에서 만능박사 오박사로 통합니다. 다들 집안에 무슨 일이 생기면 가장 먼저 삼촌을 찾습니다. 집안 전구갈이부터 시동이 걸리지 않는 경운기 수리까지, 정말 몸이 열 개라도 모자랄 지경입니다. 행여 읍내에 나갈 일이라도 생길 땐 어찌 소식을 듣고 이것저것 부탁을 하러 아침부터 마당 안은 장사진을 이룹니다. 농약이며 비료부터 각종 고지서 납부는 물론이고, 심지어 통장에 든 돈까지 찾아다 달라며 맡깁니다. 매번 넘쳐나는 부탁에 짜증도 날만한데 삼촌은 단 한 번도 화를 내거나 귀찮아 한 적이 없습니다. 가끔 실수로 부탁 받은 물건을 깜빡하면 다시 차를 몰고 읍내로 나가 사다 줄 정도니까요. 날개만 안 달렸지 말 그대로 천사입니다. 한데, 얼마 전 큰일 날 뻔한 일이 생겼습니다. 요즘 TV에서 멧돼지 때문에 피해를 입은 농가에 대한 뉴스가 자주 나오는데 저희 동네도 예외가 아니었습니다. 최근 들어 부쩍 마을로 내려오는 멧돼지로 인해 농작물 피해는 물론, 얼마 전에는 동네 어르신 한 분이 밭에서 일하다 멧돼지에게 공격당하는 불상사까지 발생했습니다. 이에, 사태를 두고 볼 삼촌이 아닌지라 대책 마련을 위해 머리를 싸맸습니다. 그리고 며칠 뒤, 갑자기 삼촌이 저에게 동물원 구경을 시켜주겠다는 것입니다. 웬 떡이냐 싶어 얼른 삼촌을 따라 나섰습니다. 근데, 삼촌의 트럭에 오르는 저의 두 눈에 짐칸에 실린 새끼 돼지 한 마리가 눈에 들어왔습니다.

"삼촌, 저 돼지는 뭐꼬?"

"응, 별거 아니다."

그때, 말끝을 흐리는 삼촌의 행동에 의심을 했어야 했습니다. 향후 동물원에 도착해 벌어질 대창피를 조금이라도 짐작했더라면... 동물원 주차장에 도착한 삼촌이 돌연 할머니의 외출을 위해 늘상 짐칸에 실려 있던 낡은 유모차를 꺼냈습니다. 그리고는 묶여 있던 새끼 돼지를 풀어 유모차에 못 움직이게 묶고는 담요를 넣어 가리는 게 아니겠이요.

"삼촌 지금 뭐하는 건데?"

잠시 지켜보던 제가 물었습니다.

"응, 동물원에 동물 반입금지거든."

"근데..? 그럼 뭐꼬, 저거 델꼬 들어 갈라꼬!?"

대답대신 씨익 쪼개고는 말릴 틈도 없이 입구를 향해 가는 삼촌이었습니다.

"뭐하노, 퍼뜩 안 오고.."

돌아서 부르는 삼촌을 바라보다 친구들한테 자랑도 했고 사진도 찍어 오기로 한지라 내키지 않는 맘을 이끌고 뒤따랐습니다. 입구에 다다르자 태연히 표를 건네는 삼촌과는 달리, 도리어 제가 범죄자 마냥 직원의 눈지를 살피며 표를 건넸습니다.

"들어가세요."

다행히 눈치를 못 챈 건지 별 의심 없이 직원이 들여보내 주더군요. 제가 안도의 한숨을 내쉬는 사이 삼촌은 신이 난 아이처럼 바삐 안내도를 향해 앞장 서

갔습니다. 이어 안내도 앞에서 이리저리 눈동자를 굴리며 동물들의 위치를 파악한 삼촌이 놌의 손을 잡아 이끌었습니다. 그리고 도착한 곳은 다름 아닌 호랑이 우리 앞이었습니다. 순간, 설마! 하는 생각이 뇌리를 스치고 지나갔습니다. 잠시 후, 우려가 현실로 다가왔습니다. 삼촌이 유모차에 숨겨둔 새끼 돼지를 밖으로 꺼내는 게 아니겠어요. 그 모습에 우리 안에 있던 세 마리의 호랑이가 어슬렁거리며 새끼 돼지 쪽으로 발걸음을 옮겨 다가왔습니다. 위협을 느낀 듯 돼지가 비명을 지르기 시작했습니다.

"꽤엑.. 꽤엑.." (한석 아저씨의 실감나는 모사 부탁드려요^^)

그에 발맞춰 소리에 흥분한 호랑이들 또한 으르렁 거리며 냅다 뛰기 시작했습니다.

"어흥! 어흥!" (요것도...)

순식간에 우리 앞에 매달린 호랑이가 서슬 퍼런 발톱을 새끼 돼지를 향해 휘저었습니다. 놀란 새끼돼지의 비명소리는 더욱 거세졌습니다.

"꽤에엑~ 꽤에엑~" (요기에 최대한 힘을 실어 주세요.)

돼지 멱따는 소리란 말이 왜 나온 건지 확실히 알겠더군요. 울부짖는 소리가 고막을 찢을 정도였습니다. 소리에 여기저기서 사람들이 몰려들기 시작했습니다. 하지만 전혀 개의치 않고 삼촌은 품에서 녹음기를 꺼내 으르렁거리는 호랑이와 비명을 지르는 새끼 돼지의 소리를 녹음하기 시작했습니다.

"은서야, 이거 좀 잡아봐라."

발버둥 치는 새끼 돼지를 붙잡느라 힘에 부친 삼촌이 고개를 돌려 녹음기를 내밀었습니다. 나를 콕 집어 가리키는 삼촌으로 인해 몰려든 사람들의 시선이 일제히 저에게로 향했습니다. 순간, 창피해 얼굴이 홍당무가 되었습니다. 이러지도 저러지도 못하고 난처한 얼굴로 머뭇거리는 사이 갑자기 새끼 돼지의 발악에 가까운 거센 비명소리가 천지를 울렸습니다.

"꽤에에에엑~ 꽤에에에엑~" (마지막 목젖에 힘을 실은 모사 부탁드려요 ~^^)

삼촌이 고개를 돌린 사이 바닥에 놓인 새끼 돼지의 목줄을 호랑이 한마리가 물고 당기기 시작한 것이었습니다. 졸지에 삼촌과 호랑이의 줄다리가 시작됐습니다. 삼촌이 잡은 줄을 힘껏 잡아당겼습니다. 하지만 누가 봐도 월등히 우세한 호랑이의 힘에 삼촌이 점점 우리 쪽으로 질질 끌려가기 시작했습니다. 그러자 보다 못한 아저씨 한 분이 나서 삼촌의 허리를 감싸 안고 돕기 시작했습니다.

"영차, 영차.."

어느새 삼촌보다 더욱 열성적이 된 아저씨의 입에서 구령이 새어 나왔습니다. 그러자 주변에 있던 아이들 중 하나가 '힘내라, 힘~' 응원을 하기 시작했습니다. 곧이어 듣고 있던 또 다른 아이들이 응원에 가세하며 졸지에 우리 앞은 운동회 분위기가 되었습니다. 잠시 후, 응원에 힘입은 덕인지 밀리던 삼촌과 아저씨가 도리어 호랑이를 끌어당기며 뒷걸음질 치기 시작했습니다. 그러자 이번엔 끌려가던 호랑이가 자존심 회복의 결연한 표정으로 앞발을 땅에 굳건히 박고는 몸을 뒤로 제쳤습니다. 한동안 양쪽의 팽팽한 대립 상태가 이어졌습니다. 눈을 뗄 수 없는 긴장감에 주변 사람들 모두가 숨을 죽인 채 결과를 지켜보고 있었습니다. 얼마가 시났을까... 어디신가 '두둑..' 작은 소리기 새어 나왔습니다. 그리고 곧이어 '뚜두두둑.. 뚝!' 줄이 끊어지며 양쪽 진영 모두가 뒤로 나자빠졌습니다. 평생 볼까 말까 한 호랑이의 엉덩방아 찧는 모습에 여기저기 아이들의 웃음소리가 넘쳐났습니다. 때를 같이해 직원들이 달려오며 상황은 일단락 됐고, 삼촌과 저는 동물반입 금지를 어겼다는 이유로 동물원을 쫓겨 나와야 했습니다. 그렇게 기대감에 넘쳐 향했던 동물원 구경은 쪽팔림만 한 가득 안고 끝이 났습니다. 한데, 저의 그런 우울한 맘과는 달리 목적을 달성한 삼촌은 돌아오는 내내 녹음한 테잎을 반복해 들으며 만족감에 연신 웃음이 끊이질 않았습니다. 녹음한 소리는 효과가 있었냐구요?
믿기지 않겠지만 어느 정도 효과가 있었습니다. 예전보다 멧돼지의 출현 횟수가 훨씬 줄었거든요. 아무튼 이렇게 오지랖 넓은 저희 삼촌을 어떡하면 좋을 까요?』

4

삼촌의 과거

사연을 쓰느라 밤을 지새운 피로감에다 병소 안하던 뜀박질까지 한 덧인지 아침이 되자 온몸이 알이 배긴 듯 쑤셨다. 그래서일까 행복해야 할 상목오빠를 향해 가는 길이 조금은 힘겨웠다. 천근같은 다리를 이끌고 길을 걷노라니 한숨이 절로 나왔다.

"후우, 이게 뭔 고생이람.."

그나마 밤새 가라앉은 다래끼 덕에 다시 두 눈으로 세상을 담을 수 있다는 사실이 위로를 건넸다. 탁 트인 바다풍경에 위로를 받노라니 문득 신기하단 생각이 들었다. 항상 그 자리 그대로인 바다인데 매번 볼 때 마다 전해지는 느낌은 달랐다. 정규방송처럼 어김없는 시간에 떠오르는 태양도, 웨이브 댄스처럼 일렁이는 파랑도... 하물며 박지성의 가로채기처럼 물고기를 낚아채는 갈매기의 잽싼 몸짓 하나도, 매번 다를 바 없는 바다 풍경이었다.

한데, 단 한 번도 같은 느낌으로 전해지지 않았다. 그래서 자연은 위대하다고 하는 건지 모르겠다. 생각이 꼬리를 물다보니 스스로 피곤한 일을 만들어 냈다.

"시를 써 볼까?"

작가로써의 준비과정이라 여기고 한번쯤 시도해 보는 것도 나쁘지 않겠단 생각이 들었다.

변명

- 오은서

늘 변함없다.

바다는 늘 그 자리를 지켰다.

어제도, 오늘도... 그리고 내일도 그러 할 것이다.

모든 믿음도 그렇게 변함없이 지켜질 수 있으면 얼마나 좋을까.

상처 입을 일도, 누군가를 원망 할 일도 생기지 않을 텐데.

바다에게 묻는다.

어쩌면 너처럼 변치 않을 수 있느냐고

어떡해야 너처럼 믿음을 굳건히 지킬 수 있느냐고

한 가득 모래를 실어 해변으로 내어주며 파도가 답했다.

주라고 내어 주라고 끝없이 내어주고 또 내어주라고…

가진 것 없다 여긴 나에게 내어 줄 수 있는 게 무얼까?

주어진 삶의 시간을 내어줄까, 건강한 육체를 내어줄까,

아님, 아님, 언젠가 나타날지 모를 행운을 당겨 내어 줄까,

고민 속에 또 하나의 고민이 솟아난다.

주어진 삶이 얼마일지, 얼만큼 건강할지, 언제쯤 행운이 나타날지…

어느 것 하나 확신이 없어 그도 행하기 어렵다.

아니, 아까워 못 주겠다. 아쉬워 못 보낸다.

결국은 제 욕심이 모든 것을 움켜잡고 놓지 않는다.

바다가 일러준 대로 살아가기엔 인간은 이기적이다.

아니, 나는 이기적이다.

누려보지 못한 미래의 행복을 나누기엔 나는 이기적이다.

채워도 채워지지 않는 화수분 같은 나는 이기적인 인간이다.

정류장에 앉아 상목오빠를 기다리는 사이 한 편의 시가 완성됐다. 내용이나 작품성을 떠나 무언가를 지어봤다는 게 뿌듯했다. 노트 표지에 '작문 노트'라 적고 나만의 사인도 만들어 넣었다. 뿌듯함에 노트를 가방에 넣고 한껏 기지개를 켰다. 그러다 문득 바라본 시계는 어느 새 첫차가 도착할 시각에 가까워져

있었다. 한데 나왔어도 벌써 나왔어야 할 오빠가 보이지 않았다. 무슨 일이 생긴 건지, 아님 어디가 아픈 게 아닌지 걱정이 몰려왔다. 이때 저 만치 골목에서 축구공이 굴러 나왔다. 그리고 뒤이어 오빠가 모습을 드러냈다. 공을 멈춰 세우던 오빠가 나를 발견하고 놀란 표정을 지었다.

"어!? 은서야..?"

다가서는 오빠의 눈동자가 의아함으로 더욱 커졌다.

"어떻게 된기고?"

"예? 뭐가예?"

"오늘 너거 학교 개교 기념일 아니가?"

"네에!"

제기랄 알고 있었다. 하긴 학교라고는 달랑 남중고, 여중고 각각 하나밖에 없는데 모를 거라 생각한 내가 바보였다. 그 덕에 새로운 사실을 확인했다. 사랑에 빠지면 눈도 멀지만 뇌도 일시적으로 죽는다는 사실을...

"어제 너랑 헤어지고 학교 가서야 너거 학교 개교기념일인 거 알았다. 그래서 너 안나올꺼라 생각했는데... 혹시, 나 때문에 나온 거 아니가? 오래 기다렸을 낀데 미안해가 우짜노?"

"아니요, 제가 깜빡하고 말 안한건데예 뭐. 그라고 어차피 도서관 갈라꼬 나온 거니까 미안해 하지 마이소."

"그래도.."

미안함에 어쩔 줄 몰라하는 오빠의 맘이 너무 고마웠다. 머리를 긁적이는 귀여운 모습에 기다림의 지침은 금세 날아갔다.

"니 휴대폰 번호 뭐꼬?"

"예?"

“앞으로 이런 일 또 생기믄 서로 연락해야 고생 안할꺼 아니가.”

“아, 저 그게..”

“와? 휴대폰 없나?”

“예.”

“아, 그래. 몰랐네.”

“안그래도 조만간에 하나 만들라꼬예.”

“그래, 그라믄 나한테 꼭 알려두가. 기왕이믄 맨 처음으로..”

“예.”

맨 처음이란 말에 B컵 가슴이 F컵으로 빵빵해져 터질 뻔했다. 어디 맨 처음뿐이겠는가, 단축번호 1번도 오빠다. 그나저나 졸지에 휴대폰을 만들어야 할 더욱 절실한 이유가 생겼다. 머리가 복잡해졌다. 또 한 번 목숨을 걸고 할매 방으로 기습잠행을 해야 하나? 아님, 이참에 히든카드인 통장에 대해 따져 물어야 할 것인가? 만약 그랬다가 통장을 내던지며 먹고 떨어지라고 하면 당장 어디로 갈 것인가...? 아직 독립하기엔 준비가 너무 미비했다. 어느 것 하나 쉬이 선택할 수가 없었다. 하지만 확실한 건 어떻게든 꼭 휴대폰을 개통해야 한다는 것이었다. 사랑의 메신저인 휴대폰을 말이다.

꼭, 꼭, 꼭!

도서관에 앉아 있으려니 좀이 쑤셨다. 수시로 의자에서 궁둥이를 뗐다 붙였다를 반복했다. 그나마 다행히 넓은 열람실 안에는 딱 봐도 고시에 찌든 아저씨와 나 단둘뿐이었다. 햇빛도 들지 않는 구석에 박혀 꿈쩍을 않는 아저씨를 보노라니 왠지 안쓰러운 생각이 들었다. 한편으론 미래의 내 자화상이 될까 맘을 다잡는 자극제가 되었다. 다시금 책을 향해 얼굴을 파묻었다.

“아으..”

한참을 책과 시름하다 기지개를 켰다.

“엥, 뭐꼬? 이제 겨우 이것밖에 안 지났나..”

시계를 보고도 믿기 힘들었다. 족히 두 시간은 흘렀을 거라 여겼는데 고작 30분밖에 지나지 않았다. 나의 최대 인내 타임이 딱 30분이란 사실에 덜컥 겁이 났다. 당장 내일부터 승희언니와 공부를 해야 하는데 중간에 졸립기라도 하면 어떡하지? 언니가 비웃는 모습을 상상하니 끔찍했다. 무엇보다 상목오빠에게 고자질을 하기라도 한다면 모든 게 끝이었다. 후회가 쓰나미처럼 몰려들었다. 언니한테 못한다고 말할까? 만약 그런다 치면 무슨 핑계를 대야 할까? 딱히 마땅한 방법이 떠오르지 않았다. 머리에서 쥐가 났다. 찬물에 세수라도 하면 돌파구가 생길까 화장실로 향했다.

“촤아~”

쏟아지는 물줄기를 받아 연신 얼굴을 비볐다.

‘쿵! 쿵!’ 세차게 코까지 풀어가며 난관을 풀기 위해 안간힘을 썼다. 그러나 여전히 정답을 찾지 못했다. 혹시나 하는 마음에 정보검색을 위해 인터넷실로 발길을 옮겼다. 검색창에 ‘졸음 퇴치법’ 이라고 치자 주르륵 정보들이 떴다.

- 찬물로 세수하기, 발담그기, 머리감기.. 송곳으로 손끝 발끝 아프게 찌르기.. 큰소리로 숫자세며 박수치기 300번이상.. 의자에서 앉았다 일어나기 100회, 머리카락 뽑기...

하나같이 도서관에서 했다간 정신 나간 짓들뿐이었다. 막막해지자 영악한 방법들이 머리를 스치고 지나갔다.

- 언니한테 몰래 수면제를 먹일까? 상한 음식을 줘서 배탈이 나게 할까?

하지만 그것도 일회성일 뿐이었다. 괜스레 짜증이 났다. 왜 이리 사서 일을 만

들어 스스로를 고달프게 하는지... 결국, 소득 없이 자학하며 열람실 안으로 들어섰다. 구석에 앉은 아저씨는 여전히 고개를 떨군 채 꿈쩍 않고 책과 시름 중이었다. 나와 비교되는 집중력에 속으로 박수를 치며 자리에 앉았다.

"지잉~ 지잉~"

엉덩이를 의자에 붙이는 순간, 조용한 실내에 휴대폰 진동이 울렸다. 나는 분명히 아니니 진동의 주인공은 아저씨밖에 없었다. 고개를 돌리자 입가로 잔뜩 흘러내린 침을 닦는 아저씨가 눈에 들어왔다. 그간 공부를 한 게 아니라 고개를 숙인 채 자고 있었던 것이었다.

"아이고, 모가지야.."

고개를 빙그레 돌리며 기지개를 킨 아저씨가 침으로 눈곱을 떼고는 자세를 바로 잡고 앉았다. 그 사이 조심히 문이 열리고 농협유니폼을 입은 언니 하나가 안으로 들어왔다. 살금살금 아저씨에게로 향한 언니가 살며시 어깨에 손을 얹었다.

"어, 왔나?"

"잘 돼가요?"

"잘 돼가고 뭐고가 있나, 그냥 열심히 하는 거지.."

"너무 무리하지는 말고 쉬어가면서 요령껏 하이소?"

"무슨 소리! 나도 양심이 있지, 이번에 또 떨어지믄 니 얼굴 볼 면목이 없는데 우째 쉴 수가 있단 말이고."

"내는 오빠 믿으니까 그런 걱정은 마이소. 그나저나 배고프지예, 퍼뜩 밥 먹으러 가입시더. 뭐 드실래예? 요즘 부쩍 허해 보이는데 삼계탕 묵으까예?"

"삼계탕... 그건 저녁때 묵고 물회가 땡기는데 그거 묵으믄 안되까?"

"안되긴예, 그라지예."

아저씨와 팔짱을 끼는 언니의 얼굴에서 사랑에 흠뻑 빠진 행복감이 넘쳐났다.

"아이구야, 이 엉덩이에 땀 찬 거 좀 봐라... 얼마나 오래 앉아있었으믄 이래 젖었십니꺼?"

"어, 응... 집중하다보니 몰랐네. 알잖아, 내 한 번 집중하믄 화장실 가는 것도 잊어 먹는 거.."

너스레를 떨며 답하는 아저씨를 보니 절로 고개가 내흔들어졌다. 나름 한 연기 한다는 나는 비할 바가 아니었다.

"꼬로록.."

넋을 놓은 채 커플을 바라보다보니 나의 배꼽시계가 때를 알렸다. 여느 때 같으면 한 것 없이 배를 채우는 것이 못내 양심에 걸렸을테지만 오늘만은 예외였다. 경지에 오른 아저씨를 보니 전혀 죄책감이 들지 않았다. 밖으로 나가기가 귀찮아 매점에서 컵라면과 김밥을 샀다.

"스토옵!"

컵라면 포장을 뜯으려는 찰라 뒤쪽에서 괴성이 들려왔다. 미향이었다. 스스로도 너무나 컸던 목소리가 민망했던지 주변을 의식하며 다가왔다.

"웬일이고?"

"웬일이긴, 이 언니가 너 따분함 날려주러 왔지."

"따분하긴, 간만에 학구열에 불타서 뜨거워 화상 입겠구만.."

그 사이 고시생아저씨의 연기력을 훔쳐 배운 나의 습득력이 빛을 발했다. 잠시 갸우뚱하던 미향이 의심의 눈초리로 나를 스캔하기 시작했다.

"에이, 속일 사람을 속여라. 얼굴에 아 지겨워, 아 졸려! 라고 쓰여있구만."

- 아직 내공이 부족했나 보다. 아님, 이년의 눈치가 내 내공을 뛰어넘던지...

"넘겨 집지 말고 용건이 뭐꼬? 뭔 급한 일이 있길래 언니 식사까지 멈추게 하노?"

"가자!"

"어딜?"

"어디긴, 미조항이지."

"거긴 와?"

"정화 전화왔는데 방송국에서 축제 촬영 나온데."

"근데?"

"근데는, 연예인 구경 가야지. 개그맨이 리포터로 온대."

"됐다, 그냥 공부나 할란다."

"정화한테 너 데리고 간다 그랬단 말이야. 잔말 말고 어서 가방 싸서 가자."

"아, 싫다니까.."

"싫기는... 일루 와!"

극구 거부하는 나의 목을 주특기인 휘어 감기로 끌고 나가는 미향이었다.

"잠깐만.. 이거 이거 환불해야지..."

결국, 나의 발길은 축제가 한창인 오십천 강가로 와 멈춰 섰다. 저만치 천막 아래로 성화가 떡하니 명당자리를 삽고 앉아있었다.

"앉아라."

빽이 좋긴 좋았다. 운영위원장 딸래미를 친구로 둔 덕에 미향이와 나는 VIP석이라 적힌 곳에 자릴 잡고 앉았다.

"개그맨은 왔어?"

"응, 저기 촬영하고 있잖아."

 개그프로를 즐겨보지 않는 나였기에 마이크를 들고 쉴 새 없이 떠드는 개그맨이 낯설었다.

"이야, 화면보다 키는 작은데 얼굴은 훨 잘생겼네."

"그렇제, 안 그래도 좀 전에 악수했는데 가까이서 보니까 훨씬 잘 생겼더라."

"악수도 했어?"

"응, 아빠가 인사 시켜줘가 악수도하고 싸인도 받았다."

 말이 끝나기 무섭게 돌돌 말아 지니고 있던 사인지를 펴 보이는 정화였다. 사인을 바라보는 미향의 눈길에 부러움이 가득했다. 시골 애들보다 더욱 들뜬 얼굴의 미향을 보노라니 새삼 서울 돌연변이라는 확신이 더해졌다. 테이블 한가득 놓인 멸치 요리를 시식하며 과장스런 제스처를 취하던 개그맨이 맞은편 항쪽으로 발길을 옮겼다. 항에서는 널찍이 쳐놓은 가두리 안의 멸치 많이 잡기 이벤트가 펼쳐지고 있었다.

"!!!"

 시선을 따라가던 나의 눈이 놀라움에 번쩍 뜨였다. 가두리 안에서 삼촌이 허둥지둥 멸치를 잡느라 진땀을 흘리고 있었다.

"어, 저 사람.. 그 미친놈 아니가?"

- 이년은 도대체 어찌 이리 삼촌을 귀신같이 찾아내나 몰라.

 이럴 때 보면 정화 또한 나의 전생 원수멤버중 하나가 아니었나 싶다.

"은서야, 저 사람 그 미친놈 아니가?"

"어, 응.. 그러네..."

 얼버무리듯 대답하고는 행여 삼촌과 눈이라도 마주칠까 얼른 고개를 내리깔

앉다. 괜히 왔단 생각에 강제로 끌고 온 미향이 마저 미웠다. 초조함에 다리가 떨렸다.

"나, 화.. 화장실 좀 갔다오께."

불안감에 더 이상 앉아 있을 수 없어 자리에서 일어섰다.

"많이 급하나? 참을 수 있으믄 조금만 참아라. 너거 온다캐가 내가 아빠한테 개그맨이랑 사진 한번 찍게 해달라꼬 해놨다."

"진짜!"

"응, 오면 싸인도 받아라."

"오케이, 역시 넌 우리 베프야! 은서야 잠깐만 참아."

"됐다, 오줌보 터지겠다."

"그깟 오줌보 터지는 게 대수야? 정 못 참겠으면 찔끔찔끔 싸서 말려."

"말이 되는 소리를 해라!"

처음엔 거짓말이었는데 막상 마렵다고 생각하니 정말 오줌이 마려웠다.

"알았어, 그럼 빨리 갔다 와!"

미향의 말을 듣는 둥 마는 둥 허겁지겁 저만치 계단 위에 자리한 화장실을 향해 전력질주를 했다. 숨까지 참아가며 다다른 화장실 안은 모든 칸이 차 있었다. 발을 동동 구르며 눈앞의 칸을 연신 노크 해댔다.

"아따, 언년인데 사람 볼일도 못보거로 자꾸 뚜드리고 난리고, 난리가!"

안에서 노여움에 가까운 짜승이 늘려왔다. 그것도 부적이나 낯익은 소리였다. 귀를 쫑긋 세우고 다시금 문을 두드렸다.

"야, 이 년아! 똥을 싸다가 나가 까! 똥 좀 누자, 똥 좀!"

욕을 들으니 정체가 확실해졌다. 할매였다. 당황하던 차에 옆 칸의 문이 열리고 꼬마아이가 나왔다.

"야이씨, 오줌 쌀 뻔했잖아!"

이를 앙다물고 꼬마에게 위협조를 속삭이고는 문을 박차고 들어갔다.

"윽!"

썩은 냄새가 코를 찔렀다. 어린것이 뭘 먹었는지 숨을 쉬기조차 힘든 악취에 정신이 혼미할 지경이었다. 겨우 몸을 추스르고 변기에 앉았다. 타이밍상 조금만 늦었어도 정말 오줌을 쌀 뻔했다. 시원히 볼일을 보는 사이 옆 칸에서 물 내리는 소리가 들려왔다. 긴장한 탓인지 시원스럽게 나오던 소변이 일순간 멈췄다.

"에잇, 거 어떤 년인지 공중도덕도 모르나!"

- 역시 교회가 할매의 학식을 높여도 너무 높여 놨다.

"쯧쯧쯧.."

혀를 끌어 차는 할매의 소리가 귓가에서 멀어지고 나서도 한참이 지나서야 참았던 숨을 내쉬었다. 맘이 안정을 되찾자 그제야 멈추었던 소변이 마저 새어 나왔다. 계속 여기에 머물다간 심장마비 걸려 죽거나 쪽 팔려 죽거나 둘 중 하나였다. 화장실을 나가면 곧장 이곳을 벗어나야겠다 맘먹었다.

"???"

볼일을 마치고 물을 내리다 문득 스치는 의문이 뇌를 붙잡았다.

- 삼촌이 왜, 아니 어떻게 물속에..?

삼촌은 물에 빠져 바보가 됐다. 해서 세상에서 물을 가장 무서워했다. 오죽하면 다친 이후로 지금껏 단 한 번도 목욕을 해본 적이 없었다. 그나마 나의 닦달에 할매가 적셔준 수건으로 얼굴과 몸을 닦는 정도였다. 그런 삼촌이 스스로 물에 들어가 멸치를 잡고 있다는 사실이 도저히 납득 되지 않았다. 그 사이 물에 대한 공포가 사라진 것인가? 아니다, 오늘 아침만 해도 수건으로 얼굴을 문지르는 삼촌을 보았다. 그렇다면 뭘까? 모든 경우의 수를 다 대입시켜 봐도 마땅한 해답을 찾을 수가 없었다. 생각에 빠지다 보니 넋을 놓고 땅만 보고 걸었다. 잠시 후 흰색 차선 위로 떼구르 축구공이 굴러 다가왔다. 고개를 들자 친구들과 함께인 상목오빠가 눈에 들어왔다.

"은서야?"

"오빠.."

"도서관에 있는 줄 알았는데...?"

"아, 예. 친구가 찾아와서 억지로 끌려왔어예."

"우리 미향이지?"

미향이의 오빠인 배훈오빠가 대화에 끼어들었다. 우량한 미향이와 달리 날렵한 체격의 배훈오빠를 보노라면 둘 사이가 남매라는 사실이 믿기지가 않았다.

"안 그래도 아침부터 뭘 할까 고민하더니만 결국 너한테 갔구나."

대답대신 옅은 미소로 답했다.

"그나저나 이제 막 시작일 텐데 왜 벌써 가?"

"네!? 아, 몸이 좀 안 좋아서예."

둘러대며 행여나 건강한 안색이 탄로날까 얼른 고개를 떨구었다.

"어디가 많이 안 좋나?"

상태를 확인하려 상목오빠가 시선을 맞추며 얼굴을 아래로 들이밀었다. 언제나처럼 오빠가 근접하자 심장이 또 다시 빌렁서렸나. 시선을 피하려 더욱 고개를 숙였다. 오빠 역시 우려스런 맘에서인지 지지 않고 기필코 확인하려는 의지에 불타 더욱 고개를 낮춰 파고 들었다. 모르는 사람이 보면 서로 맞절이라도 하는 모양새였다.

"야, 야 그러다 땅바닥에 절하겠다."

다행히 배훈오빠가 상목오빠를 끌어당기며 접점에 치닫던 조아림 사태는 일단락 됐다.

"그럼, 가보께예."

"그래, 가서 푹 쉬어라."

"예"

고개를 숙인 채 대답을 하고는 오빠를 지나쳐 바삐 걸음을 옮겼다. 등 뒤에서 배훈오빠의 속삭임이 들려왔다.

"눈치 없이 몸이 안 좋다면 딱 알아채야지?"

"뭘?"

"바보야, 그날이란 얘기잖아."

분명히 속삭임인데도 나에게는 바로 옆에서 얘기하는 것 같이 또렷이 들렸다. 사실이 아니라 억울하기도 했지만 돌아가 하소연을 할 수도 없고, 여하튼 무진장 쪽팔렸다. 고로 나의 걸음은 경보 선수 마냥 겁나 빨라졌다. 마치 브레이크 터진 스포츠카 같았다.

집으로 돌아오는 내내 삼촌의 행동이 머릿속을 떠나지 않았다. 물이라면 기겁을 하는 인간이 물에 뛰어들다니... 도무지 그 연유가 짐작되지 않았다. 아니 이해가 가지 않았다. 그만큼 삼촌에게 물은 공포의 대상이요, 소중한 모든 것을 빼앗아간 원수였다. 물론, 첨부터 원수는 아니었다. 할매의 말에 의하면 삼촌은 그 누구보다 물을 좋아했다고 한다. 삼촌에게 가장 친근한 벗이요, 익숙한 놀이터였다. 바닷가 출신들이 으레 그렇듯 삼촌도 수영을 무척이나 즐겼다. 또래들 사이에서 물개라는 별명으로 불릴 정도로 수영 실력 또한 뛰어났다. 그런 친숙한 인연이 원수로 변모한 계기는 내가 태어나기도 전인, 십 칠년 전으로 거

슬러 올라간다. 지금이야 관광지로 유명세를 타며 여름이면 피서객들로 넘치는 해수욕장으로 변모하는 향월리였지만, 당시만 해도 간첩 침투지역이라는 이유로 방어를 위한 철조망이 해안가를 따라 둘러쳐져 있었다. 게다가 경계 강화 시간인 야간에는 주민들도 자유롭게 드나들 수가 없었다. 그러다 보니 피서철이라 해도 주민들의 친인척이나 그냥 저냥 소문을 듣고 간간히 찾아오는 이들 말고는 찾는 이 없는 조용한 바닷가에 불과했다. 그 덕에 드넓은 해변은 동네 아이들의 독차지였다. 삼촌도 그 중 하나였다. 여름 방학 때면 아침밥이 소화도 되기 전에 바다로 뛰어들기 일쑤였다. 할매 말로는 해뜨면 나가서 해지면 들어오는데 그땐 어김없이 양손 가득 전복이며 해삼을 한가득 들고 들어왔다고 한다. 문제의 그날도 밥숟가락을 놓자마자 삼촌이 자리에서 일어섰다.

"이따, 고모 온다니까 점심때는 들어 온나?"

"알았다."

그날은 하나 있는 고모가 대구에서 가족들과 함께 피서를 오기로 한날이었다. 할매의 당부를 새겨들은 삼촌은 물안경이며 전복을 떼어낼 쇠꼬챙이를 챙겨 집을 나섰다. 삼촌이 나가고 아침 설거지를 끝낸 할매는 곧 들이닥칠 외조카들을 위해 옥수수를 따러 집 뒤 텃밭으로 향했다.

"어무이요! 어무이요!"

해가 중천에 가까워 졌을 즈음, 앞마당 쪽에서 다급한 외침이 들려왔다.

"누구고?"

뒷마당을 지나치며 할매가 되물었다.

"큰일 났니더!"

마당으로 나선 할매를 보자마자 삼촌의 친구인 준용 아제가 소리쳤다.

"큰일이라니? 뭔 일인데?"

"봉구가, 봉구가..."

"우리 봉구가 와?"

불길한 눈길의 할매가 들고 있던 옥수수보따리를 바닥에 떨어뜨렸다.

"봉구가, 물에 빠졌니더!"

"뭐라꼬!"

"물질 하다가 다리에 쥐가 나가 그만..."

"아이구, 봉구야!"

할매가 바닷가로 뛰쳐나갔을 땐, 삼촌은 이미 차에 실려 읍내 병원으로 향한 후였다. 뒤늦게 소식을 듣고 달려온 할배와 함께 병원으로 향한 할매는 가는 내내 통곡을 이어갔다. 아무것도 모르고 집에 도착한 고모네도 얼른 병원으로 왔다. 응급실에 누운 삼촌은 의식이 없었다. 의사조차도 생존가능성에 대해 확신을 하지 못했다.

"아이구, 우리 아들 불쌍해가 우짜꼬.. 내 새끼 불쌍해가.. 흑흑흑..."

자리에 주저앉으며 할매가 대성통곡을 시작했다. 지켜보던 사촌들도, 고모부도, 무뚝뚝한 할배 마저도 눈가가 촉촉해져 왔다. 병원 복도가 일순간 눈물바다로 변했다. 연락을 받고 곧바로 출발한 부모님은 밤이 돼서야 병원에 도착했다. 맘이 진정된 가족들이 대기 의자에 앉아 삼촌의 상태에 촉각을 곤두세우고 있었다.

"왔나?"

할배가 아빠와 엄마를 맞았다.

"먼 길 오느라 힘들었제?"

"아닙니더... 어머니 저희 왔습니더."

저만치 떨어져 앉아 있던 할매를 향해 아빠와 엄마가 인사를 건넸다. 여전히 엄마가 못마땅했던 할매는 아빠에게만 짧게 시선을 맞추고는 이내 고개를 돌렸다.

"서 있지 말고 이쪽으로 앉아라."

지켜보던 고모가 무안해 하는 엄마를 자신이 앉아있던 옆자리로 잡아 이끌었다.

다행히 의사선생님이 고비라 여겼던 밤을 무사히 넘긴 삼촌은 오전이 지나자 감각들이 움직임을 보이기 시작했다. 맨 처음 손가락을 꿈틀거리더니 점심이 지나서는 입맛을 다시듯 입술을 실룩거리기 시작했다.

"일단, 고비는 넘긴 것 같습니다. 생명에는 지장 없을 것 같네요."

"아이고, 고맙십니더 참말로 고맙십니더.."

의사선생님의 손을 부여잡은 할매가 연신 고개를 숙이며 감사의 말을 전했다.

"한데..."

이어진 의사의 말에 뜬눈으로 밤을 새운 가족들의 흐릿하던 눈망울이 일순간 또렷해졌다.

"안타깝게도 정상적인 삶은 어려울 것 같습니다."

"뭔.. 뭔말입니꺼? 정상적인 삶이 어렵다니예!"

"그게.. 아무리 단기간이라지만 식물인간 상태에 빠진 동안 뇌에 산소공급이 중단되면서 후유증으로 지각능력을 비롯한..."

"거, 어려운 말 하지 말고 쉽게 말해 보이소!"

그동안 할매를 자극할까 애써 참고 있던 할배가 괴로움을 토해내듯 다그쳤다.

"그러니까 뭡니꺼, 지금 우리 봉구가 바보라도 된단 말입니꺼!"

단 한번도 보지 못한 할배의 노여움에 지켜보던 가족 모두가 놀라 움찔했다.

모정은 몸으로 표현하고 부정은 가슴으로 품는다는 말처럼 할배의 언성에는 깊은 슬픔이 서려있었다.

"말해보이소! 그겁니꺼!"

의사 선생님이 대답대신 고개를 떨구었다. 할매가 그 자리에 털썩 주저앉았다. 옆에 있던 할배의 시선이 곤히 잠든 삼촌에게로 향했다. 슬픈 현실을 모른 채 삼촌은 행복한 꿈을 꾸는지 실룩거리던 입꼬리가 올라갔다. 그 미소 그대로 삼촌은 깨어났다. 아니 한없는 미소천사로 다시 태어났다. 욕해도 미소 짓는, 하물며 누군가가 손찌검을 해도 미소를 잃지 않는 한마디로 '**미소와 평생 친구 놈**' 이 되었다.

낯설었다.

오랜만에 텅 빈 집안에 혼자 있자니 맞지 않은 옷을 입은 것처럼 불편했다. 그나마 익숙한 대견이가 나를 향해 꼬리를 흔들었다. 주변을 맴돌다 불현듯 녀석을 조련시켜보고 싶단 충동이 솟았다. 쪼그리고 앉아 녀석과 두 눈을 맞췄다.

"앉어!"

"멍~"

"멍 말고 앉어!"

"멍멍~"

"멍멍 말고 앉어!"

"멍멍멍~"

"에잇, 똥개새끼 멍멍멍 말구 앉으라구 앉아!"

"멍멍멍멍~"

"어, 이 자식 봐라?"

문득, 내가 멍소리를 내는 횟수에 하나를 더해 짖는 녀석을 발견했다. 우연이라 지나치기엔 혹시나 하는 기대치가 생겨났다. 아님 말고란 생각에 녀석의 눈을 다시 쳐다봤다.

"멍멍멍멍 짖어!"

잠시 바라보던 녀석이 돌연 쪼그리고 앉으며 꼬리를 살랑 살랑 흔들었다.

"뭐야? 약 올리는 것도 아니고. 앉아! 가 아니라 멍멍 짖어! 라구 이 멍텅구리야."

"멍멍멍~"

정확히 세 번을 짖은 녀석이 곧바로 앉았다.

"어? 이놈 봐라. 야, 앉아!"

"멍~"

"짖어!"

녀석이 앉았다. 그렇게 몇 번의 반복에도 녀석은 일관성 있게 앉으라면 짖고 짖으라면 앉았다. 의미는 틀려도 어찌됐던 반응을 보이는 대견이의 신기한 모습을 보니 나중에 휴대폰 동영상을 찍어 올려야겠단 생각이 들었다.

"휴대폰!!!"

이런 좋은 기회를 하마터면 놓질 뻔 했다. 얼른 안방으로 뛰져 들어갔다. 옷장 앞에 서자 나도 모르게 입가로 실실 흐뭇한 웃음이 새어 나왔다. 깍지 낀 손을 제껴 밀치고는 손을 툴툴 털고 옷장 손잡이를 잡아 당겼다.

"???"

문이 열리지 않았다. 할매가 잠가 놓은 것이었다. 점점 고단수가 되어가는 할매가 무서웠다. 이대로 다시 못 올 기회를 포기할 순 없었다. 한쪽 눈을 감고 좁다란 열쇠구멍을 들여 다 봤다. 깜깜했다. 머리에 꽂고 있던 실핀을 뽑아 펼쳤다. 어디서 본건 있어가지고 주문을 외며 침을 한번 묻히고는 열쇠 구멍 안으로 실핀을 집어넣었다. 무우 속을 파듯 실핀을 마구 휘저었다.

"뚝!"

– 허걱! 엿됐다…

실핀이 부러졌다. 열쇠구멍 안으로 실핀 반쪽이 박혀버렸다. 눈앞이 캄캄해졌다. 벌침만큼 보일락 말락 작게 삐져나온 실핀 자락을 잡아 당겼다. 연거푸 헛손질만 해댔다. 어제 바싹 자른 손톱이 원망스러웠다. 묘책을 찾아 주위를 둘러보다 보니 TV옆 다락이 눈에 들어왔다. 다락 안에 뭔가 쓸 만한 공구가 있을 거란 기대를 안고 발길을 옮겼다. 손이 닿지 않아 TV다이를 밟고 올라섰다. 쪽창 만한 여닫이문을 밀어 열자 길게 이어진 다락 내부가 모습을 드러냈다. 다락 안에는 만물상처럼 온갖 잡동사니들이 가득 차 있었다. 이것저것 뒤적이다 앞쪽에 놓인 바느질함에서 족집게를 찾아냈다. 제발 놈이 위기에서 날 구해주길 바라며 뛰다시피 내려와 옷장으로 향했다. 다행히 서 너 번의 시도 끝에 박힌 가시 뽑히듯 실핀이 딸려 나왔다. 그제야 안도의 한숨이 새어 나왔다. 행여 할매가 올까 얼른 족집게를 넣어두려 다시금 다락으로 올랐다.

"???"

바느질함에 족집게를 넣고 문을 닫으려는 나의 눈에 번쩍이는 무언가가 들어왔다. 그 엄청난 금액의 통장을 숨기고 있었던 할매의 행실(?)로 미루어 볼 때 분명 뭔가 놀랄만한 물건일 것 같은 예감이 들었다. 게다가 어둠 속에서 뿜어져 나온 광채의 정도로 보아 필시 예사물건이 아니란 확신이 더해졌다. 부푼 기대감을 안고 플라스틱 소쿠리 상자를 향해 팔을 뻗었다. 크기에 비해 묵직한 무게감에 뻗은 팔에 더욱 힘이 들어갔다. 끌다시피 당겨온 상자 안에는 메달이며 각종 상패, 상장들로 가득했다.

"최우수 선수상 오형식.. 득점상 오형식.."

상장이며 상패에는 온통 오형식이란 이름이 적혀있었다.

- 오형식..?

생소한 이름에 갸우뚱했다. 더해진 호기심에 보다 적극적으로 하나하나 들춰 뒤적이기 시작했다. 잠시 후 맨 아래에 놓인 검은색 파일첩 하나가 유독 시선을 끌었다. 까치발로 서 있다 보니 발끝이 저려오기 시작했다. 파일첩을 꺼내 방바닥에 내려와 앉았다. 파일첩 안에는 신문이며 잡지 스크랩들로 가득했다.

『숨은 천재 슈터, 빛을 발하다. 한국의 마라도나 탄생!』, 『차세대 국가대표 스트라이커 오형식!』, 『그라운드의 마법사 오형식!』 …
온통 오형식이란 선수에 대한 극찬기사가 실려 있었다.

"어!?"

기사를 훑어보던 와중에 한켠에 실린 '영덕고교' 라고 적힌 유니폼을 입은 선수 사진이 눈에 들어왔다. 사진 속 인물은 다름 아닌 삼촌이었다. 짧은 스포츠머리에 지금보다는 마른 체형이었지만 분명 삼촌이 틀림없었다. 허리춤에 축구공을 껴안은 채 한껏 폼을 잡고 있는 삼촌의 모습은 지금과는 천차만별이었다. 자신감에 찬 눈빛이며 여유로운 미소가 무척이나 매력적이었다. 같은 사람이라고는 보고노 믿기시 않았다.

"어? 근데 웬 영덕고교...?"

내가 아는 한 할매는 물론이거니와 삼촌 또한 이곳 남해에서 나고 자란 이곳 토박이였다. 한데, 영덕고교라니... 솟구치는 의아함에 다급히 기사를 읽어 나갔다.

『대통령금배 전국 고교축구 조별 예선에서 걸출한 스타가 탄생했다. 그 주인 공은 다름 아닌 영덕 고등학교 2학년 오형식 선수다. 무엇보다 놀라운 사실은 오선수가 축구에 입문한지 2년이 채 안돼는 신입선수란 사실이다. 특히, 그의 인프런트 킥은 골키퍼가 보고도 막지 못할 정도로 사각지대에 정확히 날아가 꽂힌다. 지금까지 치른 3경기에서 오선수가 넣은 7골 모두가 인프런트 킥에 의 한 골이었다. 그 중 최장거리 슛은 자그마치 25미터 앞에서 넣은 것이었다.』

"인프런트 킥...?"
어디선가 들어본 말이었다. 낯설지 않은 단어에 기억을 되뇌어 갔다.
"분명 어디서 들었는데...? 그래, 맞다. 상목오빠!"
상목오빠와의 대화가 떠올랐다. 짧은 순간 오빠에게 무언가 도움이 되지 않을 까란 희망이 돋아났다. 그나저나 이 모든 게 어떻게 된 거란 말인가? 전혀 예상 밖의, 아니 남북통일보다 더욱 믿기지 않는 현실에 나름 한 잔머리 한다는 나의 뇌짬밥으로도 전혀 감이 오지 않았다. 무엇보다 지금껏 단 한 번도 삼촌과 축 구의 연관성에 대해 들어보지 못했던 터라 더욱 상상이 가지가 않았다. 게다가 이런 엄청난 사실을 지금껏 비밀에 부친 이유가 뭘까? 그리고 남해 토박이라던 삼촌이 영덕고교는 어떻게 된 것이고, 이름은 왜 또 봉구가 아니라 형식이란 말 인가? 의문이 꼬리에 꼬리를 물었다. 젠장, 오늘 따라 왜 이리 의문점들이 한꺼 번에 몰아 쏟아지는지... 삼촌이 물에 뛰어든 이유도 찾아내지 못한 상황에서 새로이 던져진 의문에 아직 덜 여문 뇌가 과부하에 걸릴 것만 같았다. 생각이 뒤엉켜 머리가 지끈거렸다. 안되겠다 싶어 상자를 제자리에 갖다 놓고 평소 먹 지 않던 두통약까지 찾아내 먹었다. 약효 때문일까 이내 졸음이 쏟아졌다. 방으로 들어와 이불을 깔고 누웠다. 잠시의 뒤척임도 없이 곧장 잠이 들었다.

"으.. 으.. 으..."

앓는 소리에 잠에서 깼다. 이미 밤이 깊어 방안은 암흑처럼 깜깜했다.

"아이구, 내가 못산다. 그렇게 우짜자고 물에는 들어가서 이래 생고생이고.."

"으.. 으..."

할매의 한탄이 새어 들어왔다. 그 사이로 쉴 새 없이 앓는 소리가 겹쳐 들렸다. 삼촌에게 탈이 난 게 분명했다. 안방으로 가 사태를 파악하려다 괜히 심부름이라도 시킬까 귀찮아 도로 자리에 누웠다.

"으.. 으으으..."

시간이 지날수록 소리는 더욱 거칠고 커져갔다. 끊이지 않고 이어지는 삼촌의 앓는 소리가 거슬리는 통에 쉬이 잠을 청할 수가 없었다. 몸을 이리 저리 뒤척이다 결국 휴지를 말아 귀를 막았다. 그리고도 한참이 지나서야 겨우 잠이 들었다.

"응.. 응서야... 인자 됐다. 인자 됐어!"

흔들어 깨우는 삼촌의 소리에 부스스 눈을 떴다. 잠결에 빠진 휴지가 어쩐 일인지 코에 꽂혀 있었다.

"이.. 인자 빠빠 묵을 수 있다. 빠빠!"

뜬금없는 외침에 갸우뚱한 표정으로 삼촌을 바라봤다.

"자, 자!"

"!!!"

휴.. 휴대폰이었다. 그것도 막 나온 따끈따끈한 신상이었다.

"후.. 후대폰 생겼으니까 인자 빠빠 묵을 수 있다. 우리 응서, 빠빠 묵을 수 있다."

"이.. 이거 어디서 났노?"

빼앗듯 휴대폰을 집어 들며 다그쳐 물었다.

"바.. 받았다. 상.. 상품... 멸치 이따 만큼 잡아가 받았다."

"!!!"

- 그럼 이걸 위해... 그러니까 날 위해 물에 들어갔단 말인가...!

하루 사이 핼쑥해진 삼촌의 얼굴을 보노라니 간밤 그렇게 앓는 동안 귀찮다는 이유로 가보지도 않은 사실이 못내 미안해졌다.

"가.. 가자, 가서 빠빠 묵자."

해맑게 웃으며 잡아끄는 삼촌의 얼굴을 멍하니 바라봤다. 참으로 바보스럽고도 우직한 이 사람이 나의 삼촌이란 사실이 처음으로 묘하게 가슴을 적셔왔다. 단지 갖고 싶었던 휴대폰을 가져서만이 아니었다. 맞잡은 손에서 전류가 흐르듯 뜨거운 무엇이 전해졌다. 그간 수 없이 나를 잡아끌어도 아무런 감각도 없던 그 손에서 온기가 전해져 왔다. 그렇게 투정 한마디 없이 멍하니 삼촌의 손길에 이끌려 밥상 앞에 앉았다.

"야, 이년아 니 때문에 너거 삼촌 밤새 얼매나 고생한 줄 아나? 그노매 후대폰이 뭐라꼬 앓을 거 알면서 니년 주겠다꼬 물에 뛰어들었는지..."

"그러니까 할매가 그냥 해줬으믄 됐잖아! 그라고 내가 언제 삼촌한테 타 달라꼬 시켰나! 삼촌이 스스로 한 건데 와 나한테 난리고!"

안 그래도 미안함을 스스로 느끼고 있던 차에 할매의 호통이 날아들었다. 순간, 짜증이나 나도 모르게 생각과는 전혀 다른 말이 튀어나왔다.

"이년 말하는 거 봐라, 니가 밥도 안 묵고 생지랄을 하니까 삼촌이 그런 거지."

"아, 몰라. 우째됐던 휴대폰 생겼으니까 개통하게 신분증이나 두가."

뒤늦게 감사나 미안함을 표하기도 애매해 얼른 화제를 돌렸다. 사실 애매하기도 했지만 익숙지 않아 입이 떨어지지 않았다.

"신분증은 얼어 죽을, 다달이 요금은 누가 낼라꼬?"

"그라믄 저거 버리나?"

"버리기는... 팔믄 되지. 껍데기도 안벗긴긴데 살 사람 없을라꼬..."

"팔기는! 삼촌이 내한테 준건데 할매가 와 파는데! 그라고 요금은 통...!"

하마터면 통장 얘길 꺼낼 뻔했다.

"통? 통 뭐?"

"통.. 통학버스 안타고 요금 모아서라도 낼 거니까 걱정 마라."

가슴이 조마조마해 말을 둘러대기 무섭게 얼른 숟가락을 놓고 일어섰다.

"어휴, 저년... 누구 닮아가 저리 고집이 세노... 야 이년아, 삼촌한테 고맙단 말도 안하나?"

"어.. 엄마... 응서한테 소리치지 마라. 우.. 우리 응서 놀랜다."

나를 감싸는 삼촌의 말에 미안함이 들었다. 하지만 할매에 대한 화가 더 컸기에 들은 채도 안하고 양치를 위해 수돗가로 향했다.

휴대폰은 예뻤다. 색상도 화이트라 너무 맘에 들었다.

"찰칵! 찰칵!"

길가에 핀 코스모스 옆에서, 유달리 파란 바다를 배경으로, 한가로이 풀을 뜯고 있는 흑염소 가족 사이에서... 쉴 새 없이 사진 버튼을 눌렀다. 평소 시골구석이 싫어 어서 빨리 도시로 나가고 싶은 나였다. 그렇지만 오늘만은 사진발에 일조하는 멋진 자연 풍광 곁에 살고 있다는 사실이 만족스러웠다. 카메라를 들이대는 족족 한 폭의 그림이었다. 덕분에 도서관으로 향하는 길이 지겹지가 않았다. 도서관으로 들어서는 사이 고시생아저씨와 농협언니가 입구에 마주 서 있는 모습이 눈에 들어왔다.

"토요일에 일 시키고, 이거 엄연히 노동법에 저촉되는 건데... 내가 확 민원 넣으까?"

"됐어예, 어차피 특근수당 나오는데예. 이따 점심때 올테니까 공부하고 있으이소."

"알았다, 나 때문에 니가 고생이 많다. 맘 같아서는 고마 다 때려치우고 취직..."

"뭔 소립니꺼! 그런 소리 마이소. 지금까지 해온 게 억울하지도 않아예. 다시는 그런 소리 마이소!"

말을 자르며 농협언니가 단호하게 말했다. 늙어 죽을 때까지라도 뒷바라지하겠다는 현모양처의 의지가 눈빛에서 쏟아져 나왔다. 눈빛 레이저에 일격을 당한 고시생아저씨는 더 이상 말을 잇지 못했다.

"오늘은 공부 좀 일찍 끝내고 이따 멸치 축제하는데나 가지예. 밤에 불꽃놀이 축제도 한다니까 구경도 하고 맛있는 것도 먹고, 간만에 데이트 하입시더."

한껏 풀이 죽은 고시생아저씨의 기를 살려주려 농협언니가 살랑거리며 애교를 피웠다.

"알았다."

애써 굳어진 표정을 펴며 고시생아저씨가 답했다. 곧이어 농협언니가 돌아서

자 멀어져 가는 뒷모습을 바라보며 괴로움에 머리를 긁적이는 아저씨였다. 도
서관에 들어서서도 아저씨의 표정에선 어둠이 가시지 않았다. 긴 한숨이 내 귓
가까지 다다라 들렸다. 하지만 그도 잠시, 책을 펼친 아저씨가 휴대폰 알람을
맞추고는 이내 고개를 숙였다. 고요한 열람실 안으로 새근거리는 콧소리가 울
려 퍼졌다. 사춘기에 걸맞게 한창 여러 고민과 선택에 시달리던 나여서 일까,
묘한 동질감에 아저씨가 불쌍하게 느껴졌다. 물론, 다른 한편으론 저렇게 되지
않기 위해 열심히 살아야겠다는 다짐을 했다.

"아자, 아자!"

의지를 되새기며 두 주먹을 불끈 쥐었다. 때를 같이해 누군가의 손이 나의 어
깨에 내려앉았다. 승희언니일거라 여기며 고개를 돌렸다.

"왔어요, 언니.. 어?!"

등 뒤에 선 사람은 승희언니가 아닌 상목오빠였다.

"오빠, 여긴 어떻게...?"

"쉿!"

고시생아저씨를 가리키며 조용히 나를 이끌어 내는 오빠였다.

"하하하... 진짜가. 난 또 공부하는 줄 알았지."

"저도 첨엔 그런 줄 알았어예."

"비법 좀 진수받아아겠는네, 수업시간에 편하게 자게. 큭큭큭..."

생각만 해도 웃긴지 연신 웃음이 끊이지 않는 상목오빠였다. 그런 오빠를 바라
보는 나 또한 천만 불짜리 미소에 취해 자연스레 입꼬리가 올라갔다.

"그나저나, 여긴 우째 온 겁니꺼?"

"그냥."

"예?"

"그냥, 얼굴 보러 왔다."

헷갈렸다. 머리에서 슈퍼컴퓨터만큼 복잡한 경우의 수가 의미를 찾으려 애썼다.

- 그냥...? 그냥 뭐야? 단지 내 얼굴이 잘 있나 궁금해서... 그거 확인하자고 놀토에 늦잠을 포기하고 날 찾아왔다...? 그 정도로 내 얼굴이 값어치가 있단 말인가?

'그냥' 이란 단어에 이렇게 많은 의미들이 숨어있는지 미처 알지 못했다. 결국, 그냥 나 좋은 대로 해석하기로 했다. 최종 결론은 어찌됐던 나의 얼굴이 됐던, 발뒤꿈치가 됐던 내가 보고 싶어서 왔다는 게 해석의 종착역이었다.

"그나저나 아침은 묵었나?"

"오빠는예?"

아침 밥상에서의 한바탕을 떠올리니 먹었다고 하기도 애매하고 안 먹었다고 하기도 뭐해서 오빠에게 떠넘겼다.

"안 묵었다, 우리 롯데리아나 가자."

오빠의 저런 리더쉽이 좋았다. 첫 끼로 햄버거가 부담이었지만 오빠와 함께이기에 햄버거 패티에서 뼈가 나와도 씹어 먹을 수 있었다. 입점한지 2주 밖에 되지 않은 터라 이른 시간인데도 불구하고 롯데리아 매장 안은 손님들로 가득했다. 치킨집 세 곳과 피자집 두 곳으로 양분되던 읍내 패스트푸드점들에게 롯데리아라는 강적의 등장은 생각보다 매출에 지대한 악영향을 끼쳤다. 나도 몇 번을 왔다 줄이 길어 포기하고 갈 정도였으니 그 인기는 가히 선풍적이었다.

"난 불고기 콤보세트, 니는?"

"저도 같은 걸로 할께예?"

"배 마니 고팠나 보네? 앉아 있어라, 갖고 가꾸마."

"???.. 예?! 아, 예."

 햄버거가 나오고 나서야 오빠의 말을 이해했다. 테이블에 내려진 햄버거는 무진장 컸다. 먹성 좋은 미향이가 와도 겨우 먹을 정도였다. 차마 첨이란 말이 입에서 떨어지지 않았다. 촌스러운 것보단 식성 좋은 게 낫겠다 싶어 꾸역꾸역 햄버거를 구겨 넣었다. 나의 먹성을 보고 놀란 건지 하는 짓이 귀여워서인지 빤히 쳐다보던 오빠가 미소를 띠우고는 햄버거를 베어 물었다. 패스트푸드라는 이름에 걸맞게 채 30분도 안되 롯데리아를 나왔다. 느끼함에 들이부은 콜라 탓인지 트림이 목젖까지 차올랐다. 숨을 참아가며 자폭하듯 속에서 폭발시켰다. 입안 가득 채워진 가스를 오빠가 보지 않는 사이 고개를 틀어 '후후' 내뱉고는 얼른 제자리로 고개를 돌렸다.

"내일도 도서관 나올끼가?"

"예? 예."

"그라믄 저녁때는 시간 좀 비워둬라."

"와예?"

"밤에 미조항에서 불꽃놀이 하잖아. 같이 보러가게."

- 이건 또 뭘까? 정식 데이트 신청...?

 그렇게 갖고 싶던 휴대폰부터 짧지만 짝사랑과의 오붓한 식사도 모자라 데이트 신청까지... 그간 주님이 미안하기라도 했나, 한써번에 들이딕친 행운에 정신이 혼미해졌다. 앞뒤 전후를 따져볼 여유가 없었다.

"저녁때 라믄 괜찮을 것 같아예."

언제 다시 찾아올지도 모르는 기회라 망설임 없이 냉큼 잡았다.

"그래, 그라믄 낼 저녁때 도서관으로 데리러 오께."

에스코트까지! 속으로 쾌재를 불렀다.

"아참, 오빠 지난번 말한 그 인프런트 킥있잖아예?"

행여 들뜬 맘이 들킬까 얼른 화제를 돌렸다.

"응, 와?"

"그거 잘하는 사람 있으믄 오빠한테 도움 되겠지예?"

만약, 삼촌의 실력이 아직 남아있다면 그래서 상목오빠에게 전수 해 줄 수 있다면 그것보다 확실한 쐐기는 없을 거란 생각에 오빠의 생각을 넌지시 물었다.

"응, 그러면야 나야 정말 좋지."

역시 예상대로 오빠의 대답에서 간절함이 묻어났다. 그리고 오빠의 그런 간절함에 비례해 나의 자신감도 늘어났다. 적어도 그것만큼은 승희 언니가 할 수 없는 나만의 환경이자 능력이기 때문이었다. 휴대폰에 이어 또 다시 삼촌이 고마웠다. 물론, 아직 그 실력을 확인하지 못했지만 가능성만으로도 고마움이 새겨 들어왔다. 더불어 귀찮기만 하던 삼촌이 어제부터 조금씩 기특해졌다. 곰도 구르는 재주가 있다더니 나에게 덕이 되는 존재일 줄은 결코 생각지 못했었다. 아니, 바라지도 않았다. 하지만 지금은 조금씩 기대감이 생겨났다. 어떤 상상 밖 비밀이 되었던 부디, 제발, 간곡히 나에게 보탬이 되는 능력이 꼭 존재하길 짧게 기도했다.

"근데 갑자기 그건 와?"

"아, 아니 그냥 갑자기 궁금해서예."

아직 확실히 삼촌의 실력을 검증하지 못한 상태라 얼버무리며 멈췄던 걸음을 옮겼다. 잠시 의아한 눈으로 바라보던 오빠가 이내 나와 보폭을 맞춰 걸었다.

"괜히 공부 방해한 거 아닌가 모르겠네?"

"아닙니더, 덕분에 잘 먹었어예."

"뭘, 그깟 햄버거가꼬.."

생색내지 않는 저 소탈함에 또 한 번 감복했다.

"그라믄 내일 보자."

"예, 오빠."

돌아서 가는 오빠의 모습이 사라질 때까지 멍하니 서서 바라봤다.

열람실로 들어서자 승희언니가 자리에 앉아 열공 중이었다.

"어머, 언니 죄송해요. 누가 찾아와가 잠깐 보느라고.."

"아니다, 온지 얼마 안됐다. 근데 누군데 이렇게 이른 시간에 보러 왔다노?"

맘 같아선 '상목오빠요!' 라고 외치고 싶었지만 꾹 참았다. 아직 단단히 엮이지 않은 우리의 애정전선 상황에서 언니가 알아봐야 나에게 유리 할 것이 없었다.

"반 친군데 집이 근처라 잠깐 들렸더라구요."

다행히 별 의심 없이 고개를 끄덕이는 언니였다. 그 모습에 왠지 모를 희열이 느껴졌다. 연속극에서 보던 친구의 남자를 탐하는 팜므파탈 여배우에게서 전해지던 그 묘한 스릴감이 몸을 휘감아 흘렀다.

"자, 이거 내가 예전에 요점정리 해둔 노튼데 기출문제 위주로 엑기스만 모아둔거라 도움 될끼다."

"고마워요, 언니."

전교 1등의 노트라 그런가, 최고수에게서 무공비급을 하사 받은 것처럼 기뻤다. 하지만 기쁜 속내를 다 드러내진 않았다. 사랑의 라이벌에게 우월감을 심어주고 싶지 않아서였다.

"니 레벨을 알아야 맞춰 가르쳐 줄 수 있으니까 오늘은 과목별 레벨 테스트부터 하자."

"예에!?, 아 예.."

 일순간 후회가 밀려왔다. 경쟁자에게 나의 수준을 평가 받는 다는 것이 자존심 상했다. 그것도 내가 확연히 뒤지는 분야에서라 더욱 그랬다. 치부를 드러내는 것 같아 초라하고 창피했다. 마치 코르셋으로 감추고 있던 출렁이는 살들이 만천하에 드러나는 것 같았다. 홀딱 벗겨진 몸을 가리고 밖으로 뛰쳐나가고 싶은 심정이었다. 이럴 줄 알았으면 정화와 원수가 되더라도 그냥 은주에게 부탁할 걸 하는 뒤늦은 후회가 밀려왔다. 하지만 그러기엔 이미 엎질러진 물이요, 보이스 피싱에 날아간 통장예금과 같기에 뒤늦은 후회일 뿐이었다.

"이야, 국어는 따로 안 배워도 되겠는데... 이 정도면 당장 고등학교 입학해도 충분히 진도 따라가고 남겠다."

"아니요, 다행히 아는 문제라 풀었지 모르는 거 투성입니더."

 부러 겸손을 떨었다. 차후 드러날 영, 수 실력의 왕창피를 대비한 사전 포석이었다.

"자, 그라믄 이제 영어.."

"지잉~ 지잉~"

 언니의 말에 훼방을 놓듯 휴대폰 진동소리가 끼어들었다. 단박에 고시생아저씨임을 알았다. 기지개를 켠 아저씨가 익숙하게 입가에 흘러내린 침을 닦고 자세를 고쳐 앉았다. 때를 같이해 농협언니가 들어섰다. 그리고 지난번처럼 아저씨의 팔짱을 끼고 점심메뉴를 읊으며 열람실 밖으로 사라졌다. 두 사람을 바라보던 언니가 피식 웃었다.

"저 아저씨 웃긴다. 큭큭.."

"맨날 저러나 보더라고요."

“진짜?”

“예, 어제도 봤거든요.”

“저럴거믄 뭐하러 도서관오노? 그냥, 다른 일하지..”

“사람마다 자기 입장이 안 있겠어요.”

아침에 두 사람의 대화를 들어서일까, 왠지 모를 동정심에 나도 모르게 아저씨를 두둔하고 나섰다.

“하긴, 누구한테나 감추고 싶은 비밀이 있는 거지.”

언니의 말에 뜨끔해지며 저려온 발이 가슴까지 치고 올라왔다. 그럴 리 없겠지만 마치 뭔가를 알고 있는 것 같은 의미심장한 대꾸였다. 찝찝함에 삼키는 침이 목에 걸린 생선가시를 자극해 따끔거리듯 신경을 거슬리게 했다.

“우리도 점심이나 먹으러 가자.”

가방에서 지갑을 꺼내며 언니가 자리에서 일어섰다. 아직 먹은 햄버거가 위장에 머무르고 있는 상황이라 그다지 배가 고프지 않았다. 하지만 나 때문에 나온 언니에게 차마 혼자 먹고 오란 말을 할 수는 없었다. 어쩔 수 없이 그냥 말없이 따라 나섰다.

“뭐, 먹을래?”

“아무거나요.”

“음.. 그라믄, 우리 롯데리아 가서 햄버거 먹자.”

“!!!”

졸지에 연거푸 햄버거 식사를 하게 생겼다.

“앉아 있어, 언니가 사 오께.”

“아니에요, 제가...”

“됐다, 나중에 시험 잘 보믄 그때 한턱 쏴!”

억지로 날 눌러 앉힌 언니가 카운터로 향했다. 그리고 잠시 후 쟁반을 들고 오는 언니를 보는 순간 두 눈이 뒤집어 졌다.

"배고프지, 일부러 불고기 콤보 세트 시켰으니까 많이 먹어라."

- 우라질, 혹시 상목오빠랑 둘이서 짜고 날 엿 먹이는 건가? 아니면... 뭐야, 혹시 서로 맘이 통해서... 안돼!

올라오는 구역질을 억지로 참아내며 햄버거를 쑤셔 넣었다.

"이야, 은서 햄버거 좋아하나 보네. 앞으로 점심은 햄버거로 통일해야겠네."

하마터면 씹고 있던 햄버거가 튀어 나올 뻔 했다. 흐뭇하게 바라보는 승희언니와 마주하자니 날 위해 시간을 내준 언니 몰래 상목오빠와 데이트를 즐긴 벌을 받는 게 아닌가 싶었다.

"나 많으니까 이거 더 먹어라."

"!!!"

둘 중 하나가 분명 했다. 내가 벌 받는 거거나 언니가 날 엿 먹이는 거거나... 숨을 쉴 수 없을 정도로 배가 불렀다. 바늘이 살짝 닿기만 해도 풍선처럼 부풀어 오른 배가 '펑!' 하고 터질 것만 같았다. 햄버거 그림만 봐도 헛구역질이 났다.

"잘 먹었어요, 언니. 꺼억~"

감사 인사를 전하는 사이 나도 모르게 트림이 새어 나왔다. 다른 이가 아닌 승희언니 앞이라 더욱 쪽 팔렸다.

"꺼억~"

눈치 없이 더 큰 소리와 함께 트림이 튀어 나왔다. 느끼함에 두 잔이나 리필해 마신 콜라 탓이었다. 또 다시 튀어 나오려는 트림을 막으려 얼른 입을 가렸다.

"푸훗.. 괜찮다, 그거 참으믄 도로 병 된다."

"그래도.."

"여자끼리 어떤노, 그냥 맘 놓고 해라. 이렇게.. 꺼어억~~"

지켜보던 언니가 덩달아 길고 큰 소리로 트림을 했다. 누가 봐도 내 무안함을 달래주려는 의도가 확연했다.

"아 시원하다. 봤제? 니도 다시 함 해봐라."

잠시 머뭇거리다 참았던 트림을 내뱉었다.

"꺼어어억~~~"

"큭큭큭.. 어떤노? 십년 묵은 체증이 싸악 가라앉는 것 같지 않나?"

"예."

언니 말대로 진짜 가슴에 가득 차 있던 답답함이 사라지는 것 같았다. 막혀있던 응어리가 사라지고 뚫린 목구멍 사이로 시원한 바람이 불어 들어왔다.

"비밀인데 내 일등비결이 뭔 줄 아나?"

"뭔데요?"

답을 기다리며 귀를 쫑긋 세웠다.

"바로, 트림이랑 방구다."

"예?!"

"공부하다가 문제가 안 풀리거나 답답할 때 트림이나 방구끼믄 스트레스가 힌방에 날이가거든. 그리고 니믄 미리가 맑아지고 다시 집중힐 수 있거든. 그래서 내는 트림이나 방구는 시원하게 낀다. 큭큭큭..."

"에이, 설마요?"

"진짜다! 못 믿겠으믄 니도 함 해봐라. 훨씬 나아질 끼다."

미소 띠는 언니의 얼굴을 보노라니 농담인가 진담인가 헷갈렸다. 하지만 왠지 믿고 싶었다. 아니, 믿고 있었다. 진실 여부를 떠나 언니의 진심이 내 머릿속 의지와는 별개로 맘에 와 닿았다. 이건 아닌데... 이러면 안 되는데, 정말 이러면 안 되는데... 언니가 좋아진다. 더욱 큰 문제는 앞으로 점점 더 좋아질 것만 같단 것이다. 머리를 내흔들어도 두근거리는 심장이, 편안해지는 맘이 자꾸만 언니를 끌어당겼다. 기대고 싶은 따뜻함을 지닌 언니가 서서히 나를 잠식해 가고 있었다.

 점심이 지난 열람실 안은 토요일이라 그런지 꽤 많은 사람들로 북적였다. 나도 모르게 백수 아저씨의 자리로 시선이 갔다. 아저씨는 막 들어온 듯 바르게 자세를 잡고... 고개를 떨구었다. 속으로 생각했다.

- 참 익숙함이란 무서운 거구나, 모르긴 몰라도 첨부터 저러진 않았을 텐데... 저 자세로 잠들기 쉽지 않았을 건데, 어느 새 저리 편하게 잠드는 거 보면 뭐든 익숙해진다는 건 사람을 무감각하게 만드는 거구나. 그 무섭다는 호환 마마보다 더욱 무서운 거구나.

 짐짓 나의 익숙해진 거짓말이 그 어느 때 보다 큰 두려움으로 밀려왔다. 하지만, 여전히 익숙함에 대한 두려움보다는 바보 삼촌에 대한 쪽팔림이 더욱 큰 나였다. 그렇게 또 다시 나의 거짓말에 정당화를 부여하며 자리에 앉았다.

 "영어는 문법도 중요하지만 단어랑 숙어를 우선적으로 암기하는 게 중요해. 암만 좋은 총을 가져도 실탄이 없으믄 헛빵이듯이.."

 "그건 아는 데 생각만큼 잘 안 외워지더라고요."

나의 대답을 미리 짐작했단 표정으로 언니가 나를 향해 미소를 날렸다.

 "자."

가방을 뒤적인 언니가 작은 박스 하나를 건넸다. 상자에는 '어학 학습기' 라고 적혀있었다. 두 눈을 끔뻑거리며 멀뚱히 바라보는 나의 손에 언니가 상자를 쥐여 줬다.

"트림이나 방구 말고 현실적인 내 비법 중에 하난데, 시간 날 때마다 들어라. 머리에 쏙쏙 들어 올끼다."

"아니요, 이런 비싼 걸... 아닙니더."

"괜찮다. 다음 주가 니 생일이잖아, 생일 선물이라 생각하고 받아라."

"그걸 어떻게..?"

나의 생일을 꿰차고 있는 언니에게 놀라 시선을 고정 시켰다.

"기억 안 나나? 서클 할 때 다들 생일 챙겼었잖아."

"아, 예.."

아무리 그렇더라도 이렇게까지 잊지 않고 기억하는 언니가 대단했다. 그리고 못내 한편으로 의문이 들었다. 도대체 나에게 왜, 내가 언니에게 도움이 될 일이 뭐가 있다고 이리 친절을 베푸는지 의구심을 감출 수가 없었다.

"그래도 이건 너무 부담 됩니더."

살짝 감동받아 무장해제 됐던 경계령을 이내 발동 시키며 재차 선물을 사양했다.

"부담 안 가져도 된다. 새것도 아니고 쓰던 건데, 그라고 나는 새로 선물 받아가 어차피 이건 누구 필요한 사람 줄라꼬 했다."

여진히 부담스러워하는 나의 눈빛을 읽은 언니가 가방에서 또 다른 학습기를 꺼내 보였다.

"그래도..."

"대신 열심히 해야 된다. 내가 수시로 확인할 거니까."

망설이는 나의 손에 학습기를 꽉 쥐여 주는 언니였다. 더 이상 사양하는 건 예의가 아닌 것 같아 못 이기는 척 받아 들었다. 저녁이 가까워 오자 선약이 있다며 언니가 먼저 자리에서 일어났다.

"내일은 교회가야 해서 점심 지나서 올 수 있을끼다."

"예."

"그럼, 먼저 가보게."

약속에 늦기라도 한 듯 급하게 밖으로 나가는 언니였다. 느낌 탓일까? 손을 흔들며 돌아서는 언니의 입가에 옅은 설레임이 묻어 있었다. 뭔지 몰라도 무척이나 좋은 일이 있는 것 같아 보였다. 언니가 나가고 얼마 되지 않아 열람실 안을 채우고 있던 사람들이 하나 둘 저녁식사를 위해 자리를 비우기 시작했다. 곧이어 기네스북 도전자도 아니고 두 끼 연속 대형 햄버거를 먹은 터라 아직 포만감이 가시지 않은 나만이 홀로 자리를 지키고 있었다. 조용해진 열람실 안은 적막감마저 흘렀다. 일순간 바뀐 환경 때문일까? 도리어 집중이 안됐다. 승희언니가 집어준 단어들을 외우는데 영 머릿속에 들어오지 않았다. 불현듯 언니가 말한 집중력 노하우가 떠올랐다. 때마침 부글거리던 속에서 신호를 보내왔다. 주위를 살피고는 괄약근을 서서히 열었다.

"뽀옹~"

자유를 갈망하던 죄수의 탈옥 실행 때의 심정처럼 잔잔한 희열이 일었다. 닫혀진 똥꼬를 열고나니 과감함이 솟아났다. 수도꼭지를 일순간 틀 듯 똥꼬를 활짝 열었다.

"뿌웅~"

탈출에 성공한 죄수의 감격적 순간처럼 막혔던 속이 뻥 뚫린 것 같이 시원했다. 언니 말처럼 머리가 맑아지며 단어들이 또렷이 눈에 새겨 들어왔다. 곧이어 거대한 쓰나미처럼 아주 큰 놈이 소장을 지나 막 항문 앞에 다다랐다.

"오.. 사.. 삼.. 이.. 일.."

속으로 카운터를 세고는 엉덩이를 들고 아랫배에 강하게 힘을 줬다.

"뿌우우웅!!!"

우주왕복선의 발사순간처럼 엄청난 폭발음과 함께 방귀가 뿜어져 나왔다.

"그냥 똥을 싸라, 똥을 싸!"

"!!!"

소리에 놀라 의자를 비껴 앉는 통에 바닥으로 꽈당 넘어졌다. 쪽팔림에 아픈 것도 잊고 양손으로 얼굴을 가렸다.

"창피한 건 아나보네, 야 일어나!"

낯익은 목소리에 가려진 손가락을 펼쳐 보니 미향이가 서 있었다. 안도의 한숨을 쉬며 자리에서 일어섰다.

"놀랬잖아!"

"흥, 누가 할 소리! 심장 떨어지는 줄 알았어, 무슨 방귀소리가 천둥소리보다 더 크냐."

"오바는... 아무리 그래도 천둥소리까지는 아니다."

"그거야 니 생각이고, 놀래 켜 줄려다가 기절 할 뻔했어. 10센티만 더 근접했어도 난 바로 사망이었어."

"말이 되는 소리를 해라, 그깟 방구 소리에 사망은..."

"이야, 뭐 낀 놈이 성낸다더니 그 주인공이 띡 여기 있네."

"아, 됐고. 그나저나 오늘은 또 뭔 일이고?"

"아 맞다, 너 어제 화장실 간다더니 어디로 사라진 거야?"

"그거 따지러 온 거가?"

"뭐, 그것도 있고 다른 볼일도 있고.."

“다른 볼일 뭐?”

“음... 그게 뭐냐면...”

대답은 않고 뜸을 들이며 딴청을 피우는 미향이었다.

“아이씨, 뭐꼬? 사람 공부하는데 방해하는 것도 아니고. 말하기 싫으믄 됐다.”

기분 나쁜 얼굴로 돌아서며 책상머리에 앉았다.

“아, 알았다. 알았어. 여하튼 성격 급하기는...”

나의 어깨를 잡아 돌려세우는 미향이었다. 못이긴 척 바라보는 나를 향해 미향이 느끼한 눈빛을 동반한 채 입을 뗐다.

“오늘 우리 계 타는 날이다!”

“뜬금없이 그건 또 뭔 소리고?”

“이따 밤에 가수들 와서 공연하는 거 알지?”

“근데?”

“그때 우리 진행요원하기로 했다. 그것도 가수들 대기실 담당! 음하하하...”

정말 뜬금없는 소식이었다. 물론 대단히 기쁜 소식인 건 분명했다.

“정화가 아버지한테 특별히 부탁했대, 더 대박은 우리 씨엔블루 오빠들이 온다는 거 아니냐!”

전국체전에서 우승한 것보다 더 기쁜 얼굴로 날 끌어안는 미향이었다.

“컥, 컥.. 야, 수.. 숨막혀...”

“빨랑 짐 싸, 정화가 준비해야 되니까 당장 오래.”

“야, 야...”

맘이 급한 미향이 책상에 놓인 책들을 쓸어 담듯 가방에 쏟아 넣었다. 결국, 또다시 미향이에게 이끌려 도서관을 나섰다.

공연장으로 향하는 도로는 구경하러 가는 차들로 인해 주차장을 방불케 했다. 차라리 걷는 게 낫다고 여긴 몇몇 사람들은 차에서 내려 걷기 시작했다.

"아참, 너 그 바보 알지?"

"응?"

"아, 왜 너희 동네 사는 그 바보."

"응, 근데 왜?"

"어제 대박이었잖아!"

"왜?"

속내는 궁금함이 휘몰아쳤지만 애써 태연한 어투로 물었다.

"그 바보가 글쎄 멸치 잡기에서 1등을 했거든, 근데 1등 상품인 스쿠터 준다니까 싫다면서 죽어도 2등 상품인 휴대폰을 달라고 우기는 통에 아주 웃겨 죽는 줄 알았어."

- 바보...

집에 가면 산수 공부라도 시켜야겠단 맘이 굴뚝같이 들었다.

"몇 번을 설명해줘도 막무가내로 휴대폰 달라고 하는 바람에 졸지에 이등만 신났지 뭐야. 참 세상에 그런 바보만 있으면 얼마나 좋을까. 큭큭큭..."

"자꾸 바보 바보 하지 마라, 듣는 바보 기분 나쁘겠다."

나도 모르게 삼촌 편을 들었다.

"???"

의아한 눈초리로 바라보는 미향이를 보자 조마조마해졌다.

"그러니까... 내 말은... 어찌됐던 그 바보도 사람인데 좀 안됐잖아..."

제발이 저려 얼른 수습에 나섰다.

　"하긴, 사람 일이 어찌될 줄 누가 알겠어. 내일 당장 내가 그렇게 될 수도 있는데..."

　미향이의 단순함이 고마웠다. 행사가 시작되려면 한참이나 남았는데도 불구하고 무대 입구에는 좋은 자리를 잡으려는 인파들로 붐볐다.

　"미향아, 여기..."

　입구 안쪽에서 정화가 손을 흔들었다. 사람들의 시선이 일제히 우리에게 쏠렸다. 줄 서 기다리는 인파를 제치고 들어가는 기분이 남달랐다. 왜 TV에서 어른들이 든든한 빽을 운운하는 지 얼핏 알 것 같았다. 나와 미향이가 맡은 일은 별게 없었다. 대기실을 드나드는 가수들을 위해 입구 천막을 걷어 주거나 외부인들의 출입을 통제하는 정도가 전부였다. 애당초 생각 없이 올 때와는 달리 막상 스태프 명찰을 달고 나니 마음가짐이 달라졌다. 괜스레 의무감이 차오르고 안구에는 힘이 들어갔다.

　"야, 들어와라."

　천막 안에서 가수들에게 음료를 챙겨주거나 잔심부름을 맡은 정화가 얼굴을 빼꼼히 내밀고 우리 둘을 불렀다.

　"이따 정신없어서 밥 먹을 시간 없다꼬 먼저 도시락 묵으란다."

　관계자에게 도시락을 건네받아 한쪽에 자리를 잡고 앉아 도시락 뚜껑을 열었다. 생각보다 메뉴는 화려했다. 특히 큼지막한 돈까스가 나의 눈을 사로잡았다. 문득, 왜 그런지는 모르겠지만 삼촌 얼굴이 떠올랐다. 삼촌이 세상에서 제일 좋아하는 음식이 바로 돈까스였다. 젓가락을 들던 손이 순간 멈춰졌다. 살며시 도시락 뚜껑을 다시 덮었다.

　"왜?"

　이미 돈까스 절반을 폭풍 흡입한 미향이 남은 절반을 베어 물며 물었다.

"점심을 늦게 먹었더니 생각이 없네."

"그래, 그럼 내가 먹지 뭐."

도시락을 집으려는 미향이의 손을 내리쳤다.

"됐다, 이따 집에 가서 묵을끼다."

"치사하게.."

미향이의 흘겨보는 눈빛을 피해 얼른 도시락을 챙겨 자리에서 일어섰다.

"천천히 먹고 와, 밖에 나가 있으께."

"쳇, 천천히 먹을 게 있어야 먹지. 콩알만한 돈까스에 엄지 손가락만한 밥 씹을게 뭐 있다고..."

"아따, 그년 투정은... 자, 이거 먹고 튀어나온 그 주둥이 좀 넣어라!"

"앗싸!"

『인간은 생각하는 동물이다.』 하지만, 미향이는 예외다. 미향이에게 『인간은 밥생각만 하는 동물이다..』

그 사이 밖은 더욱 많은 사람들로 붐볐다. 명절 때나 돼야 볼 수 있는 사람들을 한꺼번에 보는 듯 했다. 모두의 표정엔 설레임과 기대감으로 가득 차 있었다. 이렇게들 좋을까? 하긴, 나 또한 그 중 하나인 주제에 평가라니... 헛웃음이 나왔다.

'자, 자 지금부터 입장 시작하겠습니다!"

입구에 선 관계자의 소리에 몇몇 자리를 깔고 앉아 기다리던 사람들이 엉덩이를 털며 일어났다.

"은서야, 잠깐 들어오란다."

미향의 소리에 천막 안으로 발길을 돌렸다.

“!!!”

순간, 돌아서던 나의 두 눈이 번쩍였다. 저만치 입장하고 있는 사람들 사이로 무진장 낯익은 얼굴이 어른거렸다. 그것도 하나가 아닌 두 개의 얼굴이 나란히 함께였다.

“뭐해?”

“어, 응...”

미향의 다그침에 충격을 안고 천막 안으로 들어갔다. 관계자에게서 주의 사항을 듣는 내내 생각은 온통 바깥을 향해 있었다.

- 아니야, 아닐거야. 내가 잘못 본거야. 그래 분명 잘못 본거야.

스스로 수십 번을 되뇌이며 부정했다. 하지만 그럴수록 더욱 더 명확해지는 현실에 기운이 쭉 빠졌다. 밖으로 나오자마자 관객석을 향해 시선을 고정했다. 한 줄 한 줄 놓치지 않고 훑어 나갔다. 잠시 후 결코 맞닥뜨리고 싶지 않던 현실과 마주하고 말았다. 역시 잘못 본 게 아니었다. 분명 상목오빠와 승희언니였다. 나란히 앉은 두 사람은 너무나 다정해 보였다. 그 사이 옷까지 갈아입고 한껏 멋을 낸 승희언니는 내가 봐도 예뻤다. 무슨 재미난 얘기를 나누는지 손뼉을 쳐가며 즐거워 죽는 승희언니를 보노라니 속에서 천불이 났다. 낮에 가졌던 일말의 고마운 마음이 드라이아이스처럼 순식간에 녹아 없어졌다. 외나무다리에서 원수를 만난 것처럼 눈에는 불이 켜졌고, 움켜 쥔 두 주먹엔 힘이 들어갔다.

- 흥, 그래 어디 한번 해 보자 이거지.

스스로 맘을 다잡으며 이를 앙다물었다.

“야, 너 뭐해?”

다가선 미향이 어깨를 쳤다.

“정신을 어디다 두고 있는 거야? 몇 번을 불러도 모르고...”

“아, 미안.. 잠깐 뭐 좀 생각하느라꼬...”

“이제 곧 가수들 온다니까 정신 차려.”

“그래.”

“그나저나 심장 떨려 죽겠다. 우리 용화오빠 실제로도 잘 생겼겠지? 인터넷에 보니까 실물이 훨 낫다던데... 얼굴보고 심장 멈추는 거 아닌가 모르겠다. 청심환이라도 먹고 올걸 그랬나.”

들뜬 미향이 연신 주차장 쪽으로 고개를 기웃거렸다.

“야, 야! 차.. 차 들어온다!”

미향이의 소리와 맞물려 주차장 쪽에 진을 치고 있던 팬들의 함성이 울려 퍼졌다. 소리와 때를 같이해 경호원들의 호위를 받으며 하얀색 밴이 주차장 안으로 들어섰다. 함성 소리에 객석에 앉아 있던 관객들이 일제히 주차장 쪽으로 시선을 옮겼다. 상목오빠와 승희언니도 고개를 돌렸다.

천막을 지나서 주차장이 위치한 관계로 행여 눈이 마주칠까 얼른 몸을 돌렸다.

“용화 오빠~”, “민혁오빠~”, “정신 오빠~~”

여기저기서 극성팬들의 통곡에 가까운 외침이 들려왔다. 잠시 후, 차문이 열리고 멤버들이 모습을 드러내자 외침은 더욱 거세졌다.

“꺄악, 오빠 사랑해요~”, “나랑 결혼해줘요.”, “오빠, 엉엉엉..”

준비해 온 피켓을 내흔들거나 괴성을 지르는 팬부터 아예 주저앉아 울부짖는 팬까지...

난리가 아니었다.

“온다온다온다온다온다...”

같이 보고 있음에도 굳이 속사포 같은 생중계를 하는 미향이의 목소리에서 떨림이 일었다.

"착!"

입구에 다다른 씨엔블루 오빠들을 위해 천막 문을 열었다. 그게 다였다. 불과 5초도 안 걸렸다. 얼굴을 제대로 볼 새도 없이 멤버들은 천막 안으로 사라졌다.

"야, 봤어? 봤어? 얼굴 완전 쩐다."

눈동자가 풀린 미향이 호들갑을 떨었다.

"뭐가 보여야 보지, 그새 뭘 보노?"

"그러게 집중해야지, 언제 다시 우리한테 이런 기회가 온다고... 음~ 난 향기까지 맡았는데..."

눈동자만 풀린 게 아니라 아예 정신 줄을 놓은 듯 보였다. 곧이어 또 다른 가수 차량들이 하나 둘씩 주차장 안으로 들어왔다. 역시나 찰나의 짧은 순간이라 누구 하나 제대로 얼굴을 볼 수가 없었다. 뭐, 솔직히 말해 이미 나의 신경은 온통 상목오빠와 승희언니에게 집중된 터라 좀 전까지와는 달리 아무런 감흥도 설레임도 없었다. 그저 빨리 행사가 끝나기를 바랄뿐이었다. 그래야 더 이상 두 사람을 보지 않을 수 있으니까.

5

설레임

유달리 긴 하루였다. 집으로 돌아오자마자 이불 속을 파고들었다. 눈을 삼사 두 사람의 다정한 모습이 떠올랐다. 얼른 눈을 떴다. 고개를 흔들어도 생각이 지워지지 않았다. 무언가 집중할 다른 것이 필요했다. 팔을 뻗어 라디오를 켰다.

"다음 신청곡은 박경림씨의 착각의 늪입니다."

"!!!"

타이밍도 참... 짜증이 몰려와 얼른 라디오를 껐다. 갑자기 아빠가 보고 싶어졌다. 너무나 너무나 간절히 그리웠다. 아빠의 얼굴을 떠올리는 눈가에 눈물방울이 맺혔다. 애써 참고 싶지 않았다. 이불을 뒤집어쓰고 흐느끼기 시작했다.

"아빠.. 아빠... 난 왜 이렇게 불행한거야... 흑흑흑..."

그간 참아왔던 설움이 한 순간에 차올랐다. 울음소리가 새어 나갈까 이불을 물고 펑펑 울었다.

"엉엉엉... 미워, 평생 나 지켜준다고 해 놓구 거짓말쟁이! 나 떼놓고 하늘나라 가니까 좋아, 속 편해? 나 이렇게 힘든데 구경만 하구. 됐어! 앞으로 아빠 미워 할꺼야. 정말 정말 미워 할꺼야...다 똑같애, 아빠도 엄마도.. 할매도, 삼촌도.. 다 싫어! 싫어... 흑흑흑.. 엉엉엉..."

원망을 쏟아내면 나아질 줄 알았는데 도리어 아빠에 대한 그리움이 더욱 커졌다. 함께한 추억들이 새록새록 떠올라 가슴이 먹먹해져 왔다. 자장가로 불러주던 '마법의 성' 이 간절히 듣고 싶어졌다. 하지만 들을 수 없었다. 당장 인터넷을 할 수 있는 것도 아니고 CD가 있는 것도 아니고... 따라주지 못하는 현실에 속만 상할 뿐이었다. 그렇게 끊이지 않고 이어지는 원망 속에 울다 스르르 잠이 들었다. 그리움이 닿은 걸까, 꿈속에서 아빠를 만났다. 남의 속도 모르고 언제나처럼 해맑게 웃으며 나를 감싸 안는 아빠였다.

"아빠, 미안해... 그럼 안 되는데 사실 나 아빠 원망했어, 나 때문에 이렇게 됐는데, 나 기쁘게 해줄려다 사고 나서 하늘나라 온 건데. 그 누구보다 잘 알면서도 미워했어. 정말 미안해... 용서해줘. 아빠..."

비록 꿈이었지만 사과를 하고 나니 맘이 한결 가벼워 졌다.

"은서야, 많이 힘들지? 아빠가 미안해. 대신 나중에 하늘 나라오면 우리 은서 좋아하는 돈까스 많이많이 만들어 줄게."

"돈까스...?"

돈까스란 소리에 번뜩 잠에서 깨어났다.

"아, 맞다. 도시락!"

챙겨온 도시락이 문득 떠올랐다. 가방에서 꺼낸 도시락을 한동안 물끄러미 바라봤다. 삼촌을 위해 가져왔지만 막상 전해주려니 낯간지러워 망설여졌다. 벽에 걸린 분홍 키티 시계가 10시를 가리키고 있었다. 늘상 볼 때마다 느끼는 거지만 저 깜찍한 시계가 할매가 건넨 생일 선물이라는 게 미스터리였다. 평소 할매의 촌티 감각에서는 도저히 나오기 힘든 선물이었다. 온통 조용한 걸 보니 할매와 삼촌 모두 잠든 듯 했다. 도시락을 들고 안방으로 향했다. 방문을 열고 들어가 조용히 삼촌의 머리맡에 도시락을 내려 놓고 나왔다.

방으로 돌아오기 무섭게 얼른 라디오를 켰다. 하마터면 역사적인 순간을 놓칠 뻔했다. 오늘이 사연 발표가 있는 날이었다.

"안녕하세요, 한석씨. 저희는 초면이죠?"

"네, 방송국 복도에서 스쳐지나간 것 말고는 딱 초면이죠. 하하하..."

다행히 이제 막 코너가 시작되고 있었다. 행여 감격스런 순간을 놓칠 새라 라디오에 바짝 귀를 가져다 댔다. 어디서 온 자신감인진 몰라도 분명 채택되리란 확신이 있었다.

"자 그럼, 첫 사연부터 소개해 주시죠?"

"네, 오늘의 첫 사연은 전주시 완산구 평화동에서 강대길씨가 보내주신 사연입니다. 안녕하세요, 저는 맛과 멋의 고장 전주에서 나고 자란 전주 토박이 강대길이라고 합니다. 제가 오늘 전해드릴 사연은 다름 아닌 저의 첫 서울 나들이에 관한 이야기 입니다..."

첫 사연은 서울을 처음 가는 세 친구가 톨게이트 비를 인원수대로 내는 줄 알고 당당히 징수원에게 '세 명이요!' 라고 외쳤다는 내용이었다. 은근한 경쟁심 탓일까 재미나 구성면에서 나보다 떨어진다는 생각이 들었다. 이 정도가 채택 될 정도라면 나의 사연은 당연히 채택되어야 마땅하리라 여겼다.

"자, 두 번째 사연입니다. 이번 사연은 제가 소개해 드리도록 하겠습니다."

두 번째로 이어진 사연은 결벽증 걸린 남친에 관해 고발하는 여친의 하소연이었다.

"마지막 사연입니다. 이번 사연의 주인공은..."

마지막이란 말에 좀 전의 여유로움은 온데간데없이 초조함이 밀려왔다. 적어도 이 순간만은 당선 결과를 기다리는 대통령 할아버지의 긴장감과 초조함도 나만은 못할 것 같았다.

"우후~ 이번 사연은 시작부터가 특별하네요. 요즘 같은 디지털 시대에 이렇게 편지지에다 보내는 사람이 있다니... 왠지 모르게 감수성이 풍부하신 분 같네요."

느낌이 왔다. 사정상 편지로 보낼 수밖에 없었던 환경이 도리어 전화위복이 된 것 같았다.

"이번 사연은 경남 남해군 남해읍 대탄리에서 오은서양이 보내 온 사연입니다."

행여 거짓사연에 대해 문제가 생길 때를 대비해 집주소를 미향이네로 해두었다. 물론 미향이 조차도 그 사실을 알지 못했다. 나중에 일등이 되면 그때 말해도 될 거라 별 문제는 아니라 여겼다.

"안녕하세요, 저는 경상도 끝자락 조그마한 반농 반어촌에 사는 중딩 소녀랍니다. 제가 이렇게 펜을 들게 된 건 다름 아닌 저희 삼촌의 널따란 오지랖에 대해 공개하고자 해서입니다...”

내가 쓴 얘기인데도 처음 듣는 얘기처럼 집중해 들었다.

“이야, 요즘 같은 시대에 정말 훌륭하신 삼촌이네요, 은서양, 삼촌을 부끄러워 할 게 아니라 존경해야 할 것 같은데요. 정말 멋진 삼촌을 두신 것 같은데 이런 훌륭한 삼촌은 감추지 말고 동네방네 자랑하세요.”

어느 정도 예상한 답변이 흘러나왔다.

“그렇지 않나요, 유미씨?”

“네, 제 생각도 같아요. 정말 훌륭한 삼촌을 두신 은서양이 부럽네요. 그리고 삼촌을 뵌 적은 없지만 왠지 그 모습이 훤히 그려지네요.”

“저 또한 동감입니다. 정말 매력적인 삼촌이신 것 같네요, 더불어 삼촌의 또 다른 일상이 궁금해지네요. 은서양 기회가 된다면 앞으로 삼촌의 에피소드 자주자주 보내주세요.”

예상을 빗나가지 않은 반응에 자신감이 충만해졌다. 기운을 이어 얼른 노트를 펼치고 다음 사연 창작에 들어갔다.

『안녕하세요, 지난번 사연을 보냈던 자랑스런 만능박사 오박사의 조카 오은서라고 합니다. 유미언니와 한석오빠의 응원에 힘입어 이렇게 다시 사연을 보내게 되었습니다. 제가 오늘 펼쳐놓을 이야기 보따리는 얼마 전 아쉽게 끝난 삼촌의 러브 스토리입니다.

아시다시피 동네 어르신들 부탁에 관공서를 드나들 일이 잦았던 삼촌이 어느 날 읍내에 다녀오더니 난데없이 홍삼 한 박스를 평상에 내려놓았습니다.

“이게 뭐꼬?”

"응, 홍삼인데 민원실 직원이 주더라."

할매의 물음에 무덤덤하게 삼촌이 답했습니다.

"민원실 직원이 이걸 와?"

"응, 내가 뭘 쫌 도와 줬더니 고맙다꼬 주네."

"도와줘?"

내용인 즉, 며칠 전 읍내 사거리를 지나다 우연히 접촉 사고를 목격했는데 누가 봐도 잘못한 뒤차에서 내린 남자가 앞차 운전자인 민원실 직원이 여자라는 이유로 도리어 큰소리를 치더랍니다. 이에 삼촌이 내려 요목 조목 따지며 직원을 도와주며 사건은 마무리 됐는데, 그 보답으로 홍삼을 건넸다고 하더군요. 한데 그 보답이 한 번으로 끝나지 않았습니다. 그 날 이후 읍사무소를 다녀 올 때만 되면 삼촌의 손엔 베지밀이며 100% 오렌지 주스, 커피믹스... 등이 들려 있었습니다. 그리고 그 횟수가 잦아질수록 삼촌의 스타일 또한 변모해 갔습니다. 트레이드 마크였던 아디다스 모자가 머리에서 사라지고 왁스로 한껏 멋을 내는가 싶더니 제복처럼 입고 다니던 야상점퍼에 건빵바지가 후드티에 청바지로 바뀌었습니다. 제 삼촌이지만 몰라보게 멋있어졌습니다.

"삼촌, 연애해?"

"어? 응."

별 고민 없이 삼촌이 대답했습니다. 망설임 없이 답하는 걸 보니 어느 정도 진전이 된 게 확실했습니다.

"누구랑? 혹시 그 민원실 언니?"

"응, 조만간 인사시켜 주께."

자진해서 인사까지 시키겠다니 분위기로 봐선 당장 식이라도 올릴 기세였습니다.

그로부터 며칠 후, 수업을 마치고 버스를 타기 위해 정류장으로 향하다 군민 공원 주차장에 주차된 삼촌의 트럭을 발견했습니다. 잘됐다 싶어 함께 집으로 가려 트럭 쪽으로 발걸음을 옮겼습니다. 한데, 트럭 앞에 도착해 안을 들여다보니 삼촌의 모습이 보이지 않더군요. 이에 삼촌을 찾아 주변을 두리번거렸습니다. 그러다 한쪽 벤치에 앉아 있는 삼촌을 발견했습니다. 삼촌의 옆에는 웬 여자 한 분이 함께 하고 있었습니다. 직감으로 민원실 언니임을 알 수 있었습니다. 이참에 인사나 하자 싶어 두 사람을 향해 다가갔습니다. 그런데 점점 가까이 갈수록 선명해지는 두 사람의 낯빛이 무척이나 어두운 게 아니겠어요. 일단 상황을 파악해야겠단 생각에 걸음을 멈추고 대화를 엿듣기 시작했습니다.

"미안해요, 아무리 생각해도 더 이상은 안 될 것 같네요."

"무슨 소립니꺼? 나는 상관없다고 몇 번을 말합니꺼!"

"제가 미안해서 안 되겠어요. 첨부터 감추고 만난 게 잘못이었어요. 다 제 탓이에요."

"됐어요, 정은씨가 뭐라고 하던 저는 절대 헤어지지 않을 거니까 그렇게 아시소."

말을 끝낸 삼촌이 자리에서 벌떡 일어났습니다. 행여 들킬 새라 저는 얼른 자리를 벗어났습니다. 무슨 일인지 몰라도 언니가 무언가를 속인 것 같은데, 여하튼 살면서 삼촌이 그렇게 화내는 모습은 처음 봤습니다. 그날 저녁, 밥상에 마주 앉은 삼촌의 표정이 금방이라도 바다에 뛰어들 듯 침울해 보였습니다. 사태를 어떻게 해야 할지 도무지 감이 오지 않더군요. 자초지종을 물으려 해도 섣불리 말을 걸기조차 어려운 삼촌의 모습에 결국, 그냥 모른 체 했습니다. 그리고 다음 날, 부스스 눈을 떠 밖으로 나서자 마당에서 무언가를 펼쳐 말리고 있는 삼촌이 보였습니다. 다가가 보니 다름 아닌 뽕잎이었습니다.

"삼촌 그거 뽕잎아니가?"

"응, 일어났나."

"뽕잎은 갑자기 왜?"

"쓸 때가 있다."

간밤 무슨 심경의 변화가 일었는지 삼촌의 얼굴은 생각보다 밝았습니다. 마치 뭔가 새로운 다짐을 한 모습이랄까. 그로부터 일주일 후, 삼촌이 말린 뽕잎을 트럭 한가득 싣고 나갔습니다. 그리고 새벽녘에야 만취한 채 친구인 광식이 삼촌의 등에 업혀 집으로 돌아왔습니다. 평소 술을 입에도 대지 않던 삼촌인지라 걱정스러웠던 할매가 삼촌을 방에 뉘이고 나오는 광식이 삼촌을 불러 세우고는 연유를 물었습니다.

"아니, 도대체 뭔 일인데 술이라꼬는 입에도 안 대던 놈이 저래 고주망태가 돼가 왔노?"

잠시 머뭇거리던 광식 삼촌이 조심스럽게 입을 뗐습니다.

"어무이요, 그게 우째된거냐면요.."

말하는 내내 광식 삼촌의 낯빛에 난처함이 가득 묻었습니다. 광식 삼촌의 말을 종합해보면 이랬습니다. 삼촌이 만나던 그 민원실 언니는 다름 아닌 선천적인 당뇨병을 앓고 있었다고 합니다. 한데, 삼촌이 너무 좋았던 나머지 차마 그 사실을 밝히지 못하고 있었고, 제가 두 사람의 대화를 엿듣던 그날 우연히 화장실에서 인슐린 주사를 맞고 있던 언니를 삼촌이 목격하게 된 거지요. 이에, 죄책감을 느낀 언니가 이별을 고했지만 삼촌은 문제될 것 없다며 이별을 거부했던 겁니다. 일주일 내내 지극정성으로 말리던 그 뽕잎도 당뇨에 좋다는 말에 언니를 위해 말렸던 거였습니다. 하지만 바보 같은 삼촌의 진심이 도리어 너무 미안했던 언니가 끝까지 삼촌과 만나길 거부했고 이에 괴로움에 술을 들이키게 된 거였습니다. 그 날 이후로도 삼촌은 몇 달간이나 광식 삼촌을 통해 말린 뽕잎을 언니에게 건넸습니다. 그러던 지난 달, 삼촌의 성의가 불편해서 인지 다른 이유인지 몰라도 결국, 언니가 다른 곳으로 이사를 가게 되며 삼촌의 러브 스토리는 새드 스토리로 끝이 났습니다.』

 내가 쓴 글인데도 마지막은 왠지 짠했다.

노트를 덮어 머리맡에 놓는 사이 문득 삼촌의 연애사가 궁금해졌다. 사고가 나기 전 삼촌도 분명 연애라는 걸 해봤을 텐데... 그 주인공이 누군지 어떤 연애를 했는지 궁금증이 돋았다. 하지만 도무지 떠오르지.. 아니, 상상이 가지 않았다. 나의 기억에 정상적인 삼촌의 모습은 없었으니까. 그렇게 보면 참 삼촌만큼 불행한 사람도 없단 생각이 들었다. 세상에서 가장 불행하다고 여기던 나마저도 사랑에 빠져있고, 향후에도 무수히 많은 사랑이 펼쳐 질 텐데... 삼촌은 그렇지 못했다. 나만 행복을 누리는 것 같아 살짝궁 미안한 맘이 들었다.

- 내일 볼에 뽀뽀라도 해줄까? 에잇, 무슨 소리하는 거야!

 상상하다 덜컥 눈앞에 떠오르는 삼촌의 얼굴에 기겁해 이내 고개를 내저으며 이불을 뒤집어썼다.

 "아이고!"

 "???"

눈을 감자마자 안방에서 비명소리가 들려왔다. 놀라 다급히 안방으로 뛰쳐 올라갔다.

 "언 놈이고! 아이구, 허리야..."

방문 앞에 다다르자 앓는 소리가 새어 나왔다. 문을 열자 바로 코앞으로 넘어져 허리를 어루만지고 있는 할매의 모습이 들어왔다. 방바닥에는 할매의 발에

밟힌 듯 묵사발이 된 도시락이 놓여 있었다.

"아이씨, 아깝게. 거 조심 좀 하지.."

속상한 맘에 먹을 수 없게 된 도시락을 바라보며 투덜거렸다.

"야, 이년아, 이런 걸 여기다 두믄 우짜노?"

"자길래 놔뒀지."

"주둥이는 쳐 놔뒀다 어디 쓰노? 말을 해야 할꺼 아니가?"

"자는데 우째 말하노?"

"그라믄 부엌에 놔두던 가 할 것이지.."

"어.. 엄마 응서한테 화내지 마라."

할매와 나 사이를 삼촌이 가로막고 섰다.

"응.. 응서야, 어.. 엄마하고 싸우지 마라."

돌아선 삼촌이 나의 팔을 잡았다.

"아, 몰라. 다 삼촌 때문이다!"

"이년아, 가만히 있는 삼촌한테는 와 지랄이고!"

"삼촌 돈까스 먹일라다가 그런 거 아니가! 여하튼 삼촌하고 엮이믄 뭐가 되는
일이 없다!"

삼촌을 밀치고는 씩씩 거리며 안방을 나와 버렸다.

"저.. 저년, 말하는 꼬라지 보소. 어디 삼촌한테..."

"어.. 엄마, 그만, 그만.. 응서한테 소리치지 마라..."

자기 욕한 걸 아는지 모르는지 삼촌은 여전히 나를 감싸느라 여념이 없었다.
하지만 그런 삼촌이 고맙기는커녕 바보스러움에 도리어 화만 돋았다. 한편으
론 너무 답답했다. 언제까지 할매가 함께 해주지 못 할 텐데 그땐 어떻게 살아
갈지 걱정이 앞섰다. 행여, 독립하려는 나의 계획에 삼촌의 존재가 발목을 잡

을까 우려되는 맘도 생겼다. 이기적이라도 어쩔 수 없었다. 세상은 원래 이기
적이니까... 그래서 아빠도 하늘나라로 갔고, 엄마도 날 버리고 갔으니까... 억
울하면 삼촌도 이기적이 되면 된다. 그러지 말라고 말리는 사람은 없으니까...
그런다고 누가 욕할 사람 또한 없으니까... 세상은 모두들 자기 편한대로 생각
하고 행동하며 살아가니까... 적어도 15년하고도 3개월을 살아오며 내가 배운
세상은 그랬다. 나보다 나이도 갑절이나 더 먹은 삼촌이 그 사실을 모른다는 게
답답했다. 현실을 깨닫고 나면 최소한의 양심만 갖고 살아갈 수 있는데, 그저
사회적으로 질타 받지 않을 정도의 미안함과 죄책감만 안주머니에 휴대하고
다니다 제때 꺼내면 되는데... 그 쉬운 걸 모른다는 게 안타까웠다.

마땅한 게 없었다.

아침부터 옷장에 있는 옷을 모두 꺼내 방바닥에 펼쳐 놓고 이리저리 세팅을 해
봐도 승희언니만큼의 아름다움을 빛낼 예쁜 옷이 없었다. 따라주지 않는 여건
에 속이 상했다.

"야, 이년아, 밥 안 묵고 뭐하노!"

남의 뒤집히는 속도 모르고 할매의 일관성 있는 잔소리가 울려 퍼졌다. 고심
끝에 그나마 자신 있는 몸매를 부각시켜 최대한 섹시미를 강조한 의상으로 갖
춰 입었다.

"퍽!"

밥상 앞에 엉덩이를 깔기 무섭게 할매의 숟가락 타격이 정수리를 향해 날아들
었다.

“아, 왜!”

“야 이년아, 옷 꼬라지가 그기 뭐꼬?”

“뭐가 어때서?”

“창피스럽거로 맨 살 다 꺼내놓고 뭐가 어때서라니..?”

“요즘 이 정도는 다 입고 다닌다.”

“그럴거믄 와? 아예 홀딱 벗고 다니지? 퍼뜩 안 갈아입나!”

“싫다! 절대 안 갈아입을 끼다.”

“이년이!”

다시 한 번 할매의 숟가락이 날아들었다. 두 눈을 질끈 감았다. 한데 전해져야
할 따끔 충격이 전해지지 않았다. 빼꼼히 눈을 뜨자 할매의 숟가락을 막아선 삼
촌의 숟가락이 시야에 들어왔다.

“응.. 응서 아프다 때리지 마라.”

잠시 나를 노려보던 할매가 천천히 숟가락을 거뒀다.

“쫓겨나고 싶지 않으믄 옷 갈아 입으라이..”

어금니를 꽉 깨문 할매의 협박이 이어졌다.

“몰라!”

살기 어린 시선에 얼버무리듯 답하고 밥을 떠 넣었다.

결국, 섹시미는 물 건너갔다. 할매의 용돈 미지급 협박에 굴복해 짧은 치마는
긴 주름치마로 바뀌고 한껏 풀러 헤쳤던 흰색 블라우스는 우중충한 후드티로
교체 됐다.

“자, 이제 속 시원하나?”

투덜거리며 수돗가에서 빨래를 빨고 있던 할매 앞에 섰다.

“훨씬 낫네.”

“낫기는.. 할매가 패션을 뭘 안다꼬? 아는 거라고는 시장표 밖에 없으면서...”

“이년아, 패션을 모르기는 내가 뭘 모르는데...”

“쳇, 할매가 패션에 대해 뭘 아는데?”

“흥..”

말이 끝나기 무섭게 할매가 가소롭다는 듯이 미소를 내보이며 손에 쥔 빨랫감을 들어보였다.

“누비똥..”

눈앞에 루비통 로고가 잔뜩 새겨진 카라 티셔츠가 내흔들렸다. 교회에서 받아온 기부품이 분명했다.

“쳇, 교회에서 글도 가르쳐 주고 명품 옷도 줘가 좋겠네!”

비꼬듯 투덜댔다.

“좋고 말고지 이년아.”

“근데, 교회에서 거짓말은 하지 말라꼬 안 가르치던가 보지?”

“뭔 봉창 뚜드리는 소리고?”

“삼촌! 삼촌 축구선수였던 거 와 말 안했는데?”

잠시 당황한 눈빛으로 바라보던 할매가 괜스레 죄 없는 빨랫감을 향해 연신 거친 빙망이질을 해내며 퉁명스럽게 입을 뗐다.

“험.. 험.. 니가 언제 물어봤나?”

평소 같으면 욕으로 시작해도 모자랄 판에 웬일인지 온순한 어투였다. 뭔가 켕기는 것이 있는 게 분명했다.

“우와! 그걸 말이라꼬 하나? 안 물어봤다고 말 안 해주는 게 어딨노? 그럼 나도 안 물어보믄 앞으로 암것도 말 안 해줘도 되겠네?"

때다 싶어 더욱 거세게 몰아 부쳤다.

"맘대로 해라 이년아!"

"그라고 삼촌 이름은 와 또 두갠데? 거기다 남해에서 평생 살았다며 와 학교
는 영덕에서 나왔는데? 응? 응?"

"!!!"

일순간 할매의 빨래 방망이질이 멈췄다.

"와 말 못하는데? 물어봤으니까 답해줘야지?"

"그건 우째 알았노!?"

"지금 그게 중요하나?"

"묻잖아! 우째 알았냐꼬!"

자리에서 벌떡 일어선 할매가 소리쳤다. 갑작스런 불호령에 놀라 하마터면 뒤
로 나자빠질 뻔 했다.

"그.. 그냥.. 우짜다가 다.. 다락에서 봤다..."

얼른 꼬랑지를 내리고 답했다. 잠시 이글거리는 눈빛으로 날 바라보던 할매가
천천히 자리에 앉았다.

"궁금해 하지도 말고 알라꼬 하지도 마라!"

평소의 호통과는 차원이 다른 단호한 어조였다. 눈칫밥으로 미루어 짐작컨대
더 이상의 추궁은 대형 불벼락으로 돌아올게 뻔했다. 결국 더 이상 토를 달지
못하고 집을 나왔다.

멍한 가운데 머릿속은 물음표로 가득 찼다. 버스에 오르자 천정에 매달린 손잡
이들마저도 줄지어 선 물음표처럼 보이는 착각이 일었다. 왜 일까? 그깟 이름

하나가 그리고 학교가 무슨 큰 비밀을 지니고 있길래 할매가 저리 잡아먹을 듯 살벌해지는 걸까? 도통 감을 잡을 수 없는 의문에 차창에 머리를 두드리며 생각에 잠겼다.

"끼익.."

"!!!"

순간, 앞쪽에서 앉은 아저씨가 창문을 여는 바람에 졸지에 쓸려 들어간 머리카락이 창문과 창문 사이 틈에 끼고 말았다. 놀란 아저씨가 다시 창문을 닫으려 당기자 머리카락이 딸려가기 시작했다.

"아~ 아악! 아.. 아저씨 잠깐.. 잠깐만요!"

비명소리에 기사 아저씨가 버스를 세웠다. 몰려든 사람들이 주위를 둘러쌌다. 이래저래 방법을 찾아 부산을 떠는 통에 마루타가 된 기분이었다. 한참동안의 여러 시행착오 끝에 창문을 뜯어내고 나서야 머리카락이 자유를 찾았다. 그 사이 머리에서 이탈한 한 움큼의 머리카락이 창문에 쩍 달라붙어 있었다. 하필 중요한 날... 그것도 가장 예쁘게 보여 할 날 일어난 불상사에 도서관에 도착해서도 짜증이 가시지 않았다. 생각을 잇고 잇다 보니 모든 원망의 화살이 삼촌에게로 향했다. 도대체 나랑 무슨 원수가 졌길래 이리 짜증만 안겨주는지... 그 사이 돋아났던 고마운 마음들이 단칼에 베어졌다.

"오봉구..? 오형식..?"

영어 단어를 적다 말고 삼촌의 이름을 석기 시삭했다. 볼려오는 짜증을 푸는 방법은 비밀을 어떻게든 찾아내는 것 뿐인 듯 싶었다.

"뭐해?"

소리에 놀라 얼른 노트를 덮었다. 언제 왔는지 다가 선 승희언니가 의자를 빼고 옆자리에 앉았다.

“와 그렇게 놀라노? 연애편지라도 쓰는 거가?”

“아.. 아니요...”

얼버무리며 얼른 자세를 고쳐 앉았다.

“어제 늦게까지 있었나?”

“예?! 아, 예. 막차 시간까지 있었어요.”

나도 모르게 거짓말이 튀어나왔다. 내심 두 사람을 본 것에 대한 티끌만큼의 의심도 받고 싶지 않아서였다. 적을 방심하게 만드는 것이 나에게 유리 할 거라 여겼기 때문이었다.

“어, 그래. 이야 우리 은서 진짜 독하게 맘 먹었나 보네. 좋아, 이 언니가 더욱 열과 성을 다해서 가르쳐 주게스~”

미소 짓는 언니의 모습이 내 눈엔 일순간 엉덩이로부터 꼬리 7개가 뻗어 나오며 음흉한 눈길을 보내는 구미호로 보여 졌다.

“여기서 루트3은 양수니까 그냥 빼주면 되고, 여기 루트5는 음수니까 마이너스를 붙여서...”

워낙 수학을 싫어하는 통에 언니의 입에서 흘러나온 설명이 나의 오른쪽 귀로 들어와 뇌를 거치지 않고 곧바로 왼쪽 귀로 빠져 나갔다. 한마디로 한귀로 듣고 한귀로 흘렸다.

“언니, 잠깐 쉬었다 하지요.”

한창 열정적으로 설명중인 언니의 말을 자르며 말했다.

“어? 응, 그래.”

화장실에 들렀다 바람도 쐴 겸 언니와 함께 밖으로 나왔다. 자판기에서 음료수를 꺼내 나란히 벤치에 앉았다. 하늘은 일기예보에서 예상했던 것 같이 빨래하기 알맞고, 나들이하기 딱 좋을 정도로 화창했다.

“은서야, 니는 꿈이 뭐꼬?”

정화가 떠올라 하마터면 ‘이년아!’ 라고 소리칠 뻔했다. 요즘 들어 주변에서 나에 대한 관심사가 왜 그리 많은지 살짝 짜증이 피어올랐다.

“글쎄요... 아직은 잘 모르겠어요.”

작가가 꿈이라는 사실을 털어놓지 않았다. 특별한 이유는 없었다. 그저 언니에게 평가 받고 싶지 않아서였다.

“그래, 괜히 미리 정해놓고 스트레스 받는 것 보다 천천히 생각하는 것도 나쁘지 않지.”

“언니는요? 언니 꿈은 뭔데요?”

지피지기면 백전백승, 기회다 싶어 얼른 되물었다.

“나, 난... 글쎄... 남 상처주지 않고 사는 거.”

- 이건 또 뭔 소리?

날 경계해 뻥을 치는 걸까? 나의 예상과는 전혀 개미 똥구멍만큼도 연관성 없는 언니의 대답에 머리가 혼란스러웠다. 멀뚱히 바라보는 날 향해 미소를 짓던 언니가 말문을 이어갔다.

“지금껏 단 한 번도 일등을 놓친 적이 없다.”

- 나도 알거든요. 좋겠어요, 언니 똥 굵어서!

“내 앞에 누가 있은 적이 없어.”

- 그 말이 그 말이지.. 뭐 굳이 같은 똥을 두 번이나 싸!

“그래서 상처 받아본 적이 없다.”

- 아뇨, 뭔 똥줄기가 이렇게 길어! 알겠으니 똥이나 닦으셔!

“근데, 우연히 알았어. 어느 날 뒤돌아보니 내 뒤로 있는 모두는 나 때문에 상처받고 있더라. 2등은 1등인 나를 이길 수 없어서 상처를 받고, 꼴등은 나와 같은 반이란 이유로 절대 1등은 꿈도 못 꾸니 역시 상처를 받고...”

- 그래서 뭐요?

“뭐 물론 당연한 이치지.”

-내 말이!

“적어도 그날, 그 친구가 그간 쌓인 상처가 너무 깊어 모든 걸 포기하기 전까지는...”

- !!!

“다들 내 탓이 아니라고, 그 친구가 맘이 약해서 그런 거라고 날 위로했지만 돌아보면 내가 조금만 신경 썼더라면, 잠시 잠깐이라도 상대방의 맘이 되어보려 노력했더라면 그렇게까지 되지는 않았을 거란 죄책감이 들더라. 그날 이후 다짐했어. 어차피 내가 아니어도 누군가 1등이란 타이틀을 안아야 될 바엔 차라리 내가 더욱 굳건히 계속 그 자리를 지키자고, 대신 뒤돌아보자고. 눈을 맞추고 모두를 배려하고, 맘을 나누자고... 그게 내가 그 친구에게 늦게나마 용서를 구하는 방법이라 여기고 말이야...”

아무 말도 할 수 없었다. 아니 솔직히 말하면 떠오르지가 않았다. 백 프로 진심이든 아니든 거부하며 밀어내는 대도 가슴을 뚫고 들어와 후벼 파는 뭉클함에 몸이 뜨거워졌다. 감동 먹은 맘을 감추려 괜스레 벌써 전에 다 먹은 빈 캔을 연거푸 들이켰다.

아직 세상을 알려면 멀었나 보다. 그 누구보다 잘 알고 있다 단언했던 승희언니의 뜻하지 않은 고백은 그간 자신감에 가득 찼던 나에게 핵탄두급 충격을 안겼다. 뭐가 뭔지 혼돈이 왔다. 겨우 정신을 추스르고 상목오빠와의 데이트를 위해 미조항으로 향했다. 가장 전망 좋은 곳에 자리를 잡고 기다리는 상목오빠를 보자 잠시 복잡한 심경을 내려놓을 수 있었다. 이래서 사랑은 고통을 치유하는 만병통치약이요, 모든 문제를 해결하는 만능열쇠라고 하는 것이 아닐까 싶다. 오빠 곁에 자리를 잡고 앉자 행복감은 더욱 커졌다. 양다리라도 상관없었다. 둘을 놓고 재는 것이라도 역시 개의치 않는다. 지금 이 순간 나의 복잡한 심경을 잊게 해주고 행복의 엔돌핀을 돌게 해주는 오빠이기에 용서가 된다. 세상에 공짜는 없으니까..,

“자 이거 걸쳐라, 밤되믄 쌀쌀할끼다.”

오빠가 입고 있던 재킷을 벗어 건넸다.

“아니, 괜찮아예. 오빠도 추울낀데..”

“내는 끄떡없다.”

자신의 가슴을 두드리며 오빠가 직접 재킷을 덮어줬다. 오빠의 숨소리가 볼에 닿았다. 심장이 떠나가는 버스를 붙잡듯 바삐 뛰었다. 박동을 느낀 걸까? 오빠가 나의 얼굴을 지그시 바라봤다. 왜일까? 나도 모르게 자연스레 눈이 감겼다. 곧이어 역시나 의지와는 무관하게 입술이 모아지기 시작했다. 이래서 결코 이성은 본능을 이길 수 없다는 것일까? 오빠의 코에서 뿜어져 나온 옅은 바람이 점점 가까이 느껴졌다. 나의 입술은 더욱더 돌출되고 있었다. 도킹을 위해 뻗어나가는 우주왕복선의 연결통로처럼 천천히 조심.. 조심...

“착!”

찌릿한 전기가 흘렀다. 한데, 입술이 아니었다. 등짝이었다.

“벌써부터 모기가 있노?”

양손을 터는 오빠의 손 사이로 압사당한 모기가 바닥을 향해 추락했다. 뻗어나가던 입술을 행여 오빠가 볼 새라 얼른 급추락 시켰다.

“앗, 미안. 아팠제?”

“아.. 아니예.”

통증이 전해져오는 등 근육을 조심히 실룩이며 애써 평온한 미소를 지었다.

“펑! 펑! 펑!”

각양각색의 불꽃들이 하늘을 수놓았다. 아름다웠다. TV에서 들은 바로 한발에 몇 백 만원부터 몇 천 만원까지 한다던데 눈앞에서 지켜보니 그만한 값어치를 한단 생각이 들었다. 어림잡아 수천 명은 넘어 보이는 구경꾼들이 느낀 행복을 N분의 일로 나누면 그리 비싼 가격은 아니다 싶었다.

“우와, 멋지다!”

앞쪽으로 아빠에게 목마를 탄 아이 하나가 신이나 소리쳤다.

“이쁘제?”

“응, 엄청 크고 이뿌당..”

바라보노라니 문득, 아빠와의 못 다한 약속이 떠올랐다. 아빠의 등에 업힌 적은 수도 없이 많지만 목마를 타 본적은 딱 한 번뿐이었다. 그것도 타다 말았다. 생애 첨 목마를 타던 날, 일어서던 아빠가 미끄러지는 바람에 바닥으로 떨어지고 말았다. 그 이후로 두려움이 생겨 다시는 목마를 타지 않았다. 그게 못내 두고두고 미안하고 맘에 걸렸던 아빠는 매번 생일날이 되면 어떻게든 내게 목마를 태워주려 애썼다.

“이제 은서 한 살 더 먹었으니까 커서 안 무서울끼다, 그러니까 함 타봐라.”

“싫어, 무서워 싫단 말이야.”

그럴 때마다 아빠의 깊은 속내를 알 리 없는 난 울먹이며 엄마의 등뒤로 숨기 일쑤였다. 매번 그렇게 생일날만 되면 난 겁에 질려 울먹였다. 그토록 굳건했던 나의 맘이 돌아선 건 아빠가 사고로 입원하고 나서였다. 중환자실에서 사경을 헤매고 있는 아빠의 모습을 지켜보며 비록 어린 맘이지만 그동안의 미안함들이 하나 둘씩 떠올랐다. 그 중에서도 가장 미안했던 게 바로 목마타기를 거부했던 것이다. 해서 맘속으로 기도했다.

"아빠, 깨어나. 그럼 내가 목마 탈게. 그러니까 꼭 깨어나, 꼭..."

하지만 나의 양보에도 불구하고 아빠는 끝내 깨어나지 않았다. 그때가 세상에서 처음이자 가장 크게 맛본 상실감이었다. 그래서일까, 유독 목마 탄 아이들을 보면 아빠에 대한 그리움이 컸다.

십 여 분간 이어진 불꽃잔치는 마지막 물고기 모양의 불꽃을 피날레로 마무리됐다.

"은서야, 저기.. 혹시 나한테 할 말 없나?"

"???"

버스 정류장으로 향하는 길에 상목오빠가 물어왔다. 갑작스런 질문에 눈치를 살폈다.

- 무슨 의미지?

"예?"

정황 파악을 위해 뜸을 들였다.

"아.. 아니다."

머리를 긁적이며 오빠가 앞서 나갔다. 누가 봐도 멋쩍어하는 행동이었다.

- 뭐지? 어떻게 받아들여야 하는 거야?

맘 같아서는 냉큼 달려가 붙잡고는,

"그래요, 나 오빠 좋아해요! 하늘만큼 땅만큼 좋아하니까 여우같은 승희언니랑 당장 헤어지고 영계인 나랑 만나요!"

하고 고백하고 싶었다. 하지만 꾹꾹 눌러 참았다. 다른 건 몰라도 고백만큼은 오빠의 입에서 듣고 싶었다. 해서 더 이상 말을 잇지 않았다. 대신 오빠의 곁에 바짝 붙어 걸으며 숨결로 맘을 전했다. 비록 삼각관계지만 왠지 내 쪽으로 기우는 듯한 오빠의 맘을 느낄 수 있었다. 쇠뿔도 당김에 빼랬다고 조만간 확실한 어퍼컷을 날려야겠단 맘을 먹었다. 잠시 승희언니에게 감동 먹고 흔들렸던 맘이 사랑의 현실 앞에서 본연의 라이벌로 되돌아 왔다. 수단 방법을 가리지 않고 더욱 강하고 거세게 돌진해 다시는 일어설 수 없게 넉다운시켜야 할 적이었다.

6

밝혀진 진실

"멍멍..."

"대견이 짖어!"

소리에 대견이가 주저앉았다. 역시 그날의 행동은 우연이 아니었다. 상목오빠
와의 데이트 행복 여운이 며칠째 이어진 터라 큰 인심을 쓰듯 삼촌에게 받아 모
아둔 츄파춥스 하나를 꺼내와 상으로 건네줬다. 혓바닥을 날름거리며 핥아먹

는 대견이의 모습을 보노라니 귀엽기까지 했다. 자연스레 손이 녀석의 머리로 향했다. 쓰다듬는 나의 손길이 싫지 않은지 대견이가 평소보다 더욱 빠르게 꼬리를 살랑거렸다.

"응.. 응서야, 빠빠 묵자."

"응, 알았어."

삼촌의 부름에 구시렁 한마디 없이 거실로 갔다. 평소와 다른 내 모습이 의아했는지 삼촌이 멀뚱이 바라봤다.

"잘 먹겠습니다."

"이년이 미쳤나!"

갑작스런 감사 인사에 할매가 밥을 떠다 말고 한참을 바라봤다. 아니 노려봤다.

"뭐 또 쳐 해달라 할라꼬 아양을 떠노?"

"할매는 하나뿐인 손녀한테 말투가 그게 뭐꼬? 좀 이뻐해주믄 안돼나?"

"미친년, 이쁜 짓을 해야 이뻐 해주지."

"내가 또 그리 나쁜 짓 한건 뭐있는데?"

"이년이 밥상머리만 앉으믄 지랄이고 지랄이... 쓸 때 없는 소리하지 말고 밥이 쳐 묵아라!"

"어휴, 내가 말을 말아야지.."

한껏 좋았던 기분을 더 이상 망치고 싶지 않아 꾹꾹 눌러 편 밥숟가락 위에 화를 얹어 삼켰다.

"봉구야, 그거 가시다 묵지 말고 이거 묵아라."

한껏 손에 침을 바른 할매가 가시를 발라낸 고등어 살코기를 삼촌의 밥그릇 위에 얹었다.

"응.. 응서야, 이거.. 이거 묵어라."

 잠시 살코기와 나를 번갈아 바라보던 삼촌이 김치를 찢어먹던 손을 빨고는 살코기를 집어 때마침 입으로 향하던 나의 밥숟가락위에 얹었다. 무방비 상태에서 두 모자의 아밀라아제가 잔뜩 가미 된 살코기가 입으로 들어왔다.

 "웩!"

얼른 밥을 뱉어냈다.

 "짝!"

할매의 맵디매운 손이 등짝으로 날아들었다.

 "뭐하는 짓꺼리고!"

 "앗 따가, 더럽잖아!"

 "더럽기는 똥 묻었나! 더럽거로..."

 "침 묻었잖아!"

 "그기 어때서?"

 "어때서는! 할매 같으믄 먹겠나?"

 "묵지. 내는 가래침을 뱉어도 묵겠다. 식구끼리 뭐가 더럽다꼬? 다 한 피타고 태어났는데 죽나?"

 "죽을 수도 있지!"

모든 화살이 또 내게로 돌아오자 더 이상 참을 수 없어 지지 않고 대들었다.

 "안 죽으믄 우짤낀데?"

 "그라믄 할매는 죽으믄 우짤낀데?"

대화는 점점 유치한 말싸움으로 번져갔다.

 "이년아, 내가 먼저 물었잖아. 안 죽으믄 우짤낀데?"

할매도 기필코 이기겠다는 각오로 따져 물었다.

"안 죽는거야 무슨 문젠데, 죽는 게 더 큰 문제지?"

"어린년이 잔머리만 늘어가지고 피해가기는..."

"와아, 손녀한테 하는 말하고는... 교회에서 그렇게 가르치는 갑지?"

아차 싶었다. 나가도 너무 멀리 나갔다.

"뭐, 이년아!"

할매의 불끈 쥔 주먹이 나의 이마를 향해 날아들었다.

"그만! 이제 그만!"

"!!!"

갑작스런 삼촌의 외침에 놀라 할매도 나도 일순간 행동이 멈췄다. 시선이 말을 더듬지 않고 또박히 말하는 삼촌에게로 꽂혔다.

"빠.. 빠-빠 좀 묵자..."

그럼 그렇지.. 기대와 놀라움을 접고 다시 식사는 이어졌다.

"이년아, 불 꺼라!"

뉴스가 끝났는지 할매의 변함없는 잔소리가 이어졌다. 때를 같이해 라디오를 켰다.

"안녕하세요, 밤으로 가는 기차 정유미입니다..."

짐작대로 막 방송이 시작되고 있었다. 처음과는 달리 한층 여유로운 기분으로 방송에 귀를 기울였다. 확신에 찬 예상대로 나의 사연은 방송을 탔다. 물론 기대치만큼의 열렬한 반응과 함께... 솟아난 자신감에 금방이라도 노트북이 손에 잡힐 듯 눈앞에 아른거렸다. 한 걸음 더 노트북 앞으로 다가서기 위해 다음 사연 창작에 들어갔다.

『안녕하세요, 유미언니, 한석오빠. 만능박사 오박사의 조카 오은서입니다. 두 분의 성원에 힘입어 이렇게 다시 또 사연을 보냅니다. 오늘 전해드릴 사연은 감히 말씀드리지만 해피바이러스의 취지에 걸맞은, 결코 혼자서 지켜보고 말기엔 너무 너무 아까운 버라이어티한 사연이 아닐까 싶네요. 기대하셔도 좋을 듯 싶습니다. ^^ 오늘의 내용은 다름 아닌 삼촌의 무용담에 관한 것입니다. 사건의 발단은 갑작스레 찾아온 외사촌 오빠의 등장으로부터 시작됐습니다. 대구에 사는 외사촌 오빠가 지난주에 갑작스레 연락도 없이 저희 집을 찾아왔습니다. 참고로 두 번이나 목표한 대학에 떨어진 오빠는 현재 삼수 중에 있습니다. 조용히 공부하고 싶다며 시골을 찾은 오빠는 그렇게 밥 먹는 시간을 제외하고는 하루 종일 마당 한쪽에 자리 잡은 아래채에 틀어박혀 나오질 않았습니다. 정말 이번에 독한 맘을 먹었나 보다 싶었습니다. 하지만 짐작은 말 그대로 짐작일 뿐이었습니다. 오빠가 내려와 칩거한지 5일째 되던 날, 학교를 마치고 집으로 돌아오는 저의 눈에 저만치 대문 입구에서 서 너 명의 남자들과 함께 나오는 오빠의 모습이 들어왔습니다. 한데 왠지 오빠의 표정이 어두워 보이는 게 아니겠어요. 불안한 직감에 가방을 풀어놓자마자 삼촌에게로 전화를 걸었습니다. 때마침 할매와 장에 갔다 돌아오는 길이라는 삼촌의 말에 일단 제가 먼저 동태를 살피기 위해 곧장 오빠 뒤를 미행했습니다. 한참을 걸어 마을을 벗어난 남자들이 주위를 살피고는 오빠를 다리 아래 으슥한 곳으로 이끌고 갔습니다. 멀리서 지켜보기에도 오빠의 얼굴은 잔뜩 겁먹은 표정이었습니다. 엄습해오는 불안감에 조용히 삼촌에게 전화를 걸어 위치를 알렸습니다. 이어 꼼짝 말고 있으라는 삼촌의 당부에도 불구하고 걱정스럽고 궁금한 맘에 점점 가까이 다가갔습니다. 이어 대화소리를 알아들을 정도의 거리에 자릴 잡고 귀를 기울였습니다. 다. 오빠를 둘러싼 남자들이 욕설을 섞어가며 위협을 가하고 있었습니다. 그러다 마주선 남자 하나가 오빠의 복부를 향해 주먹을 날렸습니다. 순간, 놀란 나머지 저의 입에서 신음소리가 튀어나오고 말았습니다. 소리에 모든 시선이 저를 향해 꽂혔습니다. 주저앉은 오빠가 고통에 힘겨워하는 와중에 저에게 눈빛으로 도망가라는 신호를 보냈습니다. 하지만 마음과 달리 겁에 질린 나머지 다리가 말을 듣지 않았습니다. 그 사이 저에게서 가장 가까이 있던 남자가 저를 향해 성큼성큼 다가왔습니다. 두려움에 온몸에 닭살이 돋았습니다. 비방용이라 차마 말할 수 없는 심한 욕설을 퍼부으며 바로 코앞까지 다가온 남자의 위협에 금방이라도 눈물이 쏟아질 것만 같았습니다. 무슨 드라마도 아니고 우째 이런 말도 안 되는 일이 내게 벌어진 건지... 도저히 믿고 싶지 않은 마음에 두 눈을 질끈 감았습니다. 겁쟁이 같지만 어쩔 수 없었습니다. 사실 여러분도 막상 이런 일 당해보시면 정말 세상이 노랗게 보입니다. 여하튼 그렇게 두 눈을 질끈 감고 때(?)를 기다리고 있는 저의 귓가에 바람을 가르는 소리가 들려왔습니다. 왜 무협영화에서 나는 슉~슉~하는 소리 있잖아요. 그리고 소리에 이어 '컥!' 하는 외마디 비명이 울려 퍼졌습니다. 여전히 두려움이 컸지만 용기를 내 천천히 눈을 떴습니다. 그리고 펼쳐진 눈앞에는 남자가 혼자서 원맨쇼 하듯 목을 부여잡고 고통스러워하고 있는 게 아니겠어요. 의아함에 돌아본 저의 등 뒤론 어느 새 나타난 삼촌이 서 있었습니다.

"괜찮나?"

물어오는 삼촌을 보자 참아왔던 눈물이 왈칵 쏟아졌습니다.

"삼촌... 저 사람들이 오빠 때렸다. 엉엉엉..."

고자질하듯 남자들을 향해 손가락질을 했습니다. 자신들을 가리키는 모습에 인상을 구기며 저를 노려보는 남자들의 눈빛 레이저에 얼른 삼촌의 등 뒤로 숨었습니다.

“은서야, 위험하니까 집에 가 있어.”

“삼촌.. 혼자서 우짤라꼬... 경찰에 신고하자.”

“혹시, 기태가 나쁜 일에 엮인 걸 수도 있는데 무작정 신고할 수는 없다. 삼촌이 알아서 할 테니까 넌 얼른 집에 가 있어라.”

“그래도...”

삼촌이 걱정됐지만 내가 있는 게 도리어 거추장스러울 수도 있단 생각에 떨어지지 않은 발걸음을 옮겼습니다. 그 사이 남자들이 삼촌을 향해 다가왔습니다. 자초지종을 묻는 삼촌의 말에 입에 담을 수 없는 거친 욕설로 화답하며 앞장 선 남자하나가 삼촌을 향해 주먹을 뻗었습니다. 순간, 정말 전광석화 같은 삼촌의 주먹이 남자의 턱을 강타했습니다. 이에 나머지 남자들이 일제히 삼촌을 향해 달려들었습니다. 수적 열세에도 아랑곳 않고 삼촌이 갑자기 스텝을 밟으며 달려드는 남자들의 턱을 향해 정확히 주먹을 꽂았습니다. 한 치의 오차도 없이 달려든 세 명의 남자들이 하나씩 턱을 맞고 나가 떨어 졌습니다. 광경을 지켜보고 있자니 남자들이 입버릇처럼 말하던 십칠 대 일의 전설이 가능하단 사실을 비로써 믿게 되었습니다. 다들 믿지 못하시겠지요. 하지만 사실입니다. 지나고 나서 말인데 동영상을 못 찍은 게 한입니다. 여하튼 쓰러졌던 남자들이 정신을 차리고 일어나 꼬랑지를 내리고는 삼촌과의 대화를 시작했습니다. 내용인즉, 오빠가 재수를 하는 학원에 맘에 둔 여자가 하나있었답니다. 한데, 그 여자와 헤어진 옛 남친이 여자를 못 잊고 취중에 학원 앞으로 찾아와 여자와 실랑이를 벌이게 되었고 여자에게 잘 보이고 싶었던 오빠가 도와준답시고 끼어들었다가 시비가 붙었던 겁니다. 그러다 실랑이 도중 그만 남자가 넘어지며 머리가 깨졌다는 것입니다. 그리고 뒤늦게 여자에게 들은 청천벽력 같은 말은 남자가 다름 아닌 태권도 특기생이라는 사실이었습니다. 취중이라 오빠에게 당한거지 하마터면 오빠의 옥수수가 아작 날 뻔한 거지요. 그날 이후, 복수를 위해 친구들과 학원 앞을 어슬렁거리는 남자로 인해 학원을 가지 못한 오빠는 행여 집으로 찾아오기라도 할까 두려움에 시골로 도피해 온 것이었습니다. 자초지종을 들은 삼촌은 그 자리에서 두 사람을 화해시키고 치료비를 주는 걸로 사건을 마무리 짓기로 합의를 봤습니다.

"삼촌 학교 다닐 때 짱이었나?"

상황이 정리되고 돌아오는 길에 삼촌에게 물었습니다.

"아니."

"그럼 우째 그렇게 싸움을 잘하는데?"

"옛날에 숙식제공해주는 복싱장에서 청소하며 살았었거든. 그때 스파링 파트너해주믄 돈 많이 준다케가 복싱 배우며 알바 뛰었었는데 아직 실력이 남아 있었나 보다."

주먹을 매만지며 천연덕스럽게 삼촌이 대답했습니다. 참으로 알면 알수록 궁금증이 커지는 양파 같은 삼촌이 아닐 수 없습니다.

"할매한테는 비밀이다. 괜히 속상해 하실라."

마지막으로 당부를 잊지 않는 삼촌을 바라보노라니 그간 잘 느끼지 못했던 삼촌에 대한 자랑스러움이 살짝쿵 돋아났습니다.」

"이야, 때깔 죽이네.."

며칠을 졸라 겨우 할매에게 개통의 허락을 받아내고 나서야 휴대폰의 존재를 친구들 앞에 공개했다. 책상에 놓인 휴대폰을 집어든 정화가 이리저리 뜯어 살피며 전문가처럼 평가에 들어갔다.

"뭐, 나쁜 건 아니네. 내꺼보단 안 좋지만 어찌됐건 지난달에 나온 최신기종이네."

"나중에 산다더니 어떻게 지금 샀어?"

"응, 대구 고모가 생일 선물로 보내줬다."

미향이든 정화든 둘 중 하나가 물어 올 줄 알고 미리 이유꺼리를 준비해뒀었다.

"아, 그러고 보니 너 이번 주에 생일이구나."

본의 아니게 괜히 챙겨 달라고 생색내는 것 같아 말없이 미소만 지었다.

"생일날 뭐할끼고?"

"글쎄.."

"우리 간만에 진주나 나갈까. 가서 영화도 보고 맛있는 것도 먹고..."

"나도."

"나도 갈란다."

여기저기서 함께 가겠다며 애들이 달려들었다. 뜻하지 않게 사태가 커지자 부담감이 엄습해 왔다. 괜히 가서 생일이라고 덤터기라도 쓰는 게 아닐까, 휴대폰도 겨우 할매를 설득해 개통하는마당에 생일이라고 용돈까지 달라고 하기가 미안했다.

"오은서!"

우물쭈물 하고 있는 사이 앞문이 열리고 반장인 강하지가 날 불렀다.

"피바다가 부른다."

"???"

"너 무슨 죄졌니?"

당사자인 나보다 더욱 걱정스런 눈빛으로 미향이가 물었다.

"아니..."

고개를 내흔들면서도 오만가지 생각들이 스쳐지나갔다. 나도 모르는 무언가 잘못을 한 게 있나? 아무리 생각해도 딱히 떠오르는 게 없었다.

- 뭐, 꼭 죄져야 부르는 건 아니니까. 뭔 다른 일이 있겠지... 다른 일 뭐? 그거야 모르지. 그러니까 이상하잖아? 그러게... 진짜 무슨 일이지?

혼자 연신 질문을 주고받으며 복도를 걸었다. 어찌됐건, 나를 위기에서 구해 준 건 고마웠지만 그 당사자가 다름 아닌 피바다란 사실에 교무실로 향하는 발걸음이 내내 무거웠다.

"부.. 부르셨어요. 선생님..."

유죄 유무를 떠나 그냥 목소리가 떨렸다. 서류를 훑어보던 피바다가 고개를 들어 나를 바라봤다.

"앉아."

말이 끝나기 무섭게 훈련소에 갓 입소한 훈련병처럼 군기 바짝 든 얼굴로 의자에 앉았다.

"어떻게? 오늘 쪽지 시험 준비는 잘 해왔어?"

"네에!? 아, 네..."

"목소리 봐라."

이내 피자(피바다의 30cm자)가 정수리를 갈랐다. 튀어나오는 비명을 겨우 참았다.

"이번 주에 가정 방문 할 건데 언제가 좋겠냐?"

피바다의 질문을 듣고 나니 일단 혼나러 온 게 아니란 사실에 안도감이 들었다.

"저희 집에요?"

"그럼, 여기 너 말고 딴 사람 있어? 정신을 얻다 두고 있는 거야!"

차가운 피바다의 멘트에 사지가 얼었다. 결국, 토요일 수업이 끝나고 집으로 방문하겠다는 피바다의 일방적인 통보에 고개를 끄덕이고 나왔다. 문을 닫고 돌아서자마자 고민이 '쿵!' 하고 떨어졌다. 가장 먼저 삼촌이 떠올랐다. 행여 삼촌의 존재를 피바다가 알아차리기라도 한다면... 낭패였다. 어떻게든 삼촌을 숨겨야 했다. 간만에 뇌주름이 활기를 띠며 바삐 움직이기 시작했다.

수업을 마치고 곧장 휴대폰 개통을 위해 대리점으로 향했다.

개통의 설레임 때문일까? 좀 전까지도 가득 차있던 가정방문에 대한 우려는 잠시잠깐 머릿속을 떠나갔다. 청소 당번이라 함께 가지 못한 정화가 미리 전화를 해둔 덕에 편하게 개통을 할 수 있었다.

"근데, 이거 니가 탔나보네?"

"예?"

"이거 정화 아버지가 멸치 축제 상품으로 사간 거거든."

"!!!"

천운이었다. 정화와 미향이가 함께하지 않는다는 게 정말이지 다행이었다.

"아, 아니요... 저.. 저희 할매가 생일 선물로 싸게 샀다면서 줬어요."

"아, 그래."

행여 꼬리라도 밟힐까 말이 끝나기 무섭게 달아나듯 대리점을 나왔다. 대리점 간판이 보이지 않을 때까지 종종걸음을 이어가며 수시로 뒤돌아 봤다. 다행히 직원의 의심에 찬 힐끔거림은 없었다. 두근거림이 진정되자 가장 먼저 상목오

빠에게 전화를 걸었다. 제목은 모르겠지만 귀를 따뜻하게 적시는 듣기 좋은 팝
송이 흘러나왔다. 컬러링 하나도 센스만점이었다.

"여보세요.. 헉헉…"

휴대폰 너머로 오빠의 목소리와 함께 거친 숨소리가 딸려 들려왔다.

"저예요, 오빠.."

"어, 은서구나."

이럴 수가! 단박에 내 목소리를 알아들었다. 한껏 감동 먹어 눈물이 날 뻔했다.

"전화기 개통했나 보네, 축하한다."

"예. 오빠한테 가장 먼저 전화 하라꼬 해서.."

더 이상 뺄 건 아니다 싶어 넌지시 맘을 드러냈다.

"진짜? 이야 이거 영광인데.."

"상목아, 뭐하노?"

오빠의 목소리 사이로 누군가의 외침이 들려왔다.

"빠쁜가 보네예?"

"응, 지금 연습중이다."

"그라믄 나중에 연락하께예."

"그래, 오빠가 끝나고 전화하께."

"예."

전화를 끊으며 아직 오빠의 여운이 남아있는 액정화면에다 대고 입맞춤을 했
다.

"딴따다 딴따~"

순간, 휴대폰이 울렸다. 놀라 얼른 입을 떼고 액정을 바라봤다. 한껏 볼을 부풀
리고 V자를 날리는 정화의 사진이 떴다.

“여보세요?”

“야, 개통했으믄 가장 먼저 이 언니한테 신고를 해야지 어디다 통화중이고!”

“안 그래도 할라꼬 했다. 근데 이 사진은 뭐꼬?”

“설정하믄 뜨는 거 있다. 나중에 갈켜 주께. 그나저나 바로 집으로 갈끼가?”

“응, 와?”

“미향이 훈련 끝났다꼬 떡볶이 먹으러 가자는데 같이 안 갈래?”

“오늘은 그냥 들어갈란다.”

“와? 같이 가자.”

“미안, 집에 가서 해야 될 일이 좀 있다.”

“뭐, 그라믄 어쩔 수 없지... 알았다.”

못내 서운한지 퉁명스럽게 전화를 끊는 정화였다. 나 역시 불현듯 밀려오는 우려감에 맘이 찜찜했다. 벌써부터 이놈 땜에 일거수일투족을 감시받는 기분인데, 향후 얼마나 귀찮아질지 잠시지만 되물리고 싶은 맘까지 들었다.

“딴따다 딴따.~”

발길을 떼기 무섭게 또다시 휴대폰이 울렸다.

“안녕하십네까? 여기는 갱찰청 사이버 수사댑네다. 지금 고객님의 신용카드로 딴사람이 국민은행 서초지점에서 고액을 인출했는데 신고가 들어왔단 말입네다.”

“예?! 저 신용카드 없는데...”

“뚜뚜뚜..”

이내 전화가 끊어졌다. 수신에 문제가 있나 싶어 걸려온 번호로 전화를 걸었다.

"여보세요, 거기 사이버 수사대..."

"야, 잠 좀 자자! 잠 좀 자! 여기 가정집이거든!"

몹시 화가 난 아저씨가 고함을 치고는 이내 전화를 끊어버렸다. 영문도 모르고 욕까지 먹고... 참 정신없고 요상한 하루였다.

"띠리리.. 띠리리..."

배를 깔고 엎드려 영어 단어를 외우고 있는 사이 휴대폰으로 맞춰 둔 알람이 울렸다. 얼른 팔을뻗어 라디오를 켰다.

"안녕하세요, 밤으로 가는 기차에 승무원 정유미입니다. 오늘은 아침부터 내린 비로인해 다들 많이 힘겨우셨죠. 눅눅해진 몸과 맘을 녹이시라고 오늘 시작은 따뜻한 커피향으로 출발 할께요. 브라운 아이즈 소울이 부릅니다, 위드 커피~"

음악이 흘러나오는 사이 잠시 볼일을 보러 화장실로 향했다.

"비나이다, 비나이다. 조상님께 비나이다.."

"???"

괄약근에 힘을 주며 볼일에 집중하고 있는데 어디선가 간절한 소리가 새어 들어왔다. 작은 소리지만 워낙 사방이 고요한지라 또렷이 귓가에 전해져 왔다. 목소리로 보아 주인공은 할매였다. 궁금증이 돌아 볼일을 보는 둥 마는 둥 허겁지겁 화장실을 나왔다. 조심히 소리를 따라 뒷마당 쪽으로 발걸음을 옮겼다. 근처에 다다르자 행여 들킬까 담벼락에 바짝 붙어 빼꼼히 고개를 내밀었다. 하얀 소복을 갖춰 입은 할매가 물을 떠 놓고 연신 허리를 조아리며 빌고 있었다. 아닌 밤중에 홍두깨도 아니고 할매의 행동에 의아함이 들었다. 맘 같아선 가서 물어보고 싶었지만 참았다. 동거 동락한지 십 년 가까운 세월동안 쌓인 눈칫밥으로 볼 때 아는 체 했다간 당장 욕 한 트럭을 쏟아 부을 게 뻔했기 때문이다.

"아차, 라디오!"

숨죽여 지켜보다 번뜩 잊고 있던 라디오 방송이 떠올라 얼른 방으로 뛰어갔다. 방송에서는 나의 사연이 막 끝나가고 있었다.

"할매한테는 비밀이다. 괜히 속상해 하실라... 마지막으로 당부를 잊지 않는 삼촌을 바라보노라니 그간 잘 느끼지 못했던 삼촌에 대한 자랑스러움이 살짝 궁 돋아났습니다. 캬아~ 일단 박수 한 번치고요. 짝짝짝! 오박사님 정말 짱 입니다! 더 이상 말이 필요 없네요. 남자가 봐도 정말 매력적인 분이네요. 유미씨, 이런 남자라면 여자들이 볼 때도 매력적이지 않나요?"

"그럼요, 정말 영화에서나 볼 법한 매력남이신 것 같네요."

"그렇죠! 은서양 혹시 시나리오 쓰고 있는 거 아니죠? 어떻게 이런 분이 현실 에 존재 할 수 있는지 놀라울 따름이네요. 맘도 착하지 용감하지... 진정한 엄친 아가 아닐까 싶네요."

한석아저씨의 말에 제발 저려 가슴이 쿵쾅 거렸다. 찜찜한 기분이 떨쳐지지 않 아 마지막 사연을 전하는 사이 라디오를 껐다. 양심적 가책에 망설임이 일었 다. 이렇게 계속 거짓말을 해야 하나? 나중에 들키기라도 하면 어떡하지? 손톱 을 물어 뜯어가며 고민에 고민을 거듭했다. 하지만 고민을 한다는 것 자체가 쉽 사리 포기를 할 수 없다는 의지의 피력이기도 했다. 여기서 접기엔 그간의 수고 가 아까웠다. 그리고 이미 너무 멀리 와 있었다. 어차피 여기서 그민두나 끝까 지 가나 거짓에 대한 면죄부는 없었다. 무엇보다 눈앞에 아른거리는 노트북이 포기를 만류하게 만들었다.

결국, 다음 사연 창작을 위해 펜을 집어 들었다. 완전히 가시지 않은 불편함 때문일까, 여느 때와 달리 쉬이 마땅한 사연이 떠오르지 않았다. 그렇게 고심에 고심을 거듭하길 몇 시간... 불현듯 그럴싸한 감동 사연이 뇌리에 날아와 박혔다.

『유미 언니, 한석 아저씨 안녕하세요. 기억하시죠? 오박사네 오조카입니다. 우선, 오늘은 감사 인사부터 드려야겠네요. 사실 그동안 전 삼촌의 오지랖이 조금은 창피하고 못마땅해 주변 사람들에게 삼촌의 존재를 굳이 알리지 않았 습니다. 심지어 단짝 친구들에게까지도요. 한데, 이번에 사연을 쓰느라 삼촌을 좀 더 가까이서 지켜 보다보니 그 누구보다 따뜻하고 순수한 사람임을 깨닫게 되었습니다. 그리고 그 깨달음엔 언니와 아저씨의 응원도 한몫 했구요. 다시 한 번 감사 인사 드려요. 그리고 그 보답으로 오늘은 두 분과 청취자분들에게 작지만 따뜻한 삼촌의 감동 사연을 전해드리려 합니다.
바로 어제의 일입니다.
간밤 화장실을 가려 방을 나서다 어디선가 들려오는 신음소리에 걸음을 멈췄 습니다. 소리의 진원지는 다름 아닌 삼촌 방이었습니다. 이에 조심히 걸음을 옮겨 살며시 삼촌의 방을 열어 보았습니다. 방안에선 TV를 켠 채 잠든 삼촌이 고통스러운 듯 연신 신음소리를 내뱉고 있었습니다. 걱정스러운 맘이 컸지만 굳이 잠을 깨우는 건 아닌 것 같아 다시 문을 닫으려 문고리를 잡았습니다. 순 간, 이불 밖으로 드러난 삼촌의 종아리로 한가득 검푸른 멍들이 보여 졌습니 다. 놀란 마음에 다가가 자세히 보니 누군가에게 회초리라도 맞은 듯 여러 가닥 의 줄멍이 들어있었습니다. 놀란 마음에 멍이든 다리로 손을 가져가다 삼촌의 뒤척거림에 얼른 물러나 방을 나왔습니다.
그리고 다음 날 아침, 그 원인은 할머니의 입을 통해 밝혀졌습니다. 저희 동네 에는 집집마다 별명처럼 불리는 이름들이 있습니다. 과거에 부친이 군청 주사를 지낸 종균이 아저씨네는 주사집, 군 인사계 출신인 기정이 아줌마네는 인사계네 등으로 말이죠. 그 중 아주 예전에 서당을 했던 서당집이라고 있는데요, 그 집엔 일찍 할아버님이 돌아가시고 하나뿐인 아들마저 삼년 전 교통사고로 잃은 할머니 한분이 홀로 살고 계십니다. 근데 얼마 전부터 그 서당집 할머니가 치매에 걸렸다는 소문이 동네에 퍼졌습니다. 이에 동네 이장님이 군복지과 직원과 함께 할머니를 병원으로 모시고 갔습니다. 검사 결과 치매 초기임이 밝혀졌습니다. 고심하던 이장님이 결과를 전하며 홀로 사시는 할머니를 생각해 요양시설에 입원하실 것을 넌지시 권했습니다. 하지만 남편과 아들의 묘지가 있는 동네를 떠날 수 없다며 할머니는 극구 거부의사를 밝히셨습니다. 결국, 주민회의를 통해 병세가 심해지기 전까지는 일단 동네 주민들이 돌아가며 보살피기로 결론이 났습니다. 그 날 이후 삼촌은 하루도 빠짐없이 서당집 할머니에게 아침 저녁으로 문안인사를 드리며 챙겼답니다. 물론, 저는 그 사실을 전혀 모르고 있었구요. 한데, 그렇게 매일 문안인사를 드리는 삼촌을 서당집 할머니는 점점 친아들로 착각하기 시작했고 급기야 어제는 치매 끼가 돈 할머니가 삼촌을 꾸짖으며 회초리를 들기에 이르렀습니다. 이에 삼촌은 묵묵히 종아리를 맞는 것도 모자라 무릎 꿇고 용서까지 빌었다고 합니다. 아침에 텃밭에 찬거리 나물을 뜯으러갔다 그 이야기를 전해들은 할머니가 집으로 돌아와 삼촌의 종아리를 걷어보고는 노발대발하며 당장 서당집으로 찾아가려 했습니다. 순간, 삼촌이 할머니의 앞을 막아섰습니다.

"어무이요 참으이소. 이깟 멍이야 시간이 지나믄 흔적도 없이 사라지지만 가슴에 묻은 자식에 대한 쓰라린 멍어리는 평생을 안고 간다 아닙니꺼."

삼촌의 진심어린 만류에 결국 할매는 못이기는 척 돌아섰습니다. 지켜보던 저의 가슴에 삼촌의 따뜻한 맘이 전해져 왔습니다. 그래서 일까요, 사실 살짝이

상품에 욕심을 갖고 사연을 보내기 시작했지만 이젠 그것보다 훨씬 큰 선물을 얻은 것 같아요.

오늘도 어김없이 삼촌은 서당집 할머니를 찾아 안부를 여쭙니다. 내일도... 모레도 변함없을 삼촌의 따뜻한 배려에 화이팅을 날립니다. 오박사님이 저의 삼촌이란 사실이 너무 너무 자랑스럽습니다. 삼촌 최고! 삼촌 짱! ^^』

뭔가 거부하고 싶은 것은 어찌된 영문인지 그 어떤 것보다 빠르게 현실로 닥친다. 어느 새 피바다가 가정방문을 하기로 한 토요일 아침이 밝았다. 밥숟가락을 뜨면서부터 어떻게 삼촌을 감출지 고민에 빠졌다. 창고에 묶어 놓을까? 보물찾기 하자며 산속으로 데려가 헤매게 할까? 도통 마땅한 방법이 떠오르질 않았다. 고심은 학교에서도 내내 이어졌다.

"야, 니 무슨 멍을 그래 때리노? 하루 종일 말도 없고... 혹시 그날이가?"

수업이 끝나자마자 정화가 남의 속도 모르고 농담을 던졌다. 왜 다들 나의 안색이 안 좋으면 다 그날이라고 하는지... 끓어오르는 짜증에 대답조차도 귀찮아 그냥 가방을 둘러메고 교실 밖을 나왔다.

"뭐꼬? 야 진짜 그날이가?"

"야, 야, 남의 날 걱정 말고 니 날이나 잘 챙겨!"

고맙게도 고함치는 정화의 입을 미향이가 틀어막아줬다. 정화보단 역시 미향이가 속은 좀 깊은 게 확실했다.

"나, 치킨 먹으러 갈껀데 같이 갈 사람 선착순 한명!"

"야! 다 비켜, 나! 나!"

단, 먹을 때만 빼고...

버스에서 내리자 언제나처럼 삼촌이 헐떡거리며 츄파춥스를 내밀었다.

"응.. 응서야... 이거, 이거 묵고 있으믄 어.. 엄마 온다.. 엄마, 꼭 온다..."

다른 때 같으면 버럭 소리부터 질렀겠지만 날이 날인지라 순순히 사탕을 받았다. 평소와 다른 모습에 아주 잠깐 갸우뚱하던 삼촌이 이내 누런 이를 드러내며 웃었다.

"삼촌..."

앞서 걸어가던 내가 돌아서며 삼촌을 바라봤다.

"어.. 응. 응.. 응서야..."

초롱초롱한 눈으로 삼촌이 날 바라봤다.

"삼촌 축구 잘해?"

"엉? 추.. 축구...?"

갑자기 번뜩한 묘안이 떠올랐다. 이참에 삼촌의 축구 실력도 확인하고 피바다로부터 숨겨둘 수 있는 좋은 방법이...

다짜고짜 삼촌을 이끌고 언덕배기에 있는 분교로 향했다. 골대 와 한참 거리를 두고 선 내가 단상 아래 기구함에서 꺼내온 축구공을 땅에 내려놓았다.

"삼촌, 이 공 저기 골대에 넣어 봐."

"어.. 응? 이거.. 저기?"

"응."

대답과 함께 기대 반 호기심 반의 마음으로 삼촌의 행동을 지켜봤다. 공으로부터 몇 걸음 뒤로 물러난 삼촌이 눈에 잔뜩 힘을 주고는 결심한 듯 발목을 풀기 위해 오른발을 땅에 대고 돌리기 시작했다. 자연스런 자세가 기대감을 증폭시 컸다. 그리고 잠시 후, 골대와 공을 번갈아 노려보며 거리를 가늠하던 삼촌이 냅다 달렸다........ 공을 집어 들고 골대를 향해. 곧이어 골대 안에 공을 안고 들어간 삼촌이 그물망에 매달리며 나를 향해 씨익 웃었다. 그럼 그렇지, 괜한 기대를 한 내가 한심스러웠다.

"응.. 응서야, 이제 니 차례다."

순식간에 달려온 삼촌이 공을 같은 위치에 내려놓으며 나의 팔을 잡아끌었다.

"아이씨, 그게 아니라 이렇게 차라고! 이렇게!"

순간, 욱한 마음에 냅다 공을 향해 화풀이를 했다. 공중을 낮게 날아가던 공이 얼마 못가고 이내 땅으로 떨어졌다. 잠시 지켜보던 삼촌이 다시 공을 주워 왔다. 얼마나 잽싼지 마치 사냥개처럼 날렸다.

"착."

공을 바닥에 내려놓은 삼촌이 냅다 공을 찼다.

"!!!"

일직선으로 날아가던 공이 서서히 왼쪽으로 휘어지더니 골대 모서리로 빨려 들어갔다.

"자, 이.. 이제 응.. 응서 차례다.. 헉헉..."

거친 숨을 내쉬며 삼촌이 다시 공을 집어 와 내려놓았다. 넋이 빠진 나는 물끄러미 삼촌을 바라봤다.

"삼촌, 다.. 다시, 다시 차 봐!"

"으엉.. 응.. 응서 차례다."

삼촌의 말에 얼른 공을 찼다.

"이.. 이제 내 차례다."

곧이어 골대 중간쯤에 떨어진 공을 가져온 삼촌이 같은 자리에 놓고 슛을 날렸다.

"뻥! 슈욱~"

또 다시 바나나 모양으로 잔뜩 휘어진 공이 골대 모서리 상단을 향해 꽂혔다.
보고도 믿기지 않았다.

"사.. 삼촌!"

흥분한 나머지 나도 모르게 삼촌을 부둥켜안고 방방 뛰었다. 갑작스런 나의 포
옹에 어안이 벙벙해진 삼촌이 어쩔 줄 몰라 했다.

"다시, 다시 차 봐, 아 그래 내 차례지..."

"뻥!"

"자, 내가 찼으니까 이번엔 삼촌 차례다."

"응."

말이 끝나기 무섭게 삼촌의 공이 또 한 번 골대를 갈랐다. 그 후로도 서너 번을
더 찼다. 어김없이 공은 같은 위치를 향해 날아 들어갔다.

"삼촌, 지금부터 서로 삼백 번씩.. 아니, 오백 번씩 서로 차기로 하자."

"오.. 오백 번...?"

"응. 그러니까 백 번씩을 다섯 번 차는 거다. 백 알지? 열 번을 열 번하면 백."

"으.. 응, 안다. 백!"

"그럼 삼촌부터 차고 있어 난 화장실 좀 갔다오께."

"아.. 알았다. 나.. 나부터 찬다, 공. 오.. 오백번!"

삼촌이 공을 바닥에 내려놓기 무섭게 걷어찼다. 그리고 다시 공을 주우러 가는
사이 난 얼른 운동장을 빠져 나왔다.

집으로 돌아오는 내내 웃음이 나왔다. 물론 환희와 기쁨에 찬 웃음이었다. 삼

촌을 묶어 놓은 것도 묶어 놓은 거지만 상목오빠가 그토록 배우고 싶어 하던 바나나킥을 전수시켜 줄 수 있단 사실이 더욱 나에게 감흥을 안겼다. 물론, 향후 어떤 식으로 알려줘야 할지가 문제이긴 했지만 들뜬 기분을 깨고 싶지 않아 차차 생각하기로 했다.

"!!!"

집으로 들어서다 깜짝 놀라 반사적으로 몸을 돌렸다. 피바다가 평상에 앉아 있었다.

"야, 오은서 어디가?"

눈썰미 좋은 피바다가 나를 향해 소리쳤다.

"네, 아 네.. 화.. 화장실 좀 갈라꼬..."

소리에 바짝 쫀 내가 다급히 핑계를 댔다.

"얼른 갔다 와."

"네."

대답을 하고 화장실로 향하는 사이 할매가 안에서 식혜를 담아 들고 나왔다.

"아이고, 어무이요.."

피바다가 얼른 일어나 할매의 손에 든 쟁반을 받아 들었다. 평소의 장교같이 딱딱한 말투와는 전혀 다른 친근한 사투리였다.

- 어무이...?

화장실로 들어서며 의아함에 고개를 까우뚱했다.

피바다가 할매를 보고 어무이라니? 이건 뭔 조환가? 아리송한 맘에 조용히 밖을 향해 귀를 기울였다.

"니가 그 화수에 살던 환갑이가?"

"예, 어무이요."

"아이구야, 내만 나이 묵는 줄 알았더만 니가 벌써 이래 어른이 됐나."

"예, 우짜다보이 그래됐심더. 그나저나 어무이는 그대로시네요."

"뭔 소리고 인자 갈 날도 얼마 안 남았는데…"

"에이, 그런 소리 마이소 어무이. 그나저나 도대체 우째된겁니꺼? 그때 형식이 퇴원했단 소식 듣고 친구들이랑 집에 찾아갔었는데 이사 가시고 안 계시더라꼬요. 우째 여기 남해까지 와서 사시는 겁니꺼?"

"!!!"

- 피바다가 삼촌에 대해 알고 있다. 그것도 나보다 더 자세히…

"우짜다 보니 그렇게 됐다."

"이래 가까이 사는 줄 알았으믄 어떻게든 찾아뵀을낀데 죄송합니더…"

"뭔 소리고, 우리가 말도 없이 간긴데 니가 와? 그런 소리 말거라."

잠시 침묵이 흘렀다. 그 침묵 속에서 피바다의 옅은 훌쩍임이 새어 들려왔다. 도대체 이 모든 게 어떻게 된 일이란 말인가? 순식간에 꼬여버린 복잡한 관계도에 머리가 지끈거렸다.

"이년아, 변소에서 똥 퍼먹나! 대충 끊고 안 나오고 뭐하노?"

여하튼 일관성 있는 할매다. 아무리 아는 사이라 해도 엄연히 선생님인데 그 앞에서 저렇게 당당히 막말을 던지는 거 보면…

"은서야, 여기 앉아봐라."

눈치를 살피며 화장실을 나오자 피바다가 온화한 목소리로 날 맞았다. 보고노 믿기지 않은 모습에 영 적응이 안됐다. 맘 같아선 얼른 휴대폰을 꺼내 동영상을 찍고 싶었다.

"우째, 이년 싹수는 좀 보이나?"

"할매! 아.. 아니.. 할.. 할머니.. 왜 그래..요…"

평소처럼 소리치다 피바다의 존재를 인식하고 얼른 말꼬리를 내렸다. 피바다가 바라봤다. 애써 미소 지으며 눈마저 내리깔았다. 평소 쓰지 않던 존칭에 할매가 꼴값을 떤다는 투로 쳐다봤다.

"열심히 하고 있으니까 걱정 마이소. 그라고 제가 담임이 됐으니까 잘 가르치께요."

하늘이 무너지는 게 이럴 때를 두고 하는 말인가 싶다. 지레 겁먹은 맘에 당장 가출이라도 하고 싶은 심정이었다. 피바다의 말이 내 귓가에 달리 번역돼 들려왔다.

"열심히 안하더라도 걱정 마이소, 성적 안 나오믄 제가 24시간 붙잡아 놓고 잘~ 아주 잘~ 가르치께요. 몽둥이 찜질을 해서라도.."

나를 바라보는 피바다의 날카로운 시선에 방금 안 나오는 소변을 쥐어짜서 누고 왔는데도 다시 오금이 저려 왔다.

"그래, 니한테 다 맡길 테니까 아무쪼록 어디가가 욕 안 묵게만 해두가."

"!!!"

- 이 할매가 뭔 소리하는 거야 지금! 그 말이 뭔 말인지 알고나 하는 소리야! 할매, 지금 나를 저승 사자한테 맡기는 거야. 나 죽여도 된다고 하는 말이라고! 얼른 주워 담아라.. 제발..."

"걱정 마이소. 저한테 다 맡겨 두이소."

- 엿됐다...!!!

피바다가 날 보며 씨익 미소 지었다. 심장이 십이지장까지 내려가 앉았다. 앞으로 빼도 박도 못하게 생겼다.

"그나저나 장가는 갔나?"

"예, 작년에 했심니더.."

두 사람의 대화에 끼인 나는 불편한 맘에 고래 등에 끼인 새우처럼 숨이 막혀 죽을 것 같았다.

"근데, 형식이는…?"

"그라고 보이 은서 애 학교 마치고 올 때믄 항상 마중 갔다 같이 오는데…"

일순간 두 사람의 시선이 내게로 향했다.

"오.. 오늘은 안 나왔던데..요."

버릇이 안 돼 말을 높이는 게 영 어색했다.

"뭔 소리고, 비가 오나 눈이 오나 한 번도 안 빠지고 갔었는데."

"뭐, 딴 거 하느라 잠깐 까먹었나 보지..요."

"까묵다니! 니가 너거 삼촌을 몰라서 그라나?"

흔들리는 눈빛을 감추려 얼른 시선을 돌렸다.

"혹시, 뭔 일 생긴 거 아니가!"

호들갑스러울 정도로 할매가 안절부절 못했다. 그와 비례해 행여 사실이 발각될까 나의 심장은 우려심에 콩닥콩닥 뛰었다.

"할머니는… 삼촌이 애긴가요? 뭔 일 생길께 뭐 있어요, 어디서 공 차고.. 흡! 흠, 흠.. 어디서 놀고 있나 보지요."

"놀고 앉았네. 우째 그리 태평하노? 너거 삼촌 걱정도 안 되나, 이년아!"

매국노를 바라보듯 불만어린 시선으로 할매가 흘겨봤다. 피바다만 아니었어도 당장 맞받아쳤을 테지만 자리가 자리인지라 꾹꾹 눌러 삼켰다. 넉분에 속에선 천불이 활활 타올랐다.

"이럴 일이 아니다. 당장 찾으러 가야겠다."

"내가, 내가.. 찾으러 가보께..요."

때다 싶어 자리에서 벌떡 일어섰다.

"선생님도 와 계신데 여기 계세요. 가볼 만한 데야 뻔 한데 얼른 가서 델꼬..
아니, 모시고 오께요."

답변을 기다리는 사이 주사위를 던지고 결과를 기다리는 갬블러의 심경과 다를 바 없는 초조함이 일었다.

"그렇게 하이소, 어무이요."

생각지도 않았던 피바다가 의외의 아군이 되어주었다. 잠시 바라보던 할매가 다시 자리에 앉았다.

"갔다 오께요."

행여, 할매의 변덕이 당장 죽이라도 끓일까 얼른 자리를 박차고 나왔다. 분교로 향하는 사이 할매와 피바다의 대화를 곱씹으며 분석에 들어갔다. 일단, 피바다와 삼촌이 친구였다는 사실에 주목했다. 그것도 아주 베프였다. 해서 삼촌의 사고를 자세히 알고 있다. 바보가 되었다는 사실까지도... 문득, 그 사실도 모르고 삼촌을 숨기려 잔머리를 쥐어짠 수고가 허탈했다.

교문을 돌아 운동장 안으로 들어섰다.

"???"

어쩐 일인지 마땅히 있어야 할 삼촌이 보이지 않았다. 그럴 리가 없는데... 감히 그래서도 안 되는데... 사람에게 가장 무서운 게 익숙함에 길들여지는 거라더니 어느 새 삼촌의 헌신을 당연시 여기고 있던 나의 맘에 불복종에 대한 배신감이 일었다. 모교인 탓에 작은 쥐구멍하나도 속속들이 알고 있던 터라 삼촌이 있을 만한 곳을 빠짐없이 찾아 살폈다. 어찌된 영문인지 그 어디에도 삼촌의 모습은 보이질 않았다. 달아오르던 짜증이 서서히 우려감으로 몰려왔다.

- 혹시 무슨 일 생긴 거 아냐? 아니지, 공차고 있으라고 했는데 무슨 일 생길게

뭐 있어?

 자문자답을 하며 학교를 빠져 나왔다. 한데 어디로 발걸음을 옮겨 찾아 봐야할지 마땅히 떠오르는 곳이 없었다. 도무지 갈피가 잡히지 않았다. 그러고 보니 난 삼촌에 대해 아는 것이 별로 없었다. 내가 등교해서 하교하는 공백의 시간 사이 삼촌의 일상에 대해 아는 바가 전혀 없었다.

어디서 뭘 하는지, 누구와 어울리는 지 전혀 알지 못했다. 솔직히 말하면 관심이 없었고, 더 솔직하고 엄격히 말하면 행여 마주칠까 창피해서 피해 다녔다.

무려 십여년의 세월을, 3,650일을, 87,600시간을…

그렇게 단지 내 삼촌인 게 창피하단 이유로 그 긴 세월 동안을 숨바꼭질을 해가며 다녔다. 단 한번도 바뀌지 않는 술래와 도망자의 관계로 말이다. 한데, 지금 처음으로 그 반대의 입장이 되어 삼촌을 찾아 헤매고 있다. 잠깐을 이리 찾아 헤매는 데도 짜증이 머리끝까지 솟고, 발걸음이 천근만근이라 당장 돌아가고 싶은 맘이 굴뚝같았다. 입장을 바꿔 놓고 보니 삼촌의 인내심이 경이롭기까지 했다. 아니, 도대체 이 인간은 어떤 정신적 해탈의 경지에 올랐기에 그 긴 시간을 단 한 번도 화내지 않고 날 찾아 헤맸단 말인가? 단순히 지능지수가 떨어져서라는 이유만으로 타당성을 논하기엔 설명할 수 없는 오류가 일었다.

 "아이씨 몰라! 때 되면 알아서 오겠지."

 결국, 한 시간 이십 칠 분이 나의 최대 인내력이란 사실만을 확인한 채 발길을 돌렸다. 집으로 돌아오자 다행히 피바다는 돌아가고 없었다. 하지만 안도도 잠시, 다른 선약이 있어 다음에 다시 들리기로 했다는 할매의 말에 이내 뒷골을 부여잡았다.

 "삼촌은?"

 "갈만한데 다 찾아 봤는데 어디 갔는지 안보이더라."

"갈만한데 어디?"

- 무서운 할망구... 이젠 남의 속까지 꿰뚫어보는 독심술까지 익혔나...?

정곡을 찔린 탓에 움찔해 잠시 머뭇거렸다.

"어디 어디 찾아봤더노?"

"여기저기."

"여기저기, 어디?"

"아, 분교도 가보고 동사무소 옥상도 가보고 교회도 가보고 다 가봤다."

"방파제는? 초소는? 해맞이 공원은?"

안 가 본 곳만 콕 집어 되물어 오는 통에 난처한 기색이 얼굴을 따라 역력해져 오기 시작했다.

"가.. 가 봤다. 가 봤는데 없더라."

엄습해 올 잔소리가 귀찮아 냅다 거짓말을 해버렸다.

"안 그럼, 애가 어디 갔노? 오늘 장날도 아닌데 읍내 나갔을 리도 없고..."

발을 동동 구르는 할매를 보자 내심 나에게도 혹시나 하는 걱정이 전염돼 왔다.

"집을 모르는 것도 아니고 때 되믄 찾아오겠지, 호들갑 좀 그만 떨어라."

"쫘악~"

간만에 맵디매운 할매의 손바닥이 등짝을 향해 날아들었다.

"으이그, 인정머리 없는 년. 야, 이년아! 너거 삼촌이 니 생각하는 거 반에 반만치라도 생각 해봐라."

"아이씨, 와 나한테 화풀이고..."

짜증과 함께 대문을 향해 나섰다.

"어디가노, 이 년아!"

“아, 몰라!”

겉으론 화가 나서 나온 거였지만 실상은 거짓말을 한 게 영 맘에 걸려 할매가 말한 곳들을 찾아가보려 다시 나온 것이었다.

먼 곳부터 훑어가잔 생각에 맨 먼저 해맞이 공원을 찾았다. 봄의 기운을 가득 머금은 알록달록 꽃들이 『사랑海요 남해』 이란 글씨를 새기고 있었다. 주말이라 공원 주변은 관광객들로 붐볐다. 나한테 딱히 득이 될게 없어서 그런 가 몇 년 전 드라마에 나오며 유명세를 타고부터 늘어난 관광객들이 도리어 불편하기만 했다. 무엇보다 뭘 자꾸 만들겠다고 산을 깎고 해안가를 파헤치는 통에 흙더미가 도로를 덮치고 파도가 도로를 내려앉혀 일 년에 서너 번은 도로 통제가 이루어졌다. 그 덕(?)에 돌아서 학교를 가야하는 게 싫었다. 그리고 지극히 개인적으론 내가 무진장 좋아하는 산딸기와 달디 단 뽕 열매를 더 이상 먹을 수 없다는 아쉬움이 무엇보다 컸다.

“우왕, 꽃들 정말 이쁘당.”

“자기만 하겠어?”

“아잉, 자기는... 몰랑~”

- 아주 쇼를 해라. 쇼를 해.

눈앞 커플의 애교 섞인 닭살 멘트며 혀 짧은 소리가 그렇잖아도 곤두선 나의 신경을 사극했다. 심촌도 보이지 않는데디 더 이상 연애질을 보고 있다간 커플을 벼랑으로 밀칠 것 같은 충동에 발길을 돌려 방파제로 향했다. 해맞이 공원을 따라 난 계단을 돌아내려가서도 온 만큼을 더 걸어가서야 다다른 방파제 앞에 서자 거친 쇳소리가 목을 타고 새어 나왔다.

“세엑, 세엑, 헉헉... 어휴, 전생에 나랑 뭔 원수가 졌길래 사람을 이래 고생

시키노... 쯧!"

숨을 가다듬고는 낚시꾼들로 가득한 방파제 끝에서부터 일일이 훑어보며 삼
촌을 찾았다. 한참을 이어가며 끝자락에 있는 등대에까지 다다랐지만 여전히
삼촌은 보이지 않았다.

"아이씨, 이 인간 도대체 어디 있는 거고..."

허리춤에 손을 얹고 방파제 주변으로 사람이 설 수 있는 바위들을 놓치지 않고
스캐닝 했다. 역시나 안구의 부단한 노력의 보람도 없이 도통 삼촌의 행적을 찾
을 수가 없었다. 이제 남은 곳은 단 하나, 초소뿐이었다. 고생 끝에 내려왔는데
다시 저만치 위로 올라가야 한다는 생각에 발길도 떼기 전에 한숨부터 새어 나
왔다. 맘 같아선 당장 관두고 싶었지만 여지껏 찾아 헤맨 고생이 아까워 천근인
발을 떼어 옮겼다.

- 설마 거기에도 없는 건 아니겠지..

투덜거리며 종종걸음으로 초소로 향했다. 제기랄, 설마가 사람을 잡았다. 작
다란 초소 안을 샅샅이 뒤져봤지만 삼촌의 털끝하나 보이지 않았다. 허무함에
바닥에 털썩 주저앉았다. 잠시 후, 차올랐던 숨을 진정시키고 나니 초소 안에
써 놓은 수많은 낙서들이 눈에 들어왔다. 그 중 유독 나의 시선을 사로잡는 낙
서가 하나가 눈에 띄었다.

"메롱~"

마치 어디선가 삼촌이 나를 바라보며 비웃고 있는 것 같은 생각에 벌떡 자리를
털고 일어섰다.

"아이씨 몰라, 진짜 난 할 만큼 했어!"

삼촌이 들으라는 듯 큰소리로 외치고는 초소를 박차고 나왔다.

졸지에 팔자에도 없는 삼촌 찾아 삼만 리를 하고 나니 가슴이 울분으로 가득 찼다. 막힌 속을 뻥 뚫어 줄 콜라를 찾아 분교 초입에 있는 동네 유일의 구멍가게로 향했다. 가게 문을 열고 들어서자 진열장 맨 상단에 줄 맞춰 진열된 참치 통조림들이 나를 맞았다. 저 놈들은 내가 가게를 드나들던 십여 년 전부터 한결같이 그 자리에서 나를 반기던 이 가게의 역사적 산 증인이었다. 그 외에도 가게 안에는 유통기한이 지나 은퇴해야 할 제품들로 가득했다.

"할매요 콜라 하나 가꼬 가께요."

"그래."

가게 안에 딸린 쪽방에서 화투를 치느라 여념 없는 주인 할매가 시선도 맞추지 않은 채 답했다.

"지갑 안 가꼬 왔는데 돈은 이따 갖다 드리께요."

"어제 너거 할매 국수한단 외상으로 사간 것도 같이 가꼬 온나."

목소리만 듣고도 난 줄 알고 밀린 외상값까지 챙기는 주인 할매였다. 처음엔 나이에 비해 밝은 청력에 감탄했지만 알고 보니 그 비결은 성능 좋은 보청기에 있었다. 연이은 주인 할매의 외상 독촉을 뒤로하고 가게를 나왔다.

"치익~"

새어나온 거품의 기포 터지는 소리만으로도 막힌 속의 절반이 뚫렸다.

"꺼억~"

목을 타고 들어가는 콜라의 자극에 트림이 새어 나왔다.

"아, 시원하다. 꺼억~"

재차 트림을 이어가며 얼마 남지 않은 콜라를 마저 비우기 위해 캔을 입으로 가져갔다.

"!!!"

콜라를 들이키며 고개를 젖히던 나의 동공이 일순간 커졌다. 저만치 분교 담 아래 가파른 낭떠러지 속 나무하나가 유독 선명히 새겨들어 왔다. 뻗어진 나뭇가지로 낯익은 천 조각이 흩날리고 있었다. 미간을 찌푸리며 시선을 고정하자 더욱 또렷하게 보여지는 천 조각은 분명 삼촌의 옷 색깔과 동일한 것이었다. 불안감이 엄습해 왔다. 캔을 내던지고 나무를 향해 걸음을 옮겼다. 어쩐일인지 맘은 부리나케 달려가려하는데 발걸음은 생각과 달리 한 걸음, 한 걸음 천천히 떼어졌다. 설마 하는 닥치지 않길 바라는 현실에 대한 거부의 맘이 발목을 부여잡았다.

- 아니야, 그.. 그럴리 없어.. 저.. 절대...

 얼마가 지났을까... 시간을 알 수 없는 무감각 속에 담벼락과 낭떠러지 사이에 놓인 수로를 밟고 지나 천 조각이 걸린 나무 앞에 다다랐다. 나풀거리는 천 조각을 보니 삼촌이 입고 있던 상의가 분명했다. 시선을 옮겨 나무 아래를 보니 쌓인 나뭇잎들이 통로를 내듯 아래를 향해 눌린 자국들이 보여졌다. 나무들을 붙잡고 자국들을 따라 내려갔다. 여전히 무감각한 시간개념 속에 목뒤로 흘러내린 식은땀이 등줄기를 따라 허리춤에 다다를 때쯤 바닥에 엎드려 있는 삼촌의 모습이 눈에 들어왔다.

 "!!!"

 다가서는 기척에도 아무 움직임이 없었다. 걸음이 더욱 빨라졌다. 거의 구르다 시피 삼촌 앞에 다다랐다.

 "삼촌! 삼촌!"

 엎드린 삼촌의 등을 흔들었다. 여전히 삼촌은 미동도 없었다. 평소 같으면 엄두도 못 낼 삼촌을 번쩍 안아 몸을 돌렸다. 얼굴 여기저기가 긁힌 상처로 가득했다.

“삼촌, 일어나! 일어나라구!”

　연신 뺨을 두드리며 소리쳤다. 내가 뭘 하고 있는지 자각하지 못할 정도로 삼촌을 흔들었다. 이성을 잃은 사람처럼 절규에 가까운 괴성이 터져 나왔다. 하지만 삼촌은 전혀 움직이질 않았다. 절규도 소용이 없자 왈칵 눈물이 쏟아졌다. 처음엔 죄책감과 할매에 대한 두려움 때문이었지만 울음이 이어질수록 미안한 맘이 컸다.

　“바보, 일어나 일어나라구! 안그럼 나 할매한테 죽는단 말야! 그러니까 얼른 일어나.. 엉엉엉...”

눈물이 계속 났다. 그치려고 해도 눈물관이 동파됐는지 마구마구 쏟아졌다. 그렇게 한참을 울먹이며 삼촌을 흔들었다. 얼마가 지났을까... 눈물샘이 바닥을 드러내며 남은 눈물을 짜내듯 훌쩍임이 이어졌다. 행여 기척이 있을까, 훌쩍이느라 들썩이던 어깨마저 멈춰가며 삼촌의 얼굴을 뚫어져라 바라봤다. 여전히 작은 미동조차 없었다. 안되겠다 싶어 휴대폰을 꺼내들었다. 순간, 훌쩍임과 훌쩍임 사이의 고요한 틈 속에 옅은 흐느낌 소리가 귀를 자극했다.

　“으.. 으...”

작지만 분명 입술이 움직였다.

　“삼촌! 삼촌 내 목소리 들려?”

삼촌의 얼굴에다 대고 소리쳤다. 대답을 하려는 듯 흐느낌 소리가 점점 선명해져갔다. 잠시 후 파르르 눈꺼풀이 떨리는가 싶더니 삼촌이 천천히 눈을 떴다.

　“으.. 응.. 응서야...”

나도 모르게 삼촌을 와락 안았다.

　“엉엉엉엉...”

이유는 모르겠다. 그냥 계속 눈물이 났다. 분명 조금 전까지도 말라있던 눈물샘이 다시 펌프질을 시작했다. 영문을 모르는 삼촌은 본능적으로 나를 감싸 안았다. 따뜻했다. 저물어 가는 해 탓에 추워서인지 모르겠지만 안방 구들목에 배를 깔고 누웠을 때처럼 무진장 따뜻했다. 피부를 타고 전해진 온기가 가슴까지 다다랐다. 그 옛날 아빠의 등에 업혀 잠들었던 그때처럼 몸도 마음도 평온했다. 다행히 얼굴 말고는 크게 다친 데가 없는지 잠시 후 삼촌은 훌훌 털고 일어났다.

"응.. 응서야, 미안.. 고.. 공이 이리로 넘어와서 아직 백 번, 백 번, 백 번 세 개 백 번 덜 찼다."

손가락을 꼽아가며 어쩔 줄 몰라 하는 삼촌을 바라보니 정신도 멀쩡해 보였다. 맘이 놓이고 나니 문득 드라마에서 바보가 머리를 다쳐 다시 정상으로 돌아오던 장면이 떠올랐다. 그렇게 됐더라면 좋았을 걸 하는 아쉬움(?)이 들었다.

"아이고, 봉구야! 어디 갔더노? 어라, 얼굴은 와 또 이 모양이고?"

마당을 맴돌며 걱정스러움에 안절부절하던 할매가 안으로 들어서는 삼촌을 발견하고는 다가서며 소리쳤다. 할매의 물음에 삼촌이 힐끔 나를 바라봤다. 허걱! 정신이 없어 단도리를 시킨다는 게 깜빡했다. 날아들 불벼락에 심장이 딱 멈췄다.

"응.. 응, 굴렀다. 이렇게 이렇게 솔방울처럼 떼굴떼굴 굴렀다."

손동작을 해가며 설명하는 삼촌을 바라보는 할매의 얼굴에 안타까움이 잔뜩 묻어있었다.

"조심 좀 하지, 들어가서 얼른 약 바르자."

다행히 원인규명보다 상처 난 삼촌의 얼굴이 흉질까 걱정이 우선이었던 할매가 더 이상의 추궁없이 삼촌을 데리고 들어갔다. 부러 그런 건지 그냥 논리적인 사고가 부족해 그런 건지 나와의 연관성을 전혀 언급하지 않은 삼촌으로 인해 우려했던 불벼락은 떨어지지 않았다.

 잠을 자려 누웠는데 이상하게 잠이 오지 않았다. 양도 거꾸로 헤아려보고 평소 펼치기만 해도 수면제 가루가 날린 듯 이내 곯아떨어지던 수학책을 펼쳐도 소용없었다. 어쩐 일인지 도통 잠이 들지 못했다. 대신 자꾸 낭떠러지에서 삼촌을 안았을 때가 떠올랐다. 그 묘한 기분이 나의 머리속을 어지럽히고 있었다. 결국 껐던 불을 다시 켜고 노트를 펼쳤다. 어차피 못 잘 바엔 내일 하려고 했던 라디오 사연 창작이나 하잔 생각에서였다.

『밤.기.차 청취자 여러분 다들 안녕하세요. 어느 새 밤.기.차의 유명인사가 되어버린 엄친아 오박사의 조카 오은서입니다. 사실 처음에 사연을 보낼 땐 이렇게 까지 반응이 나타날지 모르고 시작했는데 어느 순간부터 제 자신조차도 기대감과 함께 삼촌의 뒷꽁무니를 쫓아다니는 열성팬이 돼버렸습니다. 늘상 곁에 있어 남다른 걸 몰랐고, 언제나 함께 할 거란 생각에 소중함을 몰랐던 제가 밤.기.차를 통해 제대로 깨닫게 되었습니다. 삼촌이 저에게 얼마나 자랑스러운 존재인지를 말입니다. 특히 오늘은 그 존재감과 사랑이 더욱 크게 느껴지는 하루였습니다. 그간의 사연으로 다들 짐작하시겠지만 저에겐 부모님이 계시지 않습니다. 그래서 유독 부모님에 관한 얘기가 나오면 신경이 예민해 집니다. 한데, 그제 반 친구 하나가 저와의 말다툼 끝에 부모님이 없다는 사실을 비꼬듯 내뱉었습니다. 순간, 흥분한 나머지 저도 모르게 친구의 얼굴을 향해 주먹을 뻗고 말았습니다. 흘러내리는 쌍코피를 쓸어 닦으며 친구가 울음과 함께 곧장 교무실로 향했듭니다. 참고로 제가 쌍코피를 터뜨린 친구는 우리 반 우등생이었습니다. 저는... 뭐 겨우 반 중턱에 턱걸이 하는 정도의 실력이구요.

잠시 후, 일방적인 친구의 자초지종만을 들은 담임선생님이 저를 교무실로 불렀습니다. 그리곤 제 이야기는 듣지도 않고 벌을 세우는 것도 모자라 일주일간의 화장실 청소까지 시키시는 게 아니겠어요. 서러움에 핑 도는 눈물을 겨우 눌러 참으며 돌아오는 길에 수목장으로 부모님의 유골을 뿌려 둔 나무 앞에 앉아 펑펑 울었습니다. 그렇게 한참을 울다 어느 새 내려앉는 어둠에 겁도 나고 할머니에게 혼이 날까 바삐 집으로 돌아 왔습니다. 다행히 집안에선 별 걱정을 하지 않은 듯 평소와 다를 바 없이 저를 맞이했습니다. 그리고 사건이 있은 지 이틀이 지난 오늘, 학교에 등교하자마자 저랑 다퉜던 친구가 다짜고짜 미안하다며 화해의 악수를 청하는 게 아니겠어요. 평소 그 친구의 성격으론 절대 있을 수 없는 행동에 제가 갸우뚱해 하는 사이 친구가 덥석 제 손을 잡았습니다. 그와 더불어 기다렸단 듯이 반 친구들이 환호의 박수를 치는 게 아니겠어요. 그렇게 엉겁결에 이뤄진 화해 이후 그 친구는 물론이거니와 전과 다른 반 친구들의 과한 배려에 몰카를 찍는 게 아닌 가 의심이 들 정도로 적응이 되지 않았습니다. 그렇게 정신없이 수업을 마치고 교문 앞을 나서는 제 앞으로 삼촌의 트럭이 와 멈춰 섰습니다.

"어, 삼촌. 학굔 어쩐 일이고?"

"볼일 끝내고 시간 보니까 너 마칠 때 됐길래 데리러 온기다."

갑작스런 삼촌의 등장에 잠시 의아해하다 대답을 듣고는 별 의심 없이 차에 올랐습니다.

"어, 집에 안가고 어디 가노?"

고개 넘어 집을 코앞에 두고 삼촌이 갑자기 핸들을 꺾어 산 쪽으로 향했습니다. 그리고 도착한 곳은 다름 아닌 부모님의 유골이 뿌려진 나무 앞이었습니다.

“삼촌 여긴 와?”

저의 물음에 대답 대신 삼촌이 품안에서 서류 한 장을 꺼내 내려놓았습니다.

“형, 내가 앞으로 우리 은서 제대로 책임질까하는데 괜찮지? 형수님도 허락해 주실꺼죠?”

삼촌이 땅에 내려놓은 서류에는 제가 삼촌의 자식으로 입적되어있었습니다. 그제야 요상한 오늘 하루의 모든 의문이 풀렸습니다. 문제의 그날, 제가 늦게까지 집으로 돌아오지 않자 걱정이 되었던 삼촌이 제 가장 친한 친구에게 전화를 걸어 상황을 전해들은 것이었습니다. 그리고 다음날 제가 화장실 청소를 하는 사이 저희 반을 찾은 삼촌이 저와 다툰 친구를 따로 불러 이야기를 나눈 뒤 반 친구들에게 아이스크림을 돌리며 저와 친하게 지내라는 당부를 했던 것이었습니다. 이어 오늘, 결혼하는데 흠이라도 될까 저를 호적에 올리는데 대해 반대하던 할머니를 설득해 저를 입적 시킨 것이었습니다. 돌아오는 내내 울컥하는 맘을 겨우 눌러 참았습니다. 삼촌에게 무어라 말하고 싶은데 무슨 말부터 꺼내야 할지 머릿속이 엉켜 뒤죽박죽이었습니다. 결국, 아무 말도 못하고 삼촌의 시선을 피해 그저 멍하니 차창 밖을 바라보다보니 어느 새 집 앞에 다다랐습니다.

“먼저 들어가라, 내는 서당집에 들렸다 가꾸마.”

“삼촌...”

차문을 열며 망설이던 제 입이 말문을 열었습니다. 돌아보는 삼촌을 바라보며 조심히 입을 뗐습니다.

“고마워.. 정말...”

말이 끝나기 무섭게 차문을 닫고 집으로 뛰어 들어갔습니다. 집으로 향하는 그 짧은 순간 알았습니다. 진심을 담는다는 게 얼마나 어렵고 가슴 벅찬 일인지...

뒤이어 집으로 돌아온 삼촌은 여느 때와 다를 바 없이 저를 대했습니다. 저 또한 변함없는 투덜거림과 짜증을 섞어가며 삼촌을 대하고 있구요. 한데, 이상하게 가슴이 따뜻해 옵니다. 보일러를 켠 것도 아닌데 집안 곳곳이 따뜻한 온기로 가득해 절로 미소가 지어집니다. 특히 삼촌이 저의 곁으로 다가 올 때면 이동식 온풍기 마냥 온기가 더욱 커져갑니다. 그간 알지 못했던, 그리고 느끼지 못했던 무한 난방기의 효과를 이제야 보고 있는 제가 너무나 바보스러운 거 있죠. 해서, 늦게나마 오늘 이 자리를 빌려 전하고 싶습니다. 늘 변함없는 삼촌의 사랑을 몰라서 미안하고, 언제나 나의 곁을 든든히 지켜준 삼촌이 너무 너무 고마워...』

7

배신의 상처

아침 밥숟가락을 놓자마자 삼촌을 이끌고 분교 운동장을 찾았다.

"삼촌, 어떻게 차는 거고? 어떻게 차야 공이 골대로 들어가는 거고?"

공을 내려놓고 인프런트 킥의 비법을 전수 받기 위해 삼촌을 다그쳤다. 이에
잠시 공과 나를 번갈아 바라보던 삼촌이 나의 의도를 이해했는지 살짝 뒤로 물
러나는가 싶더니 이내 달려와 공을 찼다. 변함없이 삼촌의 공은 곡선을 그리며

골대 안으로 직행했다.

"천천히, 천천히 차 봐."

너무 빠른 발놀림에 자세히 보지 못한 내가 다시 요구했다.

"처.. 천천히...?"

"그래, 내가 볼 수 있게 천천히..."

고개를 끄덕인 삼촌이 다시금 뒷걸음질 쳤다. 숨을 멈추고 삼촌의 동작을 놓치지 않으려 시선을 집중했다.

"가.. 간다."

소리와 함께 삼촌이 마치 슬로우 모션처럼 천천히 아주 천천히 걸음들을 옮겼다. 한 걸음 한 걸음 옮겨지는 삼촌의 발을 따라 나의 고개도 덩달아 움직였다. 그리고 드디어 공과 발이 맞닥뜨리는 순간...

"퍽!"

좀 더 자세히 보려 숙인 얼굴 정면으로 공이 날아들었다.

"응.. 응서야..."

어렴풋이 삼촌의 외침이 들려오는 가 싶더니 정적이 흘렀다. 그대로 바닥에 고꾸라지며 정신을 잃었다. 한참 후 눈을 뜨니 벤치에 누워 있었다. 충격이 가시지 않아 묵직한 머리를 내흔들며 몸을 일으키려는 순간, 점점 가까워져오는 발걸음 소리와 함께 곧이어 한 바가지의 냉수가 얼굴을 향해 쏟아졌다.

"앗, 차거!"

"응.. 응서 일어났다! 정신 차렸다. 하하하.. 응.. 응서 살았다!"

해맑은 삼촌의 웃음소리가 운동장 안을 울렸다. 머리가 지끈거리는 통에 화도 못 내고 답답한 가슴만 쳤다. 결국 고통을 통해 뒤늦게 얻은 결론은 상목오빠가 직접 보고 배우는 수밖에 없다는 것이었다. 그러자면 삼촌의 존재를 밝혀야만 했다. 자연스레 갈등이 일었다. 진실을 밝히는 순간, 배신감에 완전 멀어지는 게 아닌지... 아님, 도리어 나의 진심을 알고 고마운 마음에 완전 감동받아 영원한 내 사랑이 될지... 어느 것도 쉬이 선택하기가 어려웠다.

- 그래! 사람은 자기의 이익을 위해선 누구나 이기적이 돼. 그간 겪어보고도 모르냐? 모든 사람들이 삼촌처럼 바보는 아냐.

고심 끝에 살아오는 동안 경험한 냉정한 현실을 믿기로 했다. 행여 맘이 흔들릴까 곧바로 상목오빠네 동네로 향했다. 오빠가 기뻐 할 걸 생각하니 나 또한 일렁이는 흥분감을 감추지 못했다. 마을 어귀에 다다라 정자에서 장기를 두던 어르신들께 상목오빠의 집을 물어 찾아 갔다. 저만치 앞쪽으로 오빠 집 대문이 보이기 시작하자 긴장감에 심장이 뛰기 시작했다. 대문 앞에 다다라서도 여전히 심장은 진정 될 기미를 보이지 않았다.

"후우~ 후우~"

안정을 되찾기 위해 쉴 새 없이 긴 호흡을 내쉬었다.

"후우~ 흡!"

호흡을 내쉬는 사이 대문이 열리고 아주머니 한분이 모습을 드러냈다. 오빠와 닮은 모습이 딱 봐도 어머니임을 확신 할 수 있었다.

"누구?"

"아.. 안녕하세요, 상목오빠 집에 있어요?"

"상목이 방금 나갔는데..."

"어디 갔는데요?"

"글쎄, 그건 잘 모르겠네. 뭐 슬리퍼 신고 나갔으니 멀리는 안 갔을 끼다."

"네, 감사 합니다."

미래의 시어머니에게 흠이라도 잡힐까 예의 바르게 배꼽인사를 하고는 얼른 돌아섰다.

 마실을 나갔다면 갈 곳은 손에 꼽혔다. 골목을 나와 가장 확률이 높은 정류장 쪽 슈퍼로 걸음을 옮겼다. 아쉽게도 슈퍼에 다다라 창가를 기웃거렸지만 오빠의 모습은 보이지 않았다. 깜짝 놀래켜 줄려고 했는데 안 되겠다 싶어 그냥 전화를 걸기로 맘을 바꿔 먹었다. 길을 건너며 단축번호 1번을 꾸욱 눌렀다. 신호음이 들려오자 들뜬 맘이 박자를 맞춰 함께 뛰었다.

 "딩딩동.. 딩딩동..."

 "???"

 어디선가 벨소리가 들려왔다. 귀를 쫑긋 세우니 바로 옆, 다리 아래에서 나는 소리였다. 혹시나 하는 마음에 계단을 내려가 다리 아래로 향했다. 그 사이 전화가 음성사서함으로 넘어가며 더불어 들려오던 벨소리도 멈췄다. 벽에 붙어 빼꼼히 소리가 들려오던 다리 안쪽을 들여 다 봤다. 상목오빠가 누군가와 마주 서 있었다.

 "내 얘기 아직 안 끝났다!"

화가 난 목소리가 다리 안을 울렸다.

 "더 이상 할 말 없으니까 그만하자."

짜증 섞인 목소리와 함께 오빠가 돌아서자 가려져 있던 상대방의 모습이 드러났다.

 "!!!"

상대는 다름 아닌 승희언니였다.

 "몇 번을 말하노? 처음부터 그럴려고 했던 게 아니라 우연히 알았다꼬!"

 "됐고, 지금이라도 당장 관둬!"

 "그렇게 못 하겠다믄...?"

"뭐?"

두 사람에게서 뿜어져 나오는 냉랭함과 서로를 바라보는 눈빛으로 보아 뭔가 심각한 상황이 생긴 게 분명했다.

"좋다, 마지막이다. 선택해! 여기서 그만 두던지 아니믄, 나랑 헤어져."

- 뭐야!? 이게 웬 떡이야. 자진해서 물러나다니... 오늘 나 계 탔나? 큭큭큭...

전혀 뜻밖의 승희언니의 이별 통보에 속으로 쾌재를 불렀다.

"뭐라꼬? 지금 진심으로 하는 소리가?"

"그래, 진심이다. 계속 은서한테 접근할 거믄 나랑 끝내!"

- 결국 질투심이었어. 역시 언니도 어쩔 수 없는 여자였구나.

언니의 으름장에 오빠가 비릿한 미소를 띠웠다. 잠시였지만 살짝 놀랐다. 평소 내가 알던 상목오빠의 모습에서는 상상이 가지 않는 야비한 미소였다.

"그래, 끝내자."

- 야호! 앗 싸라 비아~

"뭐!?"

예상 밖 대답인지 언니가 놀란 표정으로 바라봤다. 승자의 여유랄까, 살짝 안됐단 생각이 들었다. 하지만 어쩌랴, 이미 엎질러진 물인 것을. 위로 차원에서 앞으로 언니에게 잘해줘야겠다 맘먹었다.

"너란 아이 정말 구제 불능이구나."

"뭐, 구제불능? 흥, 내가 뭘 그렇게 잘못했는데 그냥 축구기술 하나 얻을라는 게 그렇게 죽을 짓이가? 그라고 막말로 은서 잘 챙겨주라꼬 한 거 너거든."

"!!!"

"그야, 은서가 너한테 좋은 맘 갖고 있으니 잘 챙겨주라는 의미에서 그랬던거고."

- 뭐야? 둘이 지금 무슨 소리하는 거야? 나 말고 남해에 은서라는 애가 또 있나?

머리가 새하얘지는 게 마치 꿈속을 헤매는 것 같았다.

"아 몰라! 애당초 몰랐으믄 몰라도 은서 삼촌에 대해 안 이상 난 포기 못하니까 그렇게 알아."

"참말로 니 이것 밖에 안 되는 인간이었나! 어떻게 니 욕심 하나 채우겠다꼬 다른 사람 상처 입는 건 안중에도 없을 수가 있노?"

"그래, 내 이기적이다. 됐나? 계속 얘기해 봐야 서로 입만 아프니까 여기서 끝내자!"

더 이상 지켜보자니 속에서 구역질이 올라올 것 같았다. 떨어지지 않는 발걸음을 억지로 잡아 당겨가며 겨우 자리를 벗어났다.

- 뭐야! 너희들이 뭔데 날 가운데 두고 난도질이야! 니들이 뭔데!

치밀어 오르는 분노를 주체 할 수 없어 마냥 달렸다. 숨이 멎기 일보 직전에서야 쓰러지듯 백사장에 드러누웠다. 정신이 혼미해졌다. 하늘 위로 보이는 구름들이 나를 비웃는 수많은 사람들의 모습으로 변모했다. 한심하다는 듯 손가락질하는 정화, 배신감에 가득 찬 미향의 분노한 얼굴, 모여서 손가락질 하는 반친구들... 인연이 있는 모든 이들의 비아냥거림과 분노가 나를 덮쳐왔다. 온몸이 발가벗겨진 것처럼 부끄럽고 초라한 맘에 무작정 숨고 싶었다. 아무도 찾을 수 없는 완전히 꼭꼭 숨을 수 있는 곳으로 달아나고 싶었다. 눈앞에 밀려오는 파도가 따라 오라며 연신 손짓을 해댔다. 손짓에 이끌려 발걸음을 옮겨갔다. 그 사이 한줄기 눈물이 눈가로 흘러내렸다.

"허. 허.. 허하하하..."

흐르는 눈물에 걸맞지 않게 왠지 모를 헛웃음이 새어 나왔다. 한심한 나 자신을 비웃는 헛웃음이 마냥 새어 나왔다. 터덜터덜 발걸음을 옮겼다. 발끝으로 파도가 적셔왔다 물러났다. 걸음을 옮길수록 적셔오는 깊이가 점점 깊어갔다. 발가락을 적시던 파도가 잠시 후 발목까지 차올랐다. 깊이가 더해질수록 맘이 편안해졌다. 아니, 편안해지려 맘먹었다.

– 아빠… 이대로 쭉 달려가면 아빠를 만날 수 있을까? 어둠을 지나 새로이 눈을 뜨면 내 앞에 아빠가 와 있을까?

 두 팔을 벌려 움켜쥔 손을 펼쳤다. 손끝으로 남아있던 아쉬움들을 털어냈다. 남아있던 두려움이 날아간 듯 입가에 미소가 번졌다. 그대로 몸을 앞으로 기울였다. 아빠가 양팔을 벌리고 나를 맞았다. 망설임 없이 품을 향해 안겼다. 아빠가 나를 끌어안았다.

“안돼!”

“!!!”

소리에 정신이 번쩍 들었다. 누군가가 나를 끌어안았다. ‘콰당!’ 함께 뒤로 나자빠졌다. 눈을 뜨니 삼촌이 기겁한 얼굴로 나를 바라봤다.

“응.. 응서야… 물.. 물 위험해! 안돼, 절대 가면 안돼! 나빠! 바다 나빠!”

 처음으로 삼촌의 성난 모습을 봤다. 근데 이상하게 화가 나지 않았다. 도리어 미소가 지어졌다. 그 무엇도 바라는 것 없이 오로지 나만을 걱정하고, 나만을 위해 사는 이 바보 같은 사람이 나의 삼촌이란 사실이 태어나 첨으로 기뻤다.

“삼촌… 나 목마 태워주라.”

 물끄러미 바라보던 나의 입술이 움직여 바램을 토해냈다. 느끼고 싶었다. 치유 받고 싶었다. 세상으로부터 받은 상처를 삼촌의 사랑으로 치유 받고 싶었다. 아빠에게 받았던 그 사랑처럼…

"모.. 목마...?"

"응. 목마.."

삼촌이 쪼그리고 앉았다. 목마를 타고 가는 내내 미안함에 눈물이 흘렀다. 그간 누가 볼까 창피해서 모른 체 하고, 행여 마주칠까 피해 다니고... 단지, 내 욕심 채우자고 힘들게 한 그 모든 게 너무너무 미안했다.

"삼촌.. 미안해..."

"응? 우.. 우리 응.. 응서 운다. 울면 안 되는데... 우리 응서 운다. 응.. 응서야 우지마, 내.. 내가 다 잘못했다, 그래, 내가 미.. 미안해, 우.. 우지마..."

– 바보! 정말 바보야, 삼촌은... 삼촌이 잘못한 게 뭐 있다고 미안해 해, 내가... 철없는 내가 미안하고 또 미안해...

맘을 추스르자마자 가장 먼저 휴대폰에서 상목오빠의 번호를 삭제했다. 더불어 다시는 마주치고 싶지 않은 맘에 삼십 분이나 더 걸리는 반대편 버스를 타고 등하교를 시작했다. 일상에도 변화가 일었다. 충격으로 인한 경계심 탓인지 친구들과의 대화는 물론이거니와 한시도 떨어지지 않던 정화와 미향이와의 어울림도 부쩍 줄였다. 대신 학교가 끝나기 무섭게 곧바로 집으로 향했다. 마당으로 들어서자마자 평상에 가방을 풀어헤치고는 곧장 삼촌을 찾아 함께했다. 뒤늦은 양심의 가책인진 몰라도 그간 날 찾아 헤매고 날 끔찍이 챙기던 삼촌에 대한 수고와 고마움에 조금이나마 보답하고 싶었다. 그렇게 더 이상 날 찾아 헤매는 수고를 하지 않게 삼촌 곁에 머물렀다. 삼촌의 일상은 단조로웠다. 그저 여기저기 돌아다니는 게 전부였다. 지켜보고 있자니 살짝 지루한 감이 없지 않았다. 나름 무료함을 달래기 위해 삼촌을 그리기 시작했다. 대견이와 노는 삼촌이며, 열매를 따주겠다며 나무에 오르는 삼촌을 그리며 시간을 보냈다.

"니 뭔 일 있나?"

"그러게 요즘 통 말도 없고 수업만 끝나면 사라지는 게 수상해?"

변화를 느낀 정화와 미향이 걱정스레 물어왔다.

"아니, 별 일 없다. 나 교무실 좀 갔다오께."

끈질긴 취조가 이어질까 얼른 자리에서 일어났다. 두 사람의 시선이 뒤통수로 느껴졌지만 애써 모른 체하고 교실을 나왔다.

"삼촌?"

"예, 아시는 대로 말씀 좀 해주이소? 뭐든 좋습니더, 삼촌에 대해 아시는 게 있으믄 다 말씀 해주이소."

평소 같으면 심장이 뛰어 제대로 눈도 못 마주칠 피바다였다. 하지만 삼촌의 친구라는 사실이 작지만 친근감을 줘서인지 생각보다 떨리진 않았다. 나의 난데없는 물음에 잠시 바라보던 피바다가 책상한쪽에 놓인 비타민 음료박스에서 음료 한 병을 꺼내 친히 따서 나에게 건넸다.

"마셔."

머뭇거리다 음료를 받아들었다. 내가 음료를 마시는 사이 자신도 음료 하나를 꺼내 목을 축인 피바다가 조심스레 입을 열었디.

"니가 어디까지 아는지 모르겠지만 너희 삼촌은 그 누구 훌륭한 사람이었다. 그 누구보다 정의롭고 의리 있는 학생이었지..."

피바다가 밑밥을 뿌리듯 거창한 수식어와 함께 삼촌의 과거 스토리를 시작했다.

삼촌은 다른 이들보다는 늦게 축구를 시작했지만 타고난 감각과 특유의 근면성으로 단숨에 주전 중앙 공격수로 발탁됐다고 한다. 한데, 어디나 경쟁 사회라면 시기 질투가 생기는 법. 난데없이 굴러온 돌의 등장에 기존의 박힌 돌들이 경계령을 발동하는 건 당연지사였다. 그리고 그 중심엔 삼촌과 같은 포지션에서 경쟁해야했던 피바다가 있었다. 삼촌의 등장으로 점점 출전 횟수가 줄어든 피바다는 그 누구보다 삼촌을 못마땅하게 여겼다. 해서 호시탐탐 삼촌을 골탕 먹일 기회를 엿보고 있었다. 그러던 어느 날 절호의 기회가 찾아왔다. 전지훈련 차 간 속초에서 하루 훈련을 마무리하는 의미로 기마전을 벌이게 됐다. 그때 피바다는 동료들과 짜고 삼촌네 기마를 집중 공격했고 삼촌이 넘어지자 일부러 삼촌의 무릎을 강하게 밟았다. 비명소리와 함께 삼촌은 병원으로 실려 갔고 축구선수에게는 치명적이라 할 수 있는 십자인대 파열 진단을 받았다. 한데, 피바다가 삼촌의 무릎을 밟는 순간 삼촌과 눈이 마주쳤다고 한다. 고의적으로 밟는 것을 삼촌이 알아챘다는 얘기였다. 그로인해 피바다는 행여 자신의 만행이 밝혀질까 두려워 차마 삼촌에게 면회조차 가지 못했다. 그런데 어찌된 일인지 시간이 지나도 감독은 물론이거니와 선수들조차 누구하나도 진실에 대해 언급하는 이가 없었다. 그렇게 시간은 흘러갔고 대회를 이틀 앞둔 날, 삼촌 대신 주전 공격수로 뛰게 된 피바다가 여느 때처럼 훈련에 열중하고 있을 때 퇴원한 삼촌이 학교로 찾아왔다.

"어, 형식아!"

반기는 친구들과는 달리 삼촌의 등장에 그 누구보다 긴장한 피바다는 애써 시선을 피하며 연습에만 열중했다. 그 사이 목발을 짚은 삼촌이 피바다의 곁으로 다가왔다.

"잠깐 얘기 좀 하자."

 제발이 저린 피바다가 죄인이라도 된 양 순순히 삼촌을 뒤따라 계단 한쪽에 조용히 자리를 잡고 앉았다.

"저..."

"받아."

" ???"

 피바다가 입을 떼려는 순간, 눈앞에 무언가를 들이미는 삼촌이었다. 삼촌의 손에 들린 건 다름 아닌 비디오 테잎과 노트 한권이었다.

"대성고 경기 녹화 테잎이다. 그라고 이건 내 비장의 기술 노트..."

말없이 바라보는 피바다를 향해 삼촌이 웃었다.

"니 내가 밉지도 않나?"

"밉지, 아주 많이 밉지. 나쁜 새끼.."

"!!!"

"아무리 훈련도 중요하지만 우째 친구 면회 한 번 안 오노? 뭐, 그렇게까지 열심히 훈련했으니 당연히 이기겠지. 아니, 꼭 이겨라. 안 그라믄 그땐 진짜 미워할끼다."

 더 이상 아무 말도 없었다. 그 어떤 원망도 화도 내지 않고 삼촌은 학교를 빠져 나갔다. 멀어져 가는 삼촌을 바라보며 피바다는 벌거벗은 것처럼 한없이 부끄러웠다고 한다. 그 후, 삼촌이 새활을 마치고 돌아오사 피바다는 사신해 중앙 공격수 자리를 양보했다. 그리고 삼촌을 도와 만년 꼴찌였던 영덕 고등학교를 전국 대회 본선에 올려놓는데 일조했다고 한다. 그렇게 환상의 콤비가 되어 승승장구하던 어느 날, 삼촌의 인생을 송두리째 바꿔버린 사건이 터지고 말았다. 전국대회 본선을 앞두고 여느 때처럼 개인 훈련을 위해 동네 백사장에 들어서던 삼촌의 눈에 바다 속에서 허우적대는 여자아이의 비명소리가 들려왔다. 이에 지체 없이 아이를 구하기 위해 삼촌은 물로 뛰어들었고 다행히 아이를 무사히 구하긴 했지만 미처 물에서 빠져나오지 못한 삼촌은 의식을 잃은 채 구조돼 혼수상태에 빠지고 말았다. 그로부터 몇 달 후, 삼촌이 의식을 되찾았단 소식에 피바다와 동료들이 병원으로 달려갔지만 어찌된 일인지 삼촌은 이미 퇴원을 하고 없는 상태였다. 이에 집으로도 찾아가 봤지만 또한 이미 이사를 떠난 후였다. 그렇게 삼촌은 종적을 감추고 말았다. 주전 공격수였던 삼촌의 빈자리는 너무도 컸다. 결국, 팀은 본선 전패를 기록했고 그와 함께 피바다도 축구를 관두고 삼수까지 도전한 끝에 교육대에 들어가 교사가 되었다.

그게 피바다가 아는 전부였다. 스스로의 과오를 고백하는 피바다를 보자 평소 생각했던 것 보다 여린 사람이라 여겨졌다. 그래서 그 여린 맘을 감추려 더욱 차갑게 우리를 대하는 게 아닐까란 생각이 들었다. 역시 사람은 지내고 볼 일이었다. 그나저나 모든 게 거짓이었다. 할매가 얘기한 그 모든 게 거짓말이었다. 내가 알고 있던 삼촌의 이야기 중 물에 빠져 다쳤다는 것 말고는 어느 것 하나 진실이 없었다. 심지어 물에 빠진 곳도 남해가 아닌 영덕이었고, 혼자 물놀이를 하다 빠진 게 아니라 누군가를 구해주다 그렇게 됐으며, 옛날부터 쭈욱 살았다던 동네도 결과론적으로 삼촌이 다친 후 이사를 온 곳이었다. 왜 일까? 왜였을까? 어째서 그토록 삼촌의 존재를 숨기려 한 것일까? 교회만 갔다 오면 매번 나한테 거짓말하지 말고 정직하게 살라고, 아님 지옥 간다고 입버릇처럼 말하던 할매가 어찌 불신지옥의 불행을 자초하면서까지 거짓말을 한 것일까? 맘 같아선 당장 교회 예배당 안으로 모셔가 진실을 고백하라고 다그치고 싶었지만 왠지 긁어 부스럼을 만드는 것 같아 일단 맘속 깊이 담아 두기로 했다. 무엇보다 이젠 그 모든 게 무의미했다. 상목오빠가 맘에서 떠난 상황에서 굳이 밝혀낸다고 한들 나에게 득 될 것도 없었다. 그냥 조용히 시간이 흘러가 계획대로 때가 되면 이곳을 떠나 독립하기 위한 준비를 하는데 집중하기로 했다.

그러기 위해선 승희언니를 대신 할 새로운 과외선생이 필요했다. 나도 모르게 발걸음은 자연스레 전교 1등인 은주네 반으로 향하고 있었다. 예상외로 흔쾌히 은주가 도움을 주기로 했다. 정화랑 내가 친한 걸 알고 묘한 라이벌 의식이 작용한 걸 알고 있었지만 애써 무시했다. 일단 나의 미래가 정화의 쏟아질 욕지거리보단 훨씬 중요했다.

　"응.. 응서야, 죽빵줍스..."

　"삼촌, 이거 다 묵으믄 정말 엄마 올까?"

건네는 츄파춥스를 받아먹으며 삼촌에게 물었다.

　"응, 응.. 응서 엄마 약속했다, 응서 이거 다 먹기 전에 온다꼬..."

삼촌의 저런 순수함은 어디서 나오는 걸까? 문득 나에게 삼촌만큼의 믿음이 있었으면 좋겠단 생각이 들었다. 그럼 나의 삶이 좀 더 행복하지 않았을까. 삼촌을 그리던 그림 아래 '삼촌을 닮고 싶다...' 라고 썼다.

　"삼촌, 내가 등목 해주까?"

　"등.. 등목...? 물.. 물 시러.. 물 시러!"

　"이리 와 봐 내가 등 빡빡 밀어주께."

방방 뛰는 삼촌을 향해 물 호스를 뿌렸다.

　"으.. 하.. 하지마, 하지마!"

이리저리 피하는 삼촌의 모습에 웃음이 났다. 살면서 느낀 가장 즐거운 웃음이 흘러나왔다.

"이년아, 수도세 나간다! 퍼뜩 안끄나!"

할매의 불호령도 이 순간만큼은 감미로운 발라드 음악처럼 달콤하게 들려왔다.

"퍽!"

바가지로 머리를 맞기 전까지…

- 여하튼, 할망구 분위기 깨는 건 국가 대표다.

책을 읽다 들려오는 알람소리에 자연스레 라디오를 켰다.

"네. 드디어 오늘 그간 보내주신 사연들 중 1등을 발표 하는 날입니다. 쟁쟁한 후보작들이 심사를 기다리고 있는데요, 청취자 여러분들의 의견도 적극 반영되니까 홈페이지에 들어오셔서 얼른 얼른 클릭질 해주세요. 지난번 공지해드린 대로 영예의 장원에게는 최신, 구식이 아닙니다. 최신! 따끈따끈한 최신 고사양 노트북을 드립니다."

한석아저씨의 쩌렁쩌렁한 목소리에 얼른 볼륨을 줄였다. 양심적 가책 때문일까, 처음 시작과는 달리 기대감이 그다지 크지 않았다. 설사 장원이 되더라도 기쁘기 보단 왠지 마음이 무거울 것만 같았다. 나의 사연이 마지막으로 읽혀지고 평이 이어졌다.

"정말 삼촌이 존경스럽네요. 세상에 삼촌 같은 분만 계신다면 정말 행복만 넘쳐나는 사회가 될텐데… 은서양을 만나보지 않았지만 그런 삼촌 밑에서 자란 은서양도 분명 착하고 순수한 학생이 아닐까 싶네요."

가슴에 큰 칼이 꽂히듯 뜨끔했다.

"저도 이하동문입니다. 이렇게 손 편지로 사연을 보내오는 순수함을 볼 때 분명 밝고 해맑은 소녀일 겁니다. 우와, 삼촌과 은서의 따뜻한 마음이 통했나 봅니다. 지금 청취자분들께서 마구 마구 댓글을 달아주고 계신데요, 삼촌 짱! 나 삼촌한테 시집갈래, 얼굴이 궁금해요, 방송국에 초대해주세요, 보이는 라디오로 두 사람 특집방송 해주세요.”

열렬한 반응만큼 양심이 맘 한구석을 콕콕 찔러댔다.

“어떠세요, 피디님? 청취자들의 요구가 이렇게 빗발치는데 함 모시죠?”

돌연, 한석아저씨의 제안이 이어졌다. 답변을 기다리는 라디오 부스의 침묵과 함께 나의 심장도 놀란 나머지 일순간 멈췄다.

“여러분, 기뻐해 주세요. 피디님이 방금 오케이 하셨습니다. 유미씨도 보셨죠?”

“!!!”

“네, 은서양에게 연락해 빠른 시일 안에 두 분을 스튜디오로 모시도록 하겠습니다.”

“은서양, 들었죠? 곧 서울 구경 올 거니까 피부 관리 잘하고 있어요. 여러분! 제가 공약하나 하겠습니다. 은서양 가족이 서울에 오면 제가 무궁화 다섯 개짜리 호텔 숙박 제공하겠습니다.”

“정말이죠? 그 약속 꼭 지키세요.”

“그럼요, 한석 일언 중천금입니다.”

“자, 그럼 이제 드디어 고대하고 기대하던 상원을 발표하도록 하겠습니다.”

“뭐, 이거 이미 정해진 것 아닌가요?”

“그래도 뚜껑은 열어봐야 줘.”

“두그두그두그...”

“해피 다이어리 영광의 장원은... 축하드립니다. 오.은.서.양!”

이름이 불려지는 순간 당혹감에 얼른 라디오를 껐다. 이건 전혀 예상 밖 변수였다. 사태 수습을 위해 바삐 생각을 정리해 나갔다. 일단 연락처는 내 휴대폰으로 해둔 덕에 연락이 와도 안 받으면 그만이었다. 문제는 주소였다. 혹시 연락이 안되 주소로 적어둔 미향이네 집으로 찾아가기라도 한다면 그땐 모든 게 들통 나고 만다. 결국 방법은 하나였다. 연락이 오면 피하지 않고 받아 출연 거부의사를 전하는 것이었다. 혹시 그로인해 상품을 못 받는 게 아닌가 우려도 됐지만 노트북을 포기하더라도 거짓이 들통 나지 않는 게 우선이었다. 두려움과 죄책감으로 복잡해진 머릿속으로 인해 뜬눈으로 밤을 지새웠다.

복잡한 맘은 학교에서도 내내 이어졌다. 언제 올지 모를 전화 탓에 하루 종일 휴대폰을 손에서 놓지 않았다. 필수적으로 꺼둬야 하는 수업 시간에도 어김없었다. 긴장감으로 보낸 오전 수업이 끝나고 점심 종이 울리자 곧바로 기다렸다는 듯이 휴대폰이 울렸다. 02로 시작하는 번호였다. 얼른 교실 밖으로 뛰쳐나갔다. 복도 끝자락에 다다라 전화를 받았다.

"여보세요, 헉헉헉..."

"오은서양?"

나긋나긋한 여자 목소리가 들려왔다.

"네."

"안녕하세요, 여긴 SBC 밤으로 가는 기차 팀입니다."

"아, 네 안녕하세요."

"혹시 어제 라디오 방송 들으셨나요?"

"네."

"그럼, 장원 하신 거 아시겠네요, 축하드려요."

"가.. 감사합니다."

"저기, 방송 들으셨다니 방송국 초청에 관한 얘기도 들으셨겠죠?"

"네, 근데 삼촌이 상황이 생겨 출연은 힘들 것 같아요."

다짜고짜 거부의사부터 밝혔다.

"그래요? 무슨 일이신지 알 수 있을까요?"

"저, 그.. 그게 말하기 좀 곤란한 얘기라..."

마땅한 변명꺼리가 생각나지 않을 땐 모르쇠로 일관하는 게 최선책이라는 걸 TV 청문회에서 봤던 게 덕이 됐다.

"그래요, 무슨 사정인지 몰라도 어떻게 안 될까요?"

"죄송해요."

"아님, 저희가 삼촌분이랑 통화 좀 할 수 없을까요?"

생각보다 끈질겼다. 하긴 밥 먹고 사는 일중에 날로 먹는 일이 어디 있겠는가.

"삼촌이 워낙 공개되는 걸 싫어하셔서서 힘들 것 같네요. 죄송합니다."

"어쩔 수 없죠. 혹시, 혹시라도 생각이 바뀌시면 연락처 문자로 남겨드릴 테니까 연락 꼭 좀 주세요."

"네."

다행히 우려했던 것보단 수월했다. 전화를 끊고 나자 조여 왔던 마음이 겨우 안정을 되찾았다.

"지잉~ 시잉~"

안도도 잠시, 이내 다시 전화가 울렸다. 같은 번호였다.

"여.. 여보세요?"

"제가 깜빡하구 상품 보내드릴 주소 확인을 안해서요. 주소지가 경상남도 남해군 남해읍..."

맘 같아선 찝찝해서 안 받겠다고 하고 싶었지만 그건 도리어 의심을 살까 주소
지를 확인시켜 줬다. 다행히 더 이상의 연락은 없었다.

8

뜻밖의 인연

"배신자! 우째 그럴 수가 있노?"

교실 문을 박차고 들어온 정화가 분노한 얼굴로 나를 쏘아 붙였다. 올 것이 왔다. 얼굴을 보니 은주와의 공부를 알게 된 게 분명했다.

"얘가 왜이래? 무슨 일인데 다짜고짜 배신자 운운하고 난리야?"

영문을 모르는 미향이가 막아섰다.

"어떻게 다른 사람도 아니고 은주랑, 그 여시 같은 가스나랑 어울릴 수가 있노? 니가 그라고도 친구가?"

"이게 무슨 소리야?"

미향이가 믿기지 않는 얼굴로 날 바라봤다.

"미안, 나도 어쩔 수 없었다. 니처럼 집안이 넉넉해가 학원을 다닐 입장도 못되고... 나도 원하는 고등학교 갈라믄 공부해야 될 거 아니가."

내 입에서 나오는 말인데도 차가움을 넘어 한기마저 느껴졌다.

"뭐? 뭐라꼬! 니 지금 그걸 말이라꼬 하나?"

"은서야, 너 왜 그래? 안 그래도 요즘 이상한 게 한두 가지가 아니야. 언젠가 니 입으로 말할 거라 생각하고 기다렸는데 이참에 말해 봐, 요즘 수업만 끝나면 바로 어딜 가는 거야? 버스도 같이 안타고...?"

"그래, 말해봐라!"

정화가 맞장구로 다그쳤다. 두 사람의 눈이 대답을 기다리며 나의 입술을 뚫어지게 바라보고 있었다.

"내가 꼭 말해야 될 의무가 있나?"

"뭐라꼬!?"

"은서, 너 그 말 진심이야?"

끝까지 받아들이고 싶지 않은 나의 변한 모습에 미련이 남은 미향이 나의 팔을 붙잡았다. 돌아보면 행여 맘이 흔들릴까 시선도 마주치지 않은 채 냉정하게 팔을 뿌리치고 교실을 나왔다.

"야, 니 어디 가는데!"

정화의 외침이 교실 안을 울렸다. 많이많이 미안했지만 서서히 정을 떼야만 했다. 괜히 나중에 이곳을 떠나는데 있어 두 사람과의 애정이 발목을 잡지 않을까 우려에서였다. 내키지 않는 행동을 자진해 하다 보니 맘이 무거웠다. 하지만 익숙해져야만 했다. 그래야 더욱 오랜 세월 함께한 할매와 정을 뗄 수 있고, 최근 급작스럽게 애정이 쌓인 삼촌을 두고도 냉정히 돌아 설 수 있었다.

 추억을 담기 위해 시간만 나면 휴대폰으로 삼촌과 할매의 사진을 찍었다. 평소 '이년, 저년' 하며 못마땅하게 여기는 손녀지만 그래도 생일 때면 잊어먹지 않고 의외의 세련된 감각이 깃든 선물을 건네는, 가족 의리만큼은 끔찍한 할매. 언제나 나의 화풀이 대상이 되면서도 단 한 번도 피하지 않고 늘상 그 자리에서 받아주려 애쓰는 삼촌의 진심어린 배려와 사랑... 그 모든 걸 가득 담고 싶었다. 언젠가 독립한 나의 삶에 닥칠 힘겨운 나날을 지탱해 줄 든든한 버팀목이자, 지쳐 쓰러진 나를 일으켜 세워 줄 에너지가 될게 분명하기에...

"할매, 가만히 쫌 있어 봐라."

"야, 이년아, 일하는 거 안보이나? 사람 귀찮거로 와 이라노?"

고추 꼭지를 따고 있는 할매 앞을 얼쩡거리며 연신 셔터를 눌러댔다.

"응.. 응서야 나.. 나도..."

대견이랑 놀던 삼촌이 얼른 할매의 곁으로 다가섰다.

"찍는다, 하나 둘 셋!"

"아.. 안녕하세요."

'찰칵' 소리와 동시에 돌연 삼촌이 대문 쪽을 향해 꾸벅 인사를 건넸나.

"아이씨, 삼촌 고개 숙이믄 우짜노? 얼굴 안 나왔잖아."

"저기..."

액정을 보며 투덜거리는 나의 등 뒤로 왠지 낯익은 목소리가 들려왔다.

"여기가 혹시 오은서양 댁인가요?"

"누군교?"

손을 털며 할매가 엉거주춤 자리에서 일어났다. 고개를 돌리자 봄날의 햇살처럼 화사한 광채가 나의 눈을 가득 채웠다.

- 이쁘다... 근데, 이 목소리 어디서 들었지? 분명 많이 듣던 목소린데...?

"!!!"

유미언니였다. 라디오에서만 듣던 그 유미언니가 내 눈앞에 서 있었다.

"안녕하세요, 저는 서울에 있는 방송국에서 온 정유미라고합니다."

"방송국? 그 먼데서 여기는 우째 왔닝교?"

"네, 그게... 은서양이 라디오에..."

"저기, 잠깐 나가서 얘기 하지요."

얼른 말을 가로 막으며 유미언니의 손을 잡아끌었다. 나의 우격다짐에 의아해하던 언니가 못이기는 척 발길을 따라 옮겼다.

도로가로 나가자 외제차 한 대가 시동을 켠 채 서 있었다. 유미언니가 모습을 드러내자 차문이 열리고 깔끔한 외모의 남자가 내렸다. 단박에 언니와 함께 온 일행임을 직감했다.

"만났어?"

남자가 언니에게 물었다. 눈짓으로 나를 가리키는 언니의 시선이 느껴졌다.

"잠깐 둘이서 얘기 좀 할께."

불편해하는 나의 눈빛을 읽은 언니가 남자에게 말했다.

"응, 그래."

대답과 함께 남자가 다시 차 안으로 들어갔다. 자리를 옮겨 평소 나만의 아지트로 찜해 둔 바다가 한눈에 내려다보이는 언덕으로 갔다.

"여.. 여긴 어떻게 알고..?"

"약혼자, 아까 그 사람이 내 약혼잔데 이번에 이곳 보건소로 발령 받아 왔거든. 주말이라 면회 차 와서 보니 니가 보낸 주소지와 가깝더구나. 해서 그 집으로 갔는데..."

말을 흐리며 나를 바라보는 언니였다.

"좋은 친구 됐더구나, 영문도 모르면서 다 자기가 그렇게 시킨거라고 하면서 너를 감싸던데."

뒤 상황이 궁금해 언니를 바라봤다.

"걱정 마, 그냥 우연히 지나는 길에 열혈 청취자 보고 싶어왔다고 했으니까."

대답과 함께 띠우는 언니의 옅은 미소가 아름다웠다. 하마터면 포근한 미소에 홀려 태초의 경계심을 놓을 뻔 했다.

"상품 때문이었니?"

무방비 상태에서 시작된 취조에 거짓말 제조기를 자초하던 나의 뇌가 답변을 찾지 못하고 우왕좌왕했다.

"그.. 그게... 네. 죄송해요."

머뭇거리다 정면 돌파를 택했다. 언니의 얼굴에서 실망감이 감돌았다. 죄책감에 고개를 떨구었다. 부디 불편한 이 시간이 빨리 지나가길 바라며 고개를 떨군 채 입을 꾹 다물었다. 한동안 침묵이 흘렀다. 뺨을 스치고 지나가는 연한 솔바람만이 시간이 흐르고 있단 사실을 인식시켜줬다.

"삼촌은 어쩌다...?"

이어질 언니의 질타에 잔뜩 긴장하고 있다 뜻밖의 화두에 반사적으로 언니를 바라보고는 시선을 돌려 천천히 입을 뗐다.

“고등학교 때 바다에 빠진 여자애 구해주다 저렇게 됐데요.”

나의 대답에 언니의 눈빛이 살짝 놀란 듯 흔들렸다. 동정표라도 얻어 난처한 지금의 위기를 벗어나고자 하는 생각에 여세를 몰아 삼촌의 안타까운 사연을 이어 내뱉었다.

“만약, 저렇게만 되지 않았어도 훌륭한 축구선수가 될 수도 있었는데 꿈을 이루지 못한 게 너무 안타까워요...”

말을 끝내고는 넌지시 언니의 눈치를 살피기 위해 살짝이 그리고 천천히 고개를 돌렸다. 나의 호소가 먹혀들었는지 언니의 눈동자가 생각에 빠진 듯 흔들렸다. 그리고 잠시 후, 언니가 나와 시선을 마주치며 말문을 열었다.

“혹시.. 혹시 말이야? 그때 삼촌이 여기서 사람을 구했었니?”

전혀 예상 밖 언니의 질문이 의아했지만 이어질 이유가 궁금해 곧바로 답했다.

“아니요, 저도 그런 줄 알았었는데 여기가 아니라 영덕이라고 하더라구요.”

“그.. 그게 정말이니?”

그렇잖아도 큰 눈을 더욱 크게 뜬 언니가 돌연 나의 손을 맞잡으며 떨리는 목소리로 물어왔다. 연유는 모르지만 언니의 긴장감이 맞잡은 손을 타고 고스란히 전해져 왔다.

“네.”

나의 재차 답변에도 불구하고 여전히 믿기지 않는 듯 언니의 시선이 거짓말 탐지기처럼 나의 눈동자를 스캔했다.

“어떻게 이런 일이...”

믿기지 않아하던 언니의 눈이 서서히 사실을 받아들이듯 안정을 찾아갔다. 그리고 남은 한손마저 나의 손에 포개며 언니가 천천히 그리고 떨리는 목소리로 말했다.

"은.. 은서야, 믿기지 않겠지만 너희 삼촌이 구한 사람이 바로 나.. 나란 다..."

"!!!"

무슨 드라마나 영화에서나 나올 법한 믿기지 않는 아니, 믿을 수 없는 황당한 상황에 한순간 장난이 아닌가 싶어 멍하게 넋을 놓고 있다 손을 놓는 언니의 움직임에 정신을 차렸다. 그리고 이어진 언니의 말에 따르면 어린 시절 군의관이었던 아버지의 근무지가 다름 아닌 영덕이었고, 이에 주말에 아버지를 만나러 왔다 또래의 아이들이 그렇듯 들뜬 마음에 부모님 몰래 아침 일찍 바닷가로 나가 수영을 하다 그만 다리에 쥐가 나 물에 빠지고 말았다고 한다. 이때 언니의 비명소리를 듣고 누군가가 헤엄쳐 다가와 자신이 안고 온 축구공을 구명구 삼아 언니에게 안기며 물 밖으로 밀어내줬다고 한다. 그 덕분에 언니는 무사히 물 밖으로 나올 수 있었지만 안타깝게도 언니를 구하러 들어온 그 사람은 지친 나머지 물속에서 헤어 나오지 못했고 뒤늦게 달려온 사람들에 의해 의식을 잃은 채 구해져 병원으로 실려 갔다고 한다. 그리고 얼마 후 자신이 안정을 찾고 있는 사이 병문안을 다녀온 부모님의 입을 통해 다행히 의식은 되찾았지만 뇌에 손상을 입어 정신 지체자가 되었다는 말을 전해 들었다고 한다. 이에 건강을 회복한 후 생명의 은인을 찾아갔지만 퇴원과 동시에 종적을 감춰 끝내 감사의 인사를 전할 수가 없었다고 한다. 그렇게 끝내 전하지 못한 감사의 마음과 미안함은 여지껏 언니의 마음 한 켠에 응어리져 있었고, 이에 지금까지도 여기저기 수소문을 해가며 그 사람의 행방을 찾고 있었다고 한다. 처음엔 믿기지 않았지만 차근차근 유미언니의 말을 듣노라니 삼촌과 일치하는 모든 상황으로 비추어 볼 때 더 이상 받아들이지 않을 수 없는 분명한 현실임을 인정할 수 밖에 없었다.

자초지종을 설명하고 안방으로 들어가 이루어진 할매와 유미언니의 독대는 생각보다 길게 이어졌다. 그에 비례해 나의 궁금증도 커져만 갔다. 생각에 잠긴 나의 발걸음이 마당을 수십 바퀴나 돌고 나서야 안방 문이 열리고 할매와 언니가 모습을 드러냈다. 표정들로 보아 모종의 합의가 이루어진 듯 했다. 감도는 분위기도 그리 나빠 보이진 않았다. 맴돌기를 멈추고 다가가다 순간 들이닥친 어지럼증에 잠시 비틀거렸다. 거의 엎어지다시피 평상을 짚고 앉았다. 내 뒤를 졸졸 따르던 삼촌도 옆으로 다가와 앉았다. 유미언니가 삼촌을 바라보다 천천히 손을 잡았다. 아무것도 모르는 삼촌은 미인의 손길에 마냥 신난 얼굴로 덩달아 언니의 손을 맞잡았다. 바라보는 언니의 눈가가 촉촉해져 왔다. 무릎을 꿇은 언니가 천천히 입을 뗐다.

"고마워요. 정말 고마워요..."

진심이 담겨있었다. 언니의 흐르는 눈물이 말해줬고, 파르르 떨리는 입술이 대변해 줬다. 분명 가슴에서 우러난 진심이 녹아 있었다. 지켜보는 나의 마음도 뭉클해졌다. 돌아선 할매가 눈물을 훔쳤다. 마당 한 켠에서 말없이 지켜보고 있던 약혼자 아저씨도 맘이 뜨거워지는지 코를 시큰 거렸다.

"패앵~"

할매가 치맛자락을 걷어 훌쩍이는 코를 풀었다.

"자, 자 먼 길 가야 할낀데 인자 그만 가이소."

할매가 언니를 다독이며 일으켜 세웠다. 대문을 나서는 순간까지 언니는 삼촌의 손을 놓지 않았다.

"그럼, 말씀드린 거 생각해 보시고 꼭 연락주세요."

연신 머리를 조아려 인사를 하고는 언니가 돌아서 나갔다.

"생각해 보라는 게 뭔데?"

언니가 사라지자마자 돌아서는 할매를 뒤따르며 물었다.

"별 거 아니다."

"별 거 아닌 게 뭔데?"

"고마 별거 아니라카이."

"아, 그러니까 도대체 그 별거 아닌 게 뭐냐고?"

"이 노무 가스나가 별거 아니라믄 그런 줄 알지 와이래 캐묻고 난리고!"

"아이 진짜, 끝까지 말 안해 줄끼가? 흥, 그라믄 어쩔 수 없지. 내가 직접 물어보는 수 밖에…"

"이년이!"

협박과 함께 돌아서는 나의 목덜미를 할매가 냅다 잡아끌었다. 그렇게 승복을 받아낸 할매로부터 전해들은 유미언니의 제안은 삼촌의 치료에 관한 거였다. 그 사이 의술도 많이 발달했으니 서울에 있는 큰 병원에서 정밀 검사를 한번 받아보자는 것이었다.

"그래서 어쩌게?"

"어쩌긴, 나을 것 같으믄 벌써 나았다. 괜히 너거 삼촌만 힘들게 할뿐이다."

"그거야 할매 생각이고, 나을 수도 있는 거 아니가?"

나의 다그침이 이어지자 논쟁을 끝내자는 듯 침묵으로 일관하며 할매가 호미를 집어 들었다.

"삼촌! 그래, 삼촌 생각은 들어보지도 않고 와 할매 맘대로 결정하는데?"

소리치며 대문을 나서는 할매 앞을 막아섰다.

"야, 이년아, 언제부터 삼촌 걱정 그리 했다꼬 이 난리고!"

"지금! 지금부터 할끼다. 그러니까 삼촌한테 물어보고 결정하자."

"이년아! 물어 볼 사람한테 물어봐라! 정상도 아닌 너거 삼촌이 우째 말귀를 알아 듣는다꼬 물어 본다꼬 난리고 난리가!"

"!!!"

내 귀를 의심했다. 지금껏 단 한 번도 삼촌의 현실에 대해 인정하지 않던 할매가 삼촌을 바보 취급했다. 누가 삼촌에게 모자란다고 놀릴라치면 당장 달려가 한바탕 욕을 퍼붓던 할매가 스스로 삼촌을 비정상이라고 했다.

"니는 눈까리도 없나? 어! 저 사리분별도 못하는 철없는 자슥이 뭘 안다꼬! 도대체 얼마나 알아 듣는다꼬 물어본다는 기고, 물어 봐. 으이! 아이구, 아이구... 내가 전생에 뭔 큰 죄를 졌다꼬 자식 새끼 하나는 에미보다 먼저 하늘나라 가 뿌고, 하나 남은 저놈은 바보 소리나 듣고... 아이고 아이고 내 팔자야... 흑흑 흑..."

처음이었다. 할매가 울었다. 찔러도 피한방울 안 나올 것 같던 무쇠같이 강하고 거칠어 보이던 할매가 눈물을 보였다. 그간 참아왔던 서러움을 한 번에 쏟아내듯 할매가 대성통곡했다. 땅을 치고 가슴을 치며 할매가 울었다.

밤이 깊었지만 여직 할매에 대한 충격이 가시지 않은 터라 머리가 복잡했다. 전부는 아니어도 그간의 세월 동안 가슴 한 켠에 쌓여있었을 한이 전해와 느껴졌다. 하지만, 다른 한편으론 지금 상황에서 가장 냉정이 현실을 바라볼 수 있는 건 나라는 사실을 새삼 깨달았다. 할매의 슬픔을 모르는 바는 아니지만 언제까지고 할매가 삼촌을 지켜 줄 수는 없는 일이었다. 더불어 나 또한 그럴 자신이 없었다. 아니, 맘은 있어도 아직 어린 나로서는 할 수 있는 게 없었다. 단호한 결정이 필요했다. 고심 끝에 몇 시간째 만지작거리던 휴대폰의 버튼을 눌렀다. 늦은 시간이라 예의는 아니었지만 밤새 내 맘에 변화가 일까 자신이 서지 않아 어쩔 수 없었다.

"여보세요..."

잠결인지 목이 잠긴 목소리가 휴대폰 너머로 들려왔다.

"언니... 저 은서예요."

"어, 그래 은서야."

몸을 고쳐 앉은 듯 한결 또렷해진 목소리가 이어져 들려왔다.

"고민해 봤는데 언니 뜻에 따를라꼬요, 삼촌모시고 서울 가께요."

"정말! 그래 잘 생각했어. 고마워."

"아니에요, 저희가 고맙죠. 주무시는 것 같으니까 자세한 건 내일 통화하지요."

"응, 그래. 언니가 내일 병원 스케줄이랑 알아보고 연락할게."

"네. 주무세요."

통화를 끝내기 무섭게 실수로 벌레라도 잡은 듯 얼른 휴대폰을 바닥에 내던졌다. 막상 일을 저지르고 나니 심장이 요동치기 시작했다. 할매에게 고백 할 걸 생각하니 덜컥 겁이 났다. 두려움에 뜬눈으로 밤을 지새웠다.

"이년이! 누구 맘대로... 내 눈에 흙이 들어가기 전엔 절대 가당찮은 소리니까 당장 전화해가 취소해라이."

"벌써 예약 잡고 준비 다 했을긴데 우째 그라노?"

"그건 내 알바 아니고, 다시 말하는데 당장 취소 시키라이. 안그라믄 니 죽고 내죽는 기다. 알았나!"

생각보다 훨씬 단호했다. 내 고집이 누굴 닮았나 했더니 다름 아닌 할매의 똥 고집이란 사실만을 확인했다. 할매의 성화에 휴대폰을 들었지만 차마 전화 할 용기가 나지 않았다. 꼴이 너무 우스웠다. 내 입으로 부탁해 놓고 이제 와서 아 니라고 하는 건 코흘리개 아이의 장난 전화보다 철없는 행동이었다. 졸지에 궁 지에 몰린 쥐의 심정이 되고 말았다. 이는 곧 사람을 물어야만 빠져 나갈 수 있 단 뜻이었다. 그 대상은 다름 아닌 할매였다. 결국 할매를 배신하는 수밖에 없 었다. 할매 몰래 삼촌을 데리고 서울을 가기로 맘먹었다. 결심을 하고나니 준 비할 것이 한두 가지가 아니었다. 우선 무엇보다 자금이 필요했다. 교통비며 잡비를 따져보니 못 잡아도 족히 삼십 만원은 필요했다. 중삐리에게 삼십 만원 은 큰돈이었다. 특히 짠돌이 할매에게 매일 삼천 원 씩을 받아쓰는 나로서는 자 그마치 넉 달을 꼬박 모아야하는 거금이었다. 값나가는 물건을 찾아 봤지만 마 땅한 게 없었다. 통장에 대한 유혹이 밀려왔다. 하지만, 그랬다간 삼촌을 몰래 데리고 간 것에 더해 도둑질 혐의까지 써야했다. 할매 성격에 당장 집에서 쫓겨 날지도 모를 일이기에 이내 맘을 접었다. 방법을 찾지 못해 발을 구르는 사이 불현듯 손에 쥔 휴대폰이 눈에 들어왔다. 지난번 은주가 휴대폰을 바꾸려 한단 얘기가 떠올랐다. 나 자신에게 생각할 겨를을 주면 단호한 결정을 못 내리게 될 까봐 얼른 은주를 찾아갔다.

"자, 믿고 주는 거니까 일주일 뒤에 꼭 넘겨야 돼."

"알았다."

휴대폰을 팔기로 하고 은주에게 삼십만을 땡겨 받았다. 아직 내 손에 있는 휴 대폰인데도 이미 은주의 손에 넘어간 듯 마음이 야렸다. 애써 삼촌이 준 거니 삼촌을 위해 쓰는 거란 사실을 위로로 삼았다. 디데이를 하루 남긴 밤, 자리에 눕기 전 확인한 짐들을 다시 쏟아 부어 재차 확인해가며 다시 쌌다.

드디어 디데이. 며칠째 내 주위를 서성이며 나에게서 무언가 변명을 듣고 싶어 하는 미향이의 시선을 애써 무시하며 교실을 나왔다.

"조퇴?"

조퇴증을 끊기 위해 피바다를 찾았다.

"예, 어제부터 배가 아팠는데 오늘은 더 심해져가 도저히 앉아있을 수가 없어서요."

"약은 먹었어?"

"네, 진통제 먹었는데 가라앉질 않네요."

"야, 이놈아, 배가 아픈데 배탈약을 먹어야지 진통제를 먹으면 어떡해?"

- 참 눈치 없기는.. 쯧쯧쯧, 저런 눈치로 장가는 어찌 갔는지...

"김 선생님, 참 눈치 없으십니더. 그 배가 아니고 그 배 아닙니꺼?"

맞은편에 앉은 수학 쌤이 끼어들었다.

"그 배요?"

"아따, 그날. 예? 한달에 한번 그날!"

서 있는 내가 더 부끄러웠다. 그제야 눈치를 챈 피바다가 더 이상의 취조 없이 순순히 조퇴증을 끊어 줬다.

"딴 데 새지 말고 곧장 집으로 가."

"네."

끝까지 명연기의 끈을 놓지 않고 아픈 척 배를 움켜잡고 교무실을 나왔다. 교실로 돌아와 가방을 집어매고는 곧장 시외버스 터미널로 달려갔다. 아침에 미리 터미널에 데려다 놓은 삼촌이 내 신신당부대로 대합실에서 꼼짝도 않고 앉아 있었다. 내 말이라면 무조건 듣는 삼촌이 고마울 따름이었다.

"응.. 응서야, 이 버스 집에 안가, 우리 집 가는 버스 아니다..."

버스 문을 향해 다가서던 삼촌이 걸음을 멈추고 나를 잡아끌었다. 눈에는 두려움이 서려 있었다.

"삼촌, 나랑 놀러가는 거야. 동물원 놀러가는 거야."

"도.. 동물원?"

"응, 삼촌 코끼리 알제? 코 이렇게 긴 코끼리도 보고 사자도 보러 동물원 가는 거다."

"어.. 엄마는? 엄마는 안가?"

"할매, 그러니까 엄마는 집 지킨다꼬 우리끼리 갔다 오래. 차 간다, 퍼뜩 타자."

못내 머뭇거리는 삼촌의 손을 잡아 이끌고 버스에 올랐다. 잔뜩 움츠렸던 삼촌이 버스가 출발하고 잠시 후 천정에 달린 TV가 켜지자 이내 신기해하며 TV에 집중했다. 그 사이 긴장이 풀린 나는 밤잠을 설쳐 피곤하던 터라 쏟아지는 졸음을 냉큼 받아 들이며 이내 곯아 떨어졌다.

"승객 여러분들의 휴식을 위해 본 휴게소에서 15분간 정차 후 출발하겠습니다."

얼마나 잤을까? 스피커로 흘러나오는 안내 멘트에 잠에서 깼다.

"!!!"

두 눈을 부비며 돌아본 옆자리에 마땅히 있어야 할 삼촌이 보이지 않았다.

"삼촌! 삼촌!"

괴성을 지르며 자리에서 일어섰다.

"응.. 응서야, 여.. 여기..."

맨 앞자리에서 TV를 뚫어지게 바라보던 삼촌이 손짓을 했다.

“말 안하고 자리 옮기믄 어떡하노, 깜짝 놀랬잖아!”

“응.. 응서, 코 자고 있었다. 자는 사람 깨우믄 안된다. 그래서 쉿 했다.”

나에 대한 배려 때문이라니 더 이상 뭐라 말할 수도 없었다.

“삼촌, 담부턴 내가 자고 있어도 꼭 깨워서 말해야 된다, 알았제?”

“응. 담부터 꼭 말한다. 약속!”

새끼손가락을 내미는 삼촌과 손가락을 걸어 약속을 하고는 데리고 다시 자리로 돌아왔다. 버스가 출발하고 다시 졸음이 쏟아졌지만 혹시나 하는 우려에 허벅지를 꼬집어 가며 잠을 참았다. 그렇게 졸음과의 사투가 이어지는 사이 장장 다섯 시간의 대장정이 끝을 향해 다가서고 있었다. 톨게이드를 지나 이십 여분을 달린 버스가 시내로 접어들자 지만치 앞쪽으로 터미널 간판이 보였다. 서서히 속도를 줄인 버스가 터미널로 들어서는 사이 창밖으로 펼쳐진 서울은 생각보다 무지무지 컸다. 무엇보다 사람이 너무 많았다. 남해에서 일 년 치 볼 사람들을 횡단보도 앞에서 한방에 다 봤다. 나만큼이나 신기한 듯 삼촌도 연신 밖으로 보이는 세상을 향해 손가락질을 하며 중얼거렸다. 정차한 버스에서 내리자 마중 나와 있던 유미언니가 우리를 발견하고 다가왔다. 곁에는 그때 본 그 약혼자 아저씨가 함께였다. 병원 소개를 위해 이틀 전에 일부러 휴가를 당겨 왔다고 했다. 삼촌을 대신해 감사의 인사를 전했다. 터미널을 빠져 나가는 사이 여기저기서 유미언니를 알아 본 사람들이 힐끔거리며 속삭였다. 우리에게 불편함을 끼칠까 언니가 아는 체히는 사람들에게 짧게 인사를 하며 나와 삼촌을 바삐 차에 태웠다. 우선 짐을 풀기 위해 유미언니가 예약해둔 호텔로 향했다. 가는 내내 삼촌은 처음 보는 것들이나 대형 건물들을 보며 연신 감탄사를 쏟아냈다. 나또한 화려하고 거대한 서울에 새삼 놀라움을 금치 못했지만 촌스러워 보일까 애써 겉으로 태연한 척하는 대신 속으로 탄성을 질렀다. 꽉 막힌 도로 위

를 달리던 약혼자 아저씨의 차가 우측으로 난 작은 도로로 진입했다. 이정표에
는 남산이라는 선명한 글씨가 적혀 있었다. 서 너 번의 굽이진 도로를 꺾어 오
른 차는 잠시 후 호텔 입구로 들어섰다. 제복을 입은 훤칠한 아저씨가 차문을
열어줬다. 건물은 호텔답게 정문부터 금박을 두른 거대한 문이 우릴 맞이했다.
회전문을 이해하지 못한 삼촌이 한 바퀴를 빙그르 돌아 다시 밖으로 나왔다. 어
리둥절한 표정을 짓더니 이내 또다시 한 바퀴를 돌아 나왔다.

"삼촌 그만해."

쏟아지는 시선에 다시 들어가려는 삼촌을 붙잡아 말렸다.

"죄송해요."

"괜찮아. 자 들어가자."

유미언니를 따라 옆으로 난 자동문을 통해 호텔 안으로 들어갔다. 엘리베이터
가 7층에 멈춰 섰다. 붉은 카펫이 깔린 복도를 따라 객실로 향하는 기분이 시상
식에 참석하는 배우가 된 양 들떴다. 우리가 묵을 객실 번호는 712호였다.

"로비에서 기다릴게, 짐 풀고 내려와."

"네."

객실에 다다르자 언니가 문을 열어주고는 돌아서 갔다. 객실은 화려하지도 과
하지도 않은 모던한 분위기였다. 분위기를 편안하게 만드는 은은한 조명이 무
엇보다 맘에 들었다.

"아, 좋다~"

초조함과 불안감에 잔뜩 움츠렸던 사지의 긴장을 풀어 헤치며 침대에 벌러덩
누웠다.

"아, 조타..."

지켜보던 삼촌이 덩달아 바로 옆 침대에 벌러덩 누웠다.

"큭큭큭…"

해맑은 삼촌의 귀여운 모습에 절로 웃음이 났다.

"큭큭큭…"

따라 쟁이 놀이라도 하듯 삼촌이 따라 웃었다.

"으으으…"

삼촌에게 보란 듯이 두 팔을 올려 깍지를 끼고 기지개를 켰다.

"으으으…"

삼촌이 똑같이 따라했다. 지켜보다 이내 여러 동작들을 섞어 몸을 움직였다. 잠시 머뭇거리던 삼촌이 따라했다. 미소를 띠우며 좀 더 복잡한 동작들을 해보였다.

"!!!"

안했다. 부끄러움에 착시 현상이 일었는지 몰라도 삼촌이 한심한 얼굴로 날 바라보는 것만 같았다. 제길… 혼자 쇼한 꼴이 됐다.

"가자, 언니 기다리겠다."

무안한 맘에 침대에서 일어났다. 뒤따라 일어난 삼촌의 윗도리를 갈아입힌 뒤 간단한 소지품을 챙겨 객실을 나섰다. 대기하고 있던 약혼자아저씨의 차를 타고 곧장 병원으로 향했다. 빠듯한 예약 시간을 맞추려 아저씨가 요리조리 빈틈을 찾아 끼어들며 운전을 했다. 꼬부랑길을 달리는 동네 버스를 타도 멀미를 안하는 닌데 속이 메스꺼웠다. 바람을 새러 창문을 열었는데 도리어 너 납납했다. 콧속을 파고 드는 서울 공기는 어릴 적 졸졸 쫓아다니던 방역차 연기보다 더 비리고 탁했다. 하는 수 없이 구역질이 올라 올 때 마다 숨을 참았다. 삼촌 역시 머리가 어지러운 듯 연신 고개를 흔들어 댔다. 날이 서서히 저물 때 쯤 병원에 도착했다. 언니말로는 서울에서 손가락 안에 드는 병원이라고 했다. 그래서인지 병원에는 늦은 시간인데도 사람들로 가득했다. 새삼 서울은 온통 사람들 천지라는 생각이 들었다. 그리고 사람이 많다는 건 좋은 점도 있지만 이렇게 콩나물시루처럼 빽빽한 사람들 틈바구니 속에 살다보면 늘상 인내를 가지고 살아갈 수밖에 없는 삶이겠다는 생각에 조금은 안쓰럽게 느껴졌다. 적어도 내가 사는 곳은 기다림의 초조함보다는 여유로움이 많은 곳이었다. 미리 예약한 덕분에 우린 기다림 없이 곧바로 진료실로 향했다. 삼촌을 진료 해주실 선생님은 워낙 유명하신 분이라 진료를 받으려면 최소 두 달 전에 예약을 해야 했지만 대학 후배인 약혼자 아저씨의 빽으로 예약을 잡을 수 있었다. 언니야 신세를 갚는 거라지만 아저씨는 괜히 고생하시는 것 같아 조금 미안했다. 해서 나중에 할매한테 말해 마른 멸치라도 보내 드려야겠다 맘먹었다.

"이리 보세요, 이번엔 이쪽..."

작은 플래시 불빛을 삼촌의 눈앞에 비춰가며 선생님이 유심히 반응을 살폈다.

"일단, MRI랑 몇 가지 세부 검사부터 해보죠. 이간호사..."

차트에 알아 볼 수 없는 글자를 휘갈겨 적은 선생님이 떨어져 서있던 간호사에게 차트를 집어 건넸다. 삼촌과 함께 간호사를 따라 진료실 밖을 나와 곧장 촬영실로 향했다.

촬영실 앞에는 먼저 온 환자 한명이 대기 의자에 앉아 있었다. 환자복에 어울리지 않는 붉은 비니가 유독 눈길을 끌었다. 잠시 후 안에서 간호사가 이름을 호명하자 비니 환자가 자리에서 일어나 안으로 들어갔다. 생각보다 먼저 들어간 비니 환자의 촬영은 길었다. 촬영이라고는 엑스레이 밖에 찍어 본 적이 없는 나로서는 적응이 안됐다. 지루함에 연신 시계를 바라봤다. 족히 한 시간 가까이 지나서야 비니 환자가 문을 열고 나왔다. 비니를 벗은 환자의 머리는 머리카락이 모두 빠져 맨들맨들한 피부만이 반짝였다. 불현듯 어린 시절 외할머니가 떠올랐다. 그간 병치레에 지친 듯 초췌한 환자의 모습에 마냥 안됐다는 맘이 들었다.

"오봉구씨 들어오세요."

 자신의 이름을 부르자 삼촌이 번쩍 손을 들며 일어섰다. 규정상 안 되는 일이었지만 삼촌이 극구 나와 같이 들어가길 원하는 통에 간호사를 설득해 촬영실 안으로 함께 들어갔다. 안으로 들어서자 제어실과 통유리를 사이에 두고 안쪽으로 원통형의 거대한 기계가 시선을 사로 잡았다. 지시에 따라 가운을 입은 삼촌이 기계 위에 누웠다. 벨트를 채우자 삼촌의 눈동자가 두려움으로 가득 찼다.

"응.. 응서야..."

"괜찮아 삼촌. 내가 여기 있을 거니까 겁 먹지마."

 지그시 삼촌의 손을 잡았다. 그제야 떨리던 삼촌의 눈동자가 서서히 안정을 찾았다. 나와 눈빛을 교환한 선생님이 기계를 조작했다. 삼촌이 원통 안으로 천천히 들어가기 시작했다. 지켜보는 나의 눈빛이 과거를 떠올렸다. 그 옛날 아빠가 돌아가신 그때로 잠시 돌아갔다. 관속에 든 아빠가 지금의 삼촌처럼 천천히 기계 안으로 들어갔다. 아빠와 영원한 이별을 하던 순간이었다.

 검사 결과에 대한 최종진단은 이틀 뒤에 알 수 있다는 말에 예약을 잡아두고 병원을 나왔다. 그새 밖은 어둠이 깔리고 있었다. 저녁은 63빌딩에서 먹었다. 지하에 있는 뷔페는 눈이 돌아갈 만큼 맛난 음식들이 말 그대로 천지였다. 냉동 육회나 노가리 초무침이 자랑인 정화네 예식장 뷔페는 그에 비하면 도시락 반찬 수준이었다. 접시 한가득 케이크를 담아온 삼촌이 접시를 내려놓기 무섭게 이내 또 새로이 접시에 케이크를 가득 담아왔다. 그러기를 너 댓 번, 어느 새 테이블 위는 케이크들로 가득 찼다.

"응.. 응서야, 저.. 저기 저 흰옷 입은 사람들 마술사다. 케이크 없어졌는데 계속 계속 만들어 낸다. 금방 금방 만들어 낸다."

"응, 응 삼촌 알았으니까 이제 그만 앉아 묵아라. 이거 다 묵고 가지러 가야지 안 그림 주인한테 혼난다."

케이크 접시를 내려놓고 돌아서는 삼촌을 잡아 앉혔다.

"혼나는 건 안 된다. 나 다 묵고 다시 가지러 간다."

포크를 집어든 삼촌이 쉴 새 없이 케이크를 먹기 시작했다. 모르는 사람이 보면 접시에 든 스프를 들이 마시는 걸로 착각 할 정도로 빨랐다. 그 모습에 지켜보던 유미언니와 약혼자 아저씨가 웃었다. 창피함이 몰려왔다.

"흠흠.. 삼촌, 천천히 먹어라, 누가 보믄 굶은 줄 알겠다."

"구.. 굶었다. 나 오.. 오늘 하루 종일 굶었다."

그러고 보니 진짜 집을 나오기 전 먹은 아침밥 이후로 첫 끼였다. 살짝 미안한 생각이 들었다. 한편으론 아무리 그래도 너무 솔직한 삼촌의 대답이 나를 매정한 조카로 보이게 하는 것 같아 내심 속상했다.

"배고플 텐데 많이 먹어요. 봉구씨.."

"응, 응.. 많이 묵을 끼다. 봉구 이따시 만큼 마니 마니 묵을끼다. 너.. 너도 마니 마니 묵아라."

동네 최장수 어르신인 98세 영감님한테도 반말을 하는 삼촌이었다. 유미언니에게도 예외는 없었다. 포크까지 쥐여 주며 권하는 통에 잠시 당황하던 언니가 삼촌을 따라 케이크를 한가득 입안에 집어넣었다. 입가로 하얀 생크림이 묻었다. 그래도 언니는 예뻤다. 역시 연예인은 연예인이었다. 얼마 안 돼 그 많던 케이크가 종적을 감췄다.

　"다 묵았다. 이제 혼 안 난다. 다시 가꼬 올끼다."

　"삼촌, 쉬었다가…"

　말이 끝나기도 전에 삼촌이 자리를 떴다. 덩치만 컸지 마냥 신난 모습이 꼬마 아이와 다를 바 없었다.

　"아참, 은서야…"

포크를 내려놓으며 언니가 나를 바라봤다. 한층 가라앉은 목소리가 무언가 힘든 말을 꺼내려한다는 직감이 들었다.

　"저, 지난번 그 라디오 초청 말이야…"

　"!!!"

예상 질문 안에 속하지 않는 물음에 스테이크를 썰던 칼질을 멈췄다.

　"아, 아니야. 피디님이 하도 부탁하는 통에 괜한 말 꺼낸 거 같구나. 신경 쓰지 말고 어서 먹어."

　"할게요."

　"!!!"

　"출연 할게요."

　"아니야, 내가 생각해도 아닌 것 같애. 그냥 못들은 걸로 해."

　"아니요, 할래요."

뜻하지 않은 대답에 언니가 갈등어린 시선으로 잠시 망설였다.

　"그래, 그럼 삼촌은 사정이 생겨 못 온 걸로 하고 너만 스튜디오에 나와서…"

　"아니요, 같이 나갈께요. 더 이상 거짓말하고 싶지 않아요. 삼촌이랑 같이 나가서 사실을 밝힐래요."

“굳이 그러지 않아도 돼.”

“어차피 제가 벌인 일인데 책임을 지고 싶어요. 그래야 삼촌에 대한 미안함을 조금이나마 덜 수 있을 것 같아요.”

나의 단호함을 읽은 듯 언니도 더 이상은 만류하지 않았다.

“응.. 응서야...”

소리에 돌아보자 삼촌이 낱개로 비닐 포장된 떡들을 접시 한가득 들고 다가왔다.

“이.. 이거, 이거 엄마 좋아하는 쑥.. 쑥떡이다. 저기 억수로 많타. 나 또 갖고 올꺼다. 언능 주머니에 넣고 있어. 어.. 엄마 갖다 주자.”

내 주머니에 떡을 쑤셔 넣고는 부리나케 달려가는 삼촌이었다. 여하튼 누가 가족 아니랄까봐 끔찍한 건 할매나 삼촌이나 비교가 불가했다.

“아이씨, 이런 거 가꼬가믄 안되는데..”

구시렁거리는 입 모양새와는 달리 나의 양손이 주머니를 비집고 나온 떡들을 쑤셔 넣고 있었다. 식사를 끝내고 아이맥스 영화관으로 자리를 옮겼다. 눈앞으로 튀어나올 것 같은 화면에 놀라 오줌을 지릴 뻔 했다. 옆자리에 앉은 삼촌은 연신 비명과 감탄사를 연발하며 그 누구보다 영화를 제대로 즐겼다. 그런 삼촌의 순수함이 내심 부러웠다. 뒤이어 한강에 들러 유람선을 타고 기념촬영을 하는 것으로 하루 일정을 마무리 짓고 숙소로 돌아왔다. 객실 안으로 들어서자마자 녹초가 된 몸이 엿가락 녹듯 흐물흐물하게 기다시피 침대로 흘러들어갔다.

“재.. 재밌다! 재밌다...”

아직도 체력이 남은 삼촌은 침대를 방방 뛰며 소리를 질러댔다. 잠시 후 울려 퍼지던 삼촌의 목소리가 점점 작게 들리는 가 싶더니 이내 꿈속으로 빠져 들었다.

“지잉~ 지잉~”

협탁 위에 놓인 휴대폰 진동 소리에 눈을 떴다. 시계를 보니 새벽 1시에 가까워지고 있었다. 첨보는 휴대폰 번호였다. 망설이는 사이 진동이 멈췄다. 액정을 보니 수십 통의 부재중 전화가 걸려와 있었다. 모두가 좀 전 걸려온 번호와 동일했다. 직감으로 할매의 전화임을 알 수 있었다. 들어와서 전화를 한다는 게 깜빡 잠드는 바람에 때를 놓쳤다. 전화를 걸려니 쏟아질 욕이 두려워 차마 발신 버튼에 손이 가지 않았다. 고심 끝에 문자를 적기 시작했다.

“허걱..!”

문자를 적느라 버튼을 누르는 사이 덜컥 걸려온 전화를 받고 말았다.

“여보세요!”

이장 아저씨의 목소리였다.

“연결 됐니더, 받아 보이소.”

“야, 이년아! 야, 이 미친년아! 니 지금 어디고! 너거 삼촌 어딨노? 니 이년 아주 들어오모 다리 몽둥이를 분질러 버릴 줄 알아라! 으이!”

쉴 새 없는 욕설에 겁이나 차마 대답을 할 수가 없었다.

“여보세요?... 보거라, 이거 연결된 거 맞나? 와 암말이 없노?”

“연결 됐을낀데.. 이리 줘 보이소?.. 안 끊었니더, 듣고 있을 낍니더.”

“그래, 이리 줘 봐라.”

“여기요.”

“야, 이년아, 와 암말이 없노? 니 듣고 있는 거 다 안 다이, 퍼뜩 대답 안하나, 으이! 니년이 아주 맞아 죽을라꼬 환장을 했구나! 당장 전화 안 받나!”

걱정하지 말라는 말을 하고 싶은데 할매의 불호령에 심장이 떨려 차마 입이 떨어지질 않았다.

"여보세요?... 이거 진짜 받은 거 맞나? 대답이 없는데...?"

"그럴 리가 없는데... 이리 줘 보이소?... 여기 보이소, 시간이 계속 흘러가잖
아요. 전화 받고 있다는 뜻입니더."

"그래, 다시 줘 봐라."

"자요."

"야, 이년아, 니 참말로 전화 안 받을 끼가 으이! 이 할매 죽는 꼴 안보고 싶으
믄 당장 받아라이! 으이!"

할매가 말을 멈추는 틈을 타 크게 심호흡을 하고 입을 뗐다.

"할매, 걱정마라. 내 삼촌 검사 받고 바로 내려 가께. 끊는다."

"뭐?! 야! 야 이년아..."

속사포처럼 말을 쏟아 붓고 얼른 전화를 끊었다. '지잉~ 지잉~' 곧이어 다
시 진동이 울렸다. 망설이다 배터리를 빼버렸다.

호텔에서 패키지로 제공되는 아침을 먹고 병원으로 향했다. 이른 시간인데도
어제처럼 여전히 병원은 사람들로 붐볐다. 초조한 심정으로 기다리는 나의 손
을 유미언니가 꼬옥 잡아줬다. 시선을 마주치자 언니의 따뜻한 미소가 더해졌
다. 진료실 안으로 들어서며 무엇보다 의사선생님의 낯빛부터 살폈다. 입술을
깨물며 살짝이 고개를 내흔드는 모습에 결과를 듣기도 전인데 한숨부터 새어
나왔다. 기척에 MRI 사진을 보고 있던 선생님이 고개를 돌려 우리를 맞았다.

"어서 와요. 그래, 봉구씨 잠은 잘 잤어요."

"응.. 봉구 코 잘 잤다."

일관성 있는 반말과 함께 삼촌이 두 손을 모아 자는 시늉을 했다.

"어떤가요?"

망설이는 나를 대신해 유미언니가 검사 결과를 물었다. 끼고 있던 안경을 벗은 선생님이 눈을 비비고는 다시 안경을 끼고 조심히 입을 뗐다.

"안타깝게도 지금으로선 손쓸 수 있는 게 없어요, 수술을 한다 해도 지금보다 크게 나아지는 것도 아니고..."

문을 열고 들어서며 이미 선생님의 표정으로 짐작은 했지만 막상 답을 듣고 나니 기운이 쭈욱 빠졌다.

"이거 먼 걸음 했는데 도움이 못돼 어떡하지?"

풀이 죽은 나의 모습을 안쓰러워하며 선생님이 미안함을 표했다.

"아닙니더, 신경 써 주셔서 감사합니다."

마음 써주시는 게 감사해 보호자로써 최대한 예를 갖춰 고마움을 표했다. 옆에 앉은 삼촌은 상황을 아는지 모르는지 책상에 놓인 인체 모형을 바라보며 신기한 듯 히죽거렸다. 언제나 그렇지만 이번에도 차라리 이럴 땐 삼촌이 바보스러운 게 다행이란 생각이 들었다. 진료실을 나와 병원 복도를 걷는 내내 유미언니가 내 어깨를 다독이며 기운을 북돋아 줬다.

"언니, 방송국 가기 전에 동대문에 잠깐 들리고 싶은데..."

약혼자 아저씨가 주차장에서 차를 빼내 오는 사이 정문에서 기다리던 내가 언니에게 부탁했다. 서울에 올 때부터 삼촌에게 꼭 선물하고 싶은 게 있어서였다.

동대문은 화려한 건 물론이요, 수많은 인파와 쇼핑몰에서 경쟁적으로 흘러나오는 요란스런 음악들로 정신이 없었다. 지나치는 쇼핑객들 사이에서 들려오는 중국말과 일본말들이 유독 귀를 사로잡았다.

"어, 정유미 아냐?"

누군가가 언니를 알아보고 소리쳤다.

"정유미?"

"아, 왜 SBC 아나운서.."

"진짜, 어디? 어디?"

대화 소리에 주변에서 수군거리기 시작했다. 파도타기처럼 순식간에 전달된 언니의 존재감에 여기저기서 아는 체를 했다.

"언니, 예뻐요~"

"팬이에요~"

"저기 같이 사진 한 장만 찍어 주시면 안돼요."

용기를 낸 여성 팬 하나가 다가와 언니에게 촬영 부탁을 했다. 언니의 인기에 곁에서 바라보는 내가 왠지 으쓱해졌다.

"고맙습니다. 저 밤기차 팬이에요, 매일 들어요."

"네, 감사합니다."

"아참, 지난번 그 삼촌 가족 오늘 출연하는 거 맞죠?"

여성 팬의 물음에 당황한 언니가 힐끔 나를 바라봤다.

"네."

끼어들며 내가 대신 답했다.

"진짜! 어!? 그럼 니가 혹시 그 조카...?"

"네. 제가 사연 보낸 조카예요."

"그래, 생각보다 귀엽게 생겼네."

- 생각보다 귀엽다? 아니, 도대체 어떻게 생각했길래...

나랑 나이차도 별로 나보이지 않는 여성 팬의 말에 살짝 빈정이 상했지만 언니의 청취율을 위해 꾹꾹 눌러 참았다.

“우리 같이 사진 찍을까?”

답을 하기도 전에 호들갑스런 여성 팬이 휴대폰 카메라를 들이댔다.

“하나, 둘, 셋.”

사진을 찍은 여성 팬이 저장을 하자마자 주변을 두리번거렸다.

“근데 삼촌은? 삼촌은 어디 계셔? 같이 찍고 싶은데…”

바로 곁에 있는 삼촌을 알아보지 못한 여성 팬이 물었다.

“옆에 계셔요.”

“응, 어디?”

자신과 눈을 맞추는 삼촌을 굳이 피해 주변을 둘러보는 여성 팬의 곁으로 삼촌을 바짝 붙여 세웠다.

“???”

“우리 삼촌이에요. 세상에서 가장 훌륭한 우리 삼촌 오봉구! 삼촌, 인사해.”

“아.. 안녕 나 봉구다, 오봉구.”

인사를 건네는 삼촌의 모습에 당황한 여성 팬이 어쩔 줄 몰라 하며 삼촌과 나를 번갈아보는가 싶더니 이내 시선을 유미언니에게로 돌렸다.

“맞아요, 은서 삼촌. 세상에서 가장 의롭고 용기 있는 삼촌.”

언니의 진심이 담긴 맞장구에 여성 팬의 눈동자가 흔들렸다. 잠시 난감해하던 여성 팬이 애써 어색한 미소를 띄우고는 짧은 인사와 함께 자리를 피했다. 전장에서 승리한 용사들처럼 언니와 내가 서로를 바라보며 활짝 웃었다.

쇼핑몰의 화려함에 그 누구보다 신이 난 삼촌의 손을 이끌고 지하에 있는 스포츠 매장 안으로 들어섰다. 삼촌에게 선물하고 싶었던 건 다름 아닌 축구화였다. 얼마 전 학교에서 특별 활동시간에 ‘글러브’라는 영화를 봤다. 장애를 가진 야구부의 감동 실화였는데 영화를 보며 문득 축구선수로 뛰는 삼촌의 모습이 떠올랐다. 인터넷을 검색해보니 아쉽게도 남해에는 없었지만 다행히 근접한 사천에 장애인들로 구성된 축구팀이 있었다. 테스트를 받게 해볼 작정이었다. 예전 같으면 엄두도 못 낼 일이었지만 이젠 유미언니라는 든든한 후원군이 생겼기에 무모한 도전만은 아니었다. 물론, 그 이전에 할매를 설득하는 게 가장 큰 문제였다. 하지만 서울로 오겠다는 맘을 먹었을 때부터 이미 등짝이 피멍으로 파랗게 물드는 한이 있어도 기필코 설득 시키리라 굳게 다짐한 터였다.

"삼촌, 이거 한번 신어 봐."

삼촌이 좋아하는 보라색상의 축구화를 건넸다. 축구화를 건네받은 삼촌이 밑창이며 공이 닿는 앞부분을 이리저리 살폈다. 마치 능숙한 감별사처럼 진지한 눈빛이었다. 그렇게 한참의 관찰 끝에 축구화에 발을 넣은 삼촌이 긴 끈을 밑창에 감아 돌린 후 독특한 매듭으로 끈을 묶었다.

"이야, 전문가 솜씬데요. 저 매듭 선수들이 매는 방법인데..."

지켜보던 점원이 삼촌의 능숙한 손놀림을 보며 한마디 내던졌다. 그러고 보니 삼촌은 항상 자신의 신발을 저렇게 묶었었다. 내가 조금만 관심을 가졌어도 삼촌에 대해 알 수 있었단 사실에 못내 미안함이 몰려왔다.

"여기 축구공도 파나요?"

지켜보던 유미언니가 점원에게 물었다.

"네, 그럼요. 보호대도 있는데 한번 보실래요?"

점원의 눈치 빠른 장삿속 덕에 보호대는 물론 축구복에서 양말까지 졸지에 축구용품을 풀 세팅해 매장을 나왔다. 칭찬은 고래를 춤추게 하고, 공짜는 삼촌을 춤추게 했다. 선물을 받고 기분이 좋아진 삼촌이 축구공으로 묘기를 해보이기 시작했다. 마치 물 만난 고기처럼 이마에 있던 공을 등으로, 또 이내 뒤꿈치로 옮겨가며 묘기를 선보였다. 신기한 구경거리에 지나가던 사람들이 걸음을 멈추고 지켜봤다. 바라보는 사람들의 눈길을 살피노라니 왠지 어깨가 으쓱해졌다. 이 순간만큼은 그 누구도 삼촌을 바보로 여기는 사람이 없었다. 한참의 묘기를 끝낸 삼촌이 공을 튕겨 손으로 받으며 마무리하자 여기저기서 박수소리가 터져 나왔다. 가슴이 벅찼다. 사람들에게 무시가 아닌 인정을 받고 있는 삼촌이 자랑스러웠다. 세상은 보여 지는 대로 평가하고 들려오는 대로 믿는다. 결코 내면의 진실을 보려하지도 들으려 하지도 않는다. 나 또한 예외가 아니었다. 삼촌은 언제나 나에게 창피한 존재였고, 나이 값 못하는 바보스럽고 한심한 인물이었다. 눈에 보여 지는 행동이 그랬고, 주변에서 수군거리는 소리가 그렇게 전했다. 그래서 그냥 그렇게 믿었다. 단 한 번도 진심을 다해 귀를 기울이고, 단 한 순간도 진실된 눈으로 바라본 적이 없었다. 그냥 세상이 알려주는 대로 믿고 들으며 낙인을 찍었다. 나의 삼촌은 정상인에 비해 모자라고… 그래서 창피스런 바보라고… 정작 그 누구보다 바보는 나인 것도 모르고… 그 누구보다 날 아끼고 사랑하는 존재가 곁에 있단 사실을 보고도 알지 못하고, 듣고도 느끼지 못한 바보가 나였음을 깨닫지 못한 진짜 나는 바보였다.

9

이별

막상 라디오 스튜디오에 앉자 가슴이 떨렸다. 맘을 신성시키려 컵에 물이 채워
지는 족족 들이 켰다.

"걱정마, 편하게 평소 말하던 대로 하면 돼."

"네."

긴장을 풀어주려는 유미언니의 말에도 부질없이 대답을 끝내기 무섭게 또다

시 물 한 컵을 원샷했다.

"안녕!"

한석아저씨가 스튜디오 안으로 들어섰다. 방송에서 볼 때 보다 키는 좀 작았지만 생긴 건 훨씬 잘 생겨 보였다. 물론 긴장해서 일어난 착시일 수도 있겠지만...

"반가워, 김한석이라고 해."

방송에서처럼 특유의 유쾌한 목소리와 함께 아저씨가 나를 향해 손을 내밀었다. 연예인의 손이라 그런지 그간 내가 잡아본 그 어떤 남자의 손보다 부드럽게 느껴졌다.

"용기 내줘서 고마워."

맞잡은 손에 살짝 힘을 주며 아저씨가 짧은 윙크로 기운을 북돋아줬다.

"삼십초 전입니다, 다들 준비하세요."

바깥 부스에서 피디님의 소리가 들려왔다. 언니의 손짓에 헤드폰을 썼다. 마지막 광고가 끝나고 드디어 방송이 시작됐다.

"안녕하세요, 밤으로 가는 기차 승무원 정유미입니다. 어느 새 가벼운 옷차림이 어색하지 않은 봄의 끝자락에 다가왔네요. 청취자 여러분들의 마음속 우울한 짐들도 물러가는 봄기운에 실어 날려 버리시고 가벼운 마음가짐으로 새로운 계절을 맞이할 준비를 하시는 건 어떨까요? 그런 의미에서 오늘 준비한 첫 곡은 바로 이상우씨의 '바람에 옷깃이 날리듯' 입니다."

언니의 멘트가 끝나자 곧이어 음악이 흘러나갔다. 긴장해 얼어있던 나의 어깨를 언니가 톡 건드렸다. 돌아보자 언니가 헤드폰을 벗으라는 손짓을 했다. 헤드폰을 벗고 그 짧은 찰나에 바짝 말라버린 입술을 적시려 또다시 물을 찾았다. 그 사이 스튜디오 안으로 들어온 스텝들이 양쪽에 세워둔 카메라의 위치를 맞추고는 밖으로 나갔다. 피디님의 큐 사인과 함께 다시 방송이 이어졌다.

"역시 노래는 오랜 시간 숙성된 묵은지처럼 시간이 흐를수록 감성이 농익는 것 같아요. 이 노래가 벌써 이십년이 넘은 노래인데도 여전히 가슴을 여미네요. 자 그럼 이 감성을 그대로 이어서 다음 순서를 이어가도록 하겠습니다. 여러분, 오늘은 어제 공지해 드린 대로 해피 다이어리 일등 사연의 주인공을 모시고 보이는 라디오로 진행 하도록 하겠습니다. 지금 저희 모습 보이시나요?"

언니의 말이 끝나기 무섭게 정면으로 보이는 모니터에 실시간으로 댓글들이 올라오기 시작했다.

"자, 그럼 오늘의 주인공 오은서양을 소개해 드릴께요."

언니의 멘트와 함께 모니터 한쪽에 나의 모습이 비춰졌다. 언니의 고운 목소리에 빠져 그나마 진정을 찾아가던 심장이 다시금 요동치기 시작했다.

"은서양, 청취자분들께 인사하세요."

"안녕하세.. 쿵!"

고개를 숙이다 그만 테이블에 이마를 찍었다. 전국적인 망신에 표정이 더욱 굳었다.

"하하하, 은서양 사연을 읽으면서 느꼈지만 역시나 개그맨의 피가 흐르는 것 같네요. 첫 등장부터 몸 개그로 청취자분들에게 웃음을 주시고..."

이마를 매만지며 어쩔 줄 몰라 하는 사이 한석아저씨가 수습에 나섰다. 괜찮다며 비소를 띠우는 유비언니의 다독거림에 다시 호흡을 가다듬고 인사를 했다.

"안녕하세요, 오은서입니다."

고개를 들어 모니터를 보는데 유독 눈에 들어오는 댓글 하나가 나의 시선을 사로잡았다.

"큭큭큭, 개 쩐다! 차력하러 나왔냐? 등장부터 웬 격파 시범... ㅋㅋㅋ"

- 아이디 굵은 앙마... 딱 봐뒀어, 넌 디졌어!

 벌컥 오기가 생겼다. 녀석의 악플이 나의 분노 게이지를 급상승시켰다. 덕분에 떨리는 심장이 냉정함을 되찾았다. 모니터에는 삼촌을 찾는 댓글들이 꼬리를 물었다.

 "자, 자 지금 삼촌을 보여 달라고 난리인데요, 저보다 더 인기가 있는 것 같아 살짝 질투심이 일지만 출연료를 생각해 꾹 눌러 참고 곧바로 사연 속 실제 주인공인 은서양의 삼촌을 모시도록 하겠습니다. 자 다들 뜨거운 박수로 맞아주십시오, 만능박사 오박사! 오봉구씨입니다."

 소개와 함께 작가언니의 안내를 받으며 삼촌이 스튜디오로 들어왔다. 자리에 앉자마자 삼촌이 해맑게 웃었다. 삼촌의 등장에 환영의 댓글들이 줄을 이었다.

 "봉구씨, 청취자분들께 인사하시죠."

 한석아저씨의 말에 시선을 두리번거리던 삼촌이 모니터에 나오는 자신의 모습에 신나 하며 연신 손을 흔들었다.

 "아.. 안녕, 나 봉.. 봉구다. 오봉구..."

삼촌의 어리숙한 행동과 말투에 이내 의아함과 실망의 댓글들이 모니터를 잠식했다. 몇몇은 심한 욕설을 올렸다. 각오하던 바였기에 맘을 단단히 먹었다.

 "많이들 놀라셨죠, 그렇습니다. 여러분이 보시다 시피 오봉구씨는 사연의 내용과는 조금 다른 사람입니다. 그러나 감히 말씀드리지만 사연 속 삼촌과 비교해 전혀 손색이 없을 만큼 훌륭하신 분입니다. 부디 선입견을 가지지 말고 바라봐 주시기 바랍니다. 그리고 무엇보다 오늘 이 자리를 찾기까지 은서양에게는 실로 많은 용기가 필요했습니다. 사실 굳이 이렇게 나오지 않아도 됐습니다. 하지만 스스로 진실 되고 싶은 맘에 수많은 질타를 감수하고 이 자리에 섰습니다. 부디 다 큰 어른들도 가지기 힘든 용기를 가진 은서양에게 응원의 박수를 부탁드립니다."

 언니의 멘트가 끝나자 화면이 다시 나를 비췄다. 화면 한쪽으로 드마라 엔딩 자막처럼 빠르게 댓글들이 딸려 올라갔다. 너무 빠른 속도로 지나가는 통에 문장을 끝까지 읽을 수 없을 정도였다. 차라리 다행이라 여겼다. 맘을 추스른 뒤 긴 호흡과 함께 입을 뗐다.

 "우선, 자초지종을 떠나 사과드리겠습니다. 그 어떤 말을 하더라도 거짓에 대한 변명이 될 뿐인 거 압니다. 해서 변명은 하진 않겠습니다. 제가 이 자리에 나온 건 여러분들에게 진심어린 사과를 하기 위해서니까요. 다시 한 번 저의 사연에 화답해주신 여러분들께 사과드립니다. 마음에 상처를 안긴 점 정말 죄송합니다. 저도 청취자의 한사람으로써 여러분들이 느꼈을 배신감을 잘 압니다. 무척이나 황당하실 겁니다. 욕을 하셔도 할 말이 없습니다. 다 받을 테니 쏟아 부으세요. 모든 게 저의 욕심에서 비롯된 일이니 제 책임입니다. 정말, 정말 죄송합니다. 여러분들께 죄송하고, 무엇보다 여기 있는 삼촌에게 죄송합니다. 언제나 진심으로 날 대하고 가슴으로 사랑을 전한 삼촌을 부끄러워 한 점 죄송합니다. 자신보다 항상 내가 먼저인 삼촌의 맘을 알면서도 모른 척, 느끼면서도 극구 거부한 저를 용서해 주세요. 그저 남들에게 창피하단 이유로 삼촌을 보고도 모른 체한 것도 모자라 그들과 함께 삼촌을 손가락질 한 제 자신이 용서가 안 됩니다. 삼촌에게는 늘 제가 먼저였습니다. 아침밥이 목을 넘어가는 것도 제가 먼저였고, 쏟아지는 비를 막아주는 우산도 언제나 제 머리 위가 먼저였습니다. 하루의 눈을 떠 다시 잠을 청하는 그 순간까지의 그 모든 것이 제가 우선이었습니다. 그런 삼촌을 부끄럽게 여겼던 제가 너무 바보스럽습니다. 남들이 바보라고 손가락질하는 삼촌이 바보가 아니라, 정작 바보는 삼촌의 진심을 모르는 제가 바보였습니다. 진정 한심한 바보였습니다. 전 용서 받을 수 없는 바보입니다...”

 떨구어진 고개를 차마 들 수가 없었다. 삼촌이 지그시 나의 손을 잡았다. 그리고 언제나처럼 미소가 뒤따랐다. 눈물이 나오려는 걸 꾹꾹 눌러 참았다. 뒤이어 생각지 않은 유미언니의 고백이 이어졌다.

 “믿기지 않으시겠지만 저 또한 저분에게 갚을 수 없는 빚을 진 사람입니다. 저에게 저분은 생명의 은인입니다. 어릴 적 물에 빠진 저를 구해주신 분이죠. 그리고 그 때문에 안타깝게도 저렇게 되셨습니다. 처음 사실을 알았을 땐 단순히 은혜를 갚고자 하는 마음이 컸습니다. 하지만 두 사람과 함께 하며 그 누구보다 서로를 아끼는 애정에, 그 진실함에 제 자신이 부끄러워졌습니다. 그리고 깨달았습니다, 사랑은 결코 물질적 풍요와 비례하지 않고, 박식한 지식에서 나온 그럴싸한 화술과는 전혀 상관없단 걸... 그저 한없이 서로를 믿고, 그 무엇도 바라는 것 없이 서로를 위하는 마음, 그 변치 않는 마음이 그 어떤 사랑보다 진실 되고 값지다는 사실을 말입니다. 그간 나도 모르게 쌓여진 마음에 거름종이를 걷어내고 상대의 진심을 있는 그대로 받아들이려 합니다. 은서와 삼촌의 그 마음, 그 진심처럼...”

숙소로 돌아오는 차안은 한동안 침묵이 이어졌다.

 “뿌웅~”

눈치 없는 방귀소리가 침묵을 깼다.

 “나.. 나다. 내가 방구 나왔다.”

 삼촌의 자수에 미소가 지어졌다. 전염된 미소가 앞좌석까지 이어졌다. 룸미러로 보이는 유미언니와 약혼자 아저씨 또한 입꼬리가 올라갔다.

"윽!"

약혼자 아저씨를 시작으로 모두들 코를 막았다. 아저씨가 얼른 창문을 열었다.

"윽, 내.. 냄새 독하다. 켁켁..."

자신의 방귀에 삼촌마저 코를 막았다. 그 모습에 모두들 웃음을 터뜨렸다. 다행히 늦은 시간이라 도로에는 차가 많지 않았다. 피곤해하며 연신 하품을 해대는 삼촌을 의식한 아저씨가 속도를 높였다. 시원스레 달리는 차와 함께 무거웠던 내 마음을 털어냈다. 다리를 긴너기 위헤 차가 진입로를 따라 코너를 돌았다. 반사적으로 손잡이를 잡았다. 그 사이 잠든 삼촌이 스르르 나의 곁으로 기대었다. 손에는 내가 사준 축구화를 꼬옥 쥔 채였다. 다시 차가 자리를 찾자 삼촌을 무릎에 조심히 뉘였다. 가까이서 바라본 삼촌의 얼굴에서 그간 느끼지 못한 친근함이 와 닿았다. 짙은 눈썹이 친근했고, 순대같이 도톰한 입술이 낯설지가 않았다. 늘상 거울 앞에서 실룩이던 나의 눈썹과 덩달아 오물거리던 나의 입술과... 무척이나 닮아있었다. 역시 삼촌과 나는 뗄래야 뗄 수 없고 피할래야 피할 수 없는 한 핏줄... 바로 가족이었다. 신호에 멈춰선 차의 작은 미끌림 때문인지 삼촌이 부스스 눈을 떴다.

"삼촌, 더 자.."

"으으.. 나 꿈꿨다. 부서운 꿈꿨나. 응.. 응서 빠이삐이 히는 꿈꿨다. 응서, 어디 없어지지 않게 지켜야 한다. 응.. 응서 엄마 올 때까지 지켜야한다. 응서 엄마강 약속했다."

고개를 흔들며 삼촌이 몸을 일으켜 세웠다. 심한 악몽이었는지 이마에 송글송글 땀이 맺혀 있었다.

“걱정마, 삼촌 나 어디 안 간다.”

“그.. 그럼, 야.. 약속 해.”

삼촌이 새끼손가락을 내밀었다. 문득 아빠와 마지막 약속을 하던 그때가 떠올랐다. 더 이상 누구도 떠나보내지 않으리란 마음으로 새끼손가락을 걸었다. 숙소로 돌아오자마자 그간의 피로가 한꺼번에 들이닥친 듯 삼촌은 베개에 얼굴을 묻자마자 코까지 골며 단잠에 빠져들었다. 그에 반해 난 마지막 밤이란 생각과 더불어 이래저래 복잡한 심경 탓에 도통 잠을 청하지 못하고 연신 뒤척였다. 집으로 돌아가 하나하나 풀어야할 일들이 산더미 같았다. 무엇보다 삼촌을 사천으로 보내는 것에 대해 할매를 설득해야하는 난제가 머리를 아프게 했다. 이미 각오를 한지라 등짝이야 얼마든지 내어 줄 수 있지만 단순 고집만으로 할매를 설득할 리는 만무한 지라 특단의 대책이 필요했다.

“어쩐다.. 어떻게 설득한다...”

밤새 풀리지 않는 고민에 지쳐 나자빠진 뇌가 과부하에 걸려 안전 스위치를 내리며 암흑으로 변한 덕분에 짧게나마 눈을 붙일 수 있었다.

“야, 이년아! 당장 안 나가나!”

버선발로 뛰쳐나온 할매가 손에 잡히는 대로 내던지며 노발대발했다.

“무슨 배짱으로 집구석에 쳐 들어왔노! 나가라, 세상 무서운 줄 모르는 년! 거기가 어디라꼬 겁도 없이 쳐 가노 가기를!”

대꾸를 해봐야 할매의 화만 돋울 걸 알기에 아무 말 없이 묵묵히 쏟아지는 욕을 들으며 서 있었다. 뭐, 그 이면엔 나름 든든히 믿는 구석이 있어서이기도 하지만...

“어.. 엄마, 응.. 응서 때리지 마라.”

예상한대로 나의 믿는 구석이 할매의 앞을 가로막으며 뜯어 말렸다.

　"비키라, 니가 자꾸 감싸주니까 저년이 니 믿고 저라는 기다. 이참에 따끔하게 혼구녕을 내야 된다!"

생각보다 할매의 화는 강력했다. 평소 같으면 삼촌의 만류에 못이기는 척 그쳤을 불호령이 쉬이 멈출 기미를 보이지 않았다.

　"내 오늘 저년 뭐 하나는 부러뜨리고 만다! 이노무 가스나 이리 온나!"

　"어.. 엄마 그라지 마라. 응.. 응서한테 그라지 마라!"

연이는 삼촌의 만류에도 아랑곳 않고 더욱 거칠게 손에든 몽둥이를 허공에 휘두르며 위협을 가하는 할매였다.

　"비켜라, 오늘은 절대 그냥 못 넘어간다! 일루 안오나 이 가스나야!"

괴력을 발휘하며 말리는 삼촌을 밀친 할매가 나를 향해 달려들며 몽둥이를 치켜들었다.

　"하.. 할매, 잠..잠깐만!"

전혀 예상하지 못한 갑작스런 일격에 놀라 묵묵히 지켜오던 침묵을 깨고 살고자하는 본능에 다급히 소리쳤다.

　"이년!"

소리와 함께 눈앞으로 날아드는 몽둥이를 막으려 양손을 뻗쳤다.

　"퍽!"

두 눈을 질끈 감는 사이 짧고 둔탁한 소리가 귓전을 때렸다.

　"봉.. 봉구야!"

할매의 외침에 눈을 뜬 내 앞을 떡하니 삼촌이 막아서고 있었다.

　"!!!"

뺨을 타고 흘러내리는 피가 눈에 들어왔다.

"아이구, 우짜자고 막아서고 난리고!"

호들갑을 떨며 옷소매로 흘러내리는 피를 닦으며 삼촌을 평상으로 이끌고 가는 할매였다.

"어.. 엄마, 응.. 응서 때리지 마라..."

"그래, 알았다. 알았으니까 얼굴 제껴 봐라. 이년아 뭐하노, 약 안 가져오고!"

멍하니 서 있는 나를 향해 할매의 다그침이 이어졌다.

"아.. 알았다."

말이 끝나기 무섭게 얼른 안방으로 들어가 구급약 상자를 가져왔다. 지혈을 하고 상처를 살펴보니 다행히 이마가 살짝 찢어진 것 외엔 큰 상처는 없었다. 그렇게 어디 뼈 하나는 부러져야 끝날 것 같던 한바탕 난리는 삼촌의 살신성인 덕에 급마무리 됐다. 역시 삼촌은 나의 든든한 수호천사였다. 삼촌에게 보답 하기위해서라도 기필코 할매를 설득하리라 맘먹었다. 오롯이 삼촌 자신을 위한 삶을 살아가길 바라는 맘이 더욱 간절해 졌다. 정면 돌파가 승산이 없는 상황에서 남은 방법은 천천히 그리고 조금씩 할매의 맘을 돌리는 것뿐이었다. 그러기 위해선 일단 할매의 맘에 쏙 드는 손녀가 되는 게 급선무였다. 할매의 맘에 드는 방법은 크게 어렵지 않았다. 청개구리 우화처럼 평소와 정반대로만 행동하면 됐다. 다만, 눈치 빠른 할매가 온전히 믿고 맘이 열리기위해선 거짓이 아닌 진심이 묻어있어야 한다는 사실이 힘든 곤욕이었다.

"이년아, 안하던 짓 하믄 아침에 똥구녕 막힌다 안캤나, 또 뭐 해달라꼬 그카는지 몰라도 고마 애시당초 꿈도 꾸지 마라!"

마당을 쓸고 있는 나를 향해 장독대에서 된장을 푸던 할매가 소리쳤다.

"그런 거 아니다. 그냥 마당 지저분해가 쓰는 거니까 쓸 때 없는 걱정마라."

평소 같으면 당장 빗자루를 내팽개치고도 남았을 테지만 꾸욱 참았다. 의외의 반응에 살짝 갸우뚱하던 할매가 더 이상 잔소리 없이 주방으로 발길을 돌렸다. 아침 청소를 하고나니 마음이 개운해 졌다. 게다가 그간 맛도 모르고 의무적으로 먹었던 아침밥이 그 어느 때 보다 맛났다. 뒤늦게 깨우친 아침밥맛 덕에 다음날은 첫날보단 일찍 일어나는 게 훨씬 수월했다. 내친김에 마당 청소를 끝내고 걸레를 빨아 방청소에 나섰다. 평소 코딱지만하다 여겼던 방안이 막상 걸레질을 하다 보니 결코 작은 크기가 아니란 걸 깨달았다. 한편으로 그간 혼자서 집안 청소를 해온 할매에게 살짝 미안한 맘이 들었다. 그렇게 시간이 지날수록 스스로 하는 집안일도 하나 둘 늘어갔다. 그리고 늘어가는 집안일 만큼이나 예전에 미처 알지 못했던 행복감 또한 점점 커져갔다.

"이거 금방 튀긴 거니까 뜨거울 때 묵아라."

처음엔 나를 향해 하는 말인 줄 몰랐다. 고추튀김을 내 밥그릇에 얹어주는 할매의 손길을 확인하고서야 나에게 건넨 말인걸 알았다.

"!!!"

낯선 광경에 밥 위에 얹어진 고추와 할매를 번갈아 바라봤다.

"살코기만 묵지 말고 껍데기도 같이 묵아라. 디에치 들어가 머리 좋아진단다."

곧이어 고등어를 발라 뜨다만 나의 숟가락에 얹으며 할매가 말을 이었나. 놀라 바라보는 내 눈길 못지않게 역시나 어색해하던 할매가 얼른 걷어낸 생선뼈를 집어들며 시선을 피했다. 나 또한 처음 겪는 상황이 도무지 어색한 탓에 아무 말 없이 그저 밥먹기에만 열중했다.

"학교 다녀오겠습니다."

생애 처음으로 할매에게 인사를 했다. 왠지 아침 밥상에서의 배려에 보답하고 싶은 맘이 그렇게 하도록 나를 이끌었다. 밥상 앞의 나만큼이나 놀란 할매의 눈길이 나를 바라봤다. 멋쩍음에 얼른 돌아서 집을 나왔다.

"응.. 응서야, 어.. 엄마가 이.. 이거 가꼬 가란다."

정류장 앞까지 쫓아 나온 삼촌이 나에게 우산을 건넸다.

"어.. 엄마가 오.. 오늘 비.. 비 온단다."

"응, 할매한테 고맙다꼬 말해줘."

"응, 아.. 알았다. 고.. 고맙다꼬 내.. 내가 말한다."

고개를 끄덕이며 삼촌이 답하는 사이 저만치 언덕 빼기에서 버스가 경적을 울리며 모습을 드러냈다.

"삼촌, 학교 다녀오겠습니다."

90도로 허리 숙여 삼촌에게 인사를 건네고 버스에 올랐다. 문이 닫히는 사이 삼촌도 화답하듯 허리 숙여 나에게 인사를 건넸다. 흐뭇한 미소와 함께 오른 버스 안은 어쩐 일인지 승객이 아무도 없었다.

"어, 와 손님이 아무도 없어요?"

의아함에 돌아보며 기사아저씨에게 물었다.

"응, 이거 첫차 아니다. 저 옆 동네 오는 길에 버스에 문제 생겨서 사람들 예비차 타고 가고 이 차는 막 고쳐서 들어가는 길에 사람들 태우는 거다."

"아, 네."

대답과 함께 뒤쪽으로 가 자리 잡고 앉았다. 곧이어 버스가 출발하자 언제나처럼 삼촌이 손을 흔들며 버스를 뒤따랐다. 미소와 함께 나또한 손을 흔들며 화답했다. 처음으로 내흔든 손짓에 삼촌이 짐짓 놀란 표정으로 잠시 멀뚱히 바라봤다. 그 모습이 나를 더욱 가슴 시리게 했다. 그간 냉정히 돌아서던 미안함이 솟구쳐 두 눈이 시큰거렸다.

　"삼촌... 그동안 정말 미안했어, 앞으로 정말 잘할게. 너무너무 고마워 삼촌..."

　나의 말을 전해 듣기라도 한듯 삼촌이 더욱 환한 미소로 화답했다. 한참동안 이어진 서로의 손짓은 버스가 코너를 돌며 서로의 시야에서 사라질 때까지 계속됐다. 손짓을 멈추고 돌아서 자리에 앉는 나의 맘이 행복감으로 가득 찼다. 그간 이런 행복감을 애써 외면하고 살아온 내 자신이 못내 한심스러웠다. 그나마 뒤늦게라도 깨달은 걸 감사하며 앞으로 못 다한 맘을 더해 더욱 사랑하며 살아가기로 굳게 맘먹었다. 차창에 비친 흐릿한 나의 얼굴에서 미소가 번져 나왔다. 어릴 적 분식차에서 보아오던 해맑은 그 미소가 무척이나 오랜 시간을 돌고 돌아 이제야 다시 주인을 찾아 되돌아 왔다. 어느 새 찾아온 아빠가 저만치 운전석에 앉아 나를 향해 활짝 웃고 있었다.

　"아빠.."

　"우리 은서 행복해?"

　"응, 무지 무지 행복해."

　"다행이다. 이제 더 이상 아빠가 걱정 안 해도 돼서."

　"그럼, 아빠만큼 든든한 삼촌이 있으니까 걱정 안 해도 돼."

　"그래, 이제 다시는 울지 않기다. 알았지?"

　"응, 다시는 울지 않을게. 앞으로 매일 매일 웃고 살게. 할매랑 삼촌이랑 매일 매일 웃으며 살게."

　"좋아, 자 약속."

　"응, 약속.."

　"빠앙~"

"!!!"

손가락을 내거는 사이 울려 퍼지는 경적소리에 두 눈을 번쩍 떴다.

"어, 저.. 저 차 왜 그래.. 어, 어.. 안돼!"

기사 아저씨의 비명소리와 함께 버스가 낭떠러지 아래를 굴러 바다 속으로 떨어졌다. 충격과 함께 천정에 머리를 부딪쳤다. 그와 동시에 불 꺼진 방안처럼 암흑으로 변했다.

"켁켁..."

쏟아져 들어온 바닷물이 입안으로 차고 들어오며 번쩍 정신이 들었다. 흐릿한 시야로 버스 밖으로 빠져나가는 기사아저씨의 끝자락이 보였다. 몰려 들어오는 물의 소용돌이에 당황해 뻣뻣이 굳은 몸이 말을 듣지 않았다. 순식간에 물이 턱밑까지 차올랐다. 까치발을 하고 숨을 쉬려 발버둥 쳤지만 그도 얼마못가 얼굴마저 물속에 잠겼다. 한껏 부풀린 볼 안의 공기가 모두 사라지자 피가 머리로 쏠리며 어지러워졌다. 결국, 더 이상을 버티지 못한 입이 뚜껑을 열었다. 짜디짠 바닷물이 쏟아 붓듯 밀려들어왔다. 그나마 남아있던 흐릿하던 정신불이 몇 번 깜빡임을 이어가다 '탁!' 하고 꺼졌다. 잠시 후, 서서히 밝아진 시야로 주변을 맴도는 물고기들의 모습이 들어왔다. 더불어 신기하게도 좀 전까지 막힐 것 같던 숨이 뚫리고 천근같던 사지가 날아갈듯 가벼워졌다. 믿기지 않는 눈빛으로 몸 이리저리를 뜯어 살피는 사이 주변에 있던 물고기들이 일제히 어디론가 이동을 시작했다. 나도 모르게 자연스레 뒤를 따랐다. 얼마를 갔을까... 저만치 앞쪽으로 거대한 동굴 입구가 눈에 들어왔다. 망설임 없이 몰려 들어가는 물고기들을 따라 동굴을 향해 보다 속도를 내 헤엄쳤다. 마지막 물고기가 동굴 안으로 사라지고 곧이어 내가 입구를 향해 들어서는 순간, 거대한 소용돌이가 불쑥 동굴 앞을 가로 막았다. 놀라 주춤거리는 사이 소용돌이 안에서 희미한 목소리가 뻗어나왔다. 귀를 쫑긋 세우고 소리에 집중했다.

"응.. 응서야..."

삼촌 목소리였다. 희미하지만 분명 삼촌의 목소리였다. 주춤거리다 용기를 내 소용돌이를 향해 돌진했다. 거친 회오리에 몸이 빨려 들어갔다. 사력을 다해 회오리를 벗어나려 애썼다. 거친 손발짓으로 회오리를 통과하자 소용돌이 속 텅 빈 공간이 드러났다.

"응.. 응서야!"

울림통 큰 성악가의 목소리처럼 굵은 목소리가 공간 안을 울렸다. 소리를 쫓아 위를 향해 힘껏 헤엄쳤다. 한참을 헤엄쳐가는 사이 위쪽 끝으로 희미하게 빛이 눈에 들어왔다. 호흡을 가다듬고 더욱 세차게 빛을 향해 헤엄을 쳤다.

"삼촌!"

점점 밝아오는 빛을 향해 소리쳤다. 일순간 강렬한 빛이 눈을 덮쳤다. 눈부심에 두 눈을 질끈 감았다.

"응.. 응서야!"

삼촌의 외침 소리에 눈을 떴다. 버스 안이었다. 손바닥만큼 남은 천정 끝자락 공간에서 삼촌이 나를 끌어안고 있었다.

"켁, 켁 삼.. 삼촌..."

"무.. 물이다! 무서운 물이다. 응서야, 도망가야 한다!"

연신 거친 호흡을 내쉰 삼촌이 나를 향해 소리쳤다.

"켁, 켁.. 삼촌, 삼존 무서워.. 흑흑흑..."

두려움에 왈칵 눈물이 쏟아졌다.

"우.. 울지마, 응서야. 응서는 삼촌이 지킨다! 우리 응서, 아무도 못 데려간다!"

마치 물과 대화를 하듯 삼촌이 소리쳤다. 그 사이 그나마 남아있던 공간마저 사라져가고 있었다. 주변을 두리번거리던 삼촌이 결심을 한 듯 끌어안고 있던 나의 허리를 더욱 세차게 잡아 안았다.

"응.. 응서야, 지.. 지금부터 숨 쉬믄 안 된다, 그라믄 물한테 지는 거다. 저.. 절대 숨쉬믄 안된다! 알았제?"

공포에 질려 차마 대답이 입 밖으로 나오지 않는 통에 그저 연신 고개만 끄덕였다.

"사.. 삼촌, 이 삼촌 절대 놓으믄 안 된다. 절대 안 된다. 아.. 알았제?"

길게 숨을 들이 쉰 삼촌이 나를 안고 물속으로 들어갔다. 삼촌에게 이끌려 다시 물속으로 들어서자 왈칵 코와 귀로 짠물들이 솟구쳐 들어왔다. 잠시 나의 상태를 살핀 삼촌이 열려져 있던 운전석 창문 쪽으로 헤엄쳐갔다. 창문 앞에 다다른 삼촌이 나를 먼저 밀어내고 뒤따라 창문 밖으로 나와 다시 나를 끌어안았다. 힘겨움이 역력해 보이는 삼촌이 수면 위를 향해 연신 헤엄을 쳤다. 아래를 바라보자 생각보다 버스는 깊이 가라 앉아 있었다. 위를 보라는 삼촌의 손짓에 고개를 돌렸다. 순간, 눈앞을 스쳐 지나가는 해파리에 놀라 그만 입을 벌리고 말았다. 일순간 쏟아져 들어오는 물줄기와 함께 입안에서 거품이 일었다. 나의 상태를 알아챈 삼촌이 이내 나의 입을 향해 입술을 덮쳐왔다. 꿀꺽 입안의 물을 삼키고 나자 삼촌이 불어 넣은 공기가 한가득 새어 들어왔다. 공기로 입안이 채워지자 다시 입을 굳게 다물 수 있었다. 안정을 찾은 걸 확인한 삼촌이 지체 없이 나를 안고 더욱 빠르게 헤엄쳐 올라갔다. 점점 수면 위로 반짝이는 빛에 가까워져 갔다. 그와 함께... 나를 움켜 안고 있던 삼촌의 손 또한 점점 힘을 잃어 갔다.

"!!!"

어느 순간, 삼촌의 손길이 느껴지지 않았다. 고개를 돌리자 입에서 기포를 뿜어내는 삼촌의 모습이 보였다. 나와 시선을 마주친 삼촌이 힘겹게 헤엄치라고 손짓했다. 고개를 내흔들며 삼촌에게 가자고 손짓을 했다. 잠시 나를 바라보던 삼촌이 사력을 다해 나와 마주하고 섰다. 시선을 맞춘 삼촌이 양어깨를 잡고 다독이며 천천히 입을 뗐다. 입안에서 뿜어져 나오는 기포 사이로 보이는 입모양이 말했다. 살라고, 꼭 살아야 한다고.. 우리 응서 꼭 살아야 한다고… 재차 고개를 내흔들었다. 눈짓과 몸짓으로 함께가 아니면 안가겠다고 답했다. 내흔드는 나의 얼굴을 삼촌이 부여잡았다. 시선을 마주친 삼촌이 간절한 눈빛으로 나를 바라봤다. 제발 삼촌을 위해 그렇게 해달라고, 그 동안 너를 위해 살아온 의미가 퇴색되지 않게 제발 들어 달라고… 간절한 부탁이 손끝을 타고 가슴으로 흘러들어왔다. 차마 대답을 할 수 없어 시선을 돌렸다. 불쑥 삼촌의 새끼손가락이 들어왔다. 곧이어 머뭇거리는 나의 손을 잡은 삼촌이 새끼손가락을 걸었다. 꽉 쥐여진 새끼손가락을 타고 삼촌의 마지막 외침이 들려왔다.

"응.. 응서 내가 지킨다. 우리 응서 삼촌인 내가 지킨다!"

"삼촌…"

눈물이 흘렀다. 차디찬 바닷물 속에서 따뜻한 눈물이 흘렀다. 지나 온 시간 동안의 추억들이 하나둘 스쳐지나갔다. 삼촌의 변함없는 사랑이 못내 미안하고 고마워 눈물이 그치질 않았다. 한편으로 아쉬움과 속상함에 화가 났다. 그만큼이면 됐지, 이제 좀 행복해지려 하는데 그게 뭐 어렵다고 그럴 기회는 주지 못할지언정, 고작 15살밖에 되지 않는 철부지 소녀에게 또 다시 감당하기 벅찬, 너무나 가혹한 슬픔을 안겨주는 하늘이 원망스러웠다.

"하느님, 제가 그동안 얼마나 많은 잘못을 하고 얼마나 수없는 거짓말을 했는지 다 압니다. 그래서 그 벌을 주시려는 것도 다 압니다. 하지만, 이건 해도 너무 하잖아요. 벌을 주시더라도 최소한 버틸 수 있을 만큼 적당히 주셔야죠. 진정 삼촌이 저에게 얼마나 큰 존재인지 몰라서 그러시는 거예요. 이렇게 삼촌을 데려가시면 전 어떻게 살라고, 이제야 든든한 기둥의 가치를 알아 봤는데… 제대로 기대보지도 못하고 이렇게 빼앗길 순 없어요. 절대 이대로 못 보내요. 아니 안 보낼 거예요. 제 전부로 만들어 두시고 이렇게 데려가는 게 어딨어요. 제가 살기위해서라도 안 보낼 거예요. 이 손 절대 놓지 않을 거예요. 그러기엔 제가 너무너무 미안하잖아요. 늘상 받기만 하고 수 없이 원하기만 했지 무엇 하나해 준 것도 없고, 작은 보답조차 못했는데 그 미안함을.. 그 죄책감을 어떻게 안고 살아가라구요… 부탁드릴께요. 제발 돌려주세요. 정 안되면 한동안만이라도 제 곁에 머물게 해주세요. 받은 맘에 조금이라도 보답할 수 있도록 제게 시간을 주세요. 제발… 제가 그토록 맘에 안 드세요. 좋아요, 그렇담 저 말고 삼촌을 봐서라도 그렇게 해주세요. 저 사람 너무 불쌍하잖아요. 세상 즐길 것 못 즐겨보고 그나마 유일한 행복이던 하나뿐인 조카에게 베푼 진심어린 사랑조차거부되고 무시당하던 순수한 저 사람이 불쌍하잖아요. 저토록 착한 사람이 어딨어요. 착한사람 복 받는다면서요. 이런 게 어딨어요. 하나님이 거짓말 하지말라고 하면서 정작 거짓말하시면 안 되는 거잖아요. 살려주세요. 우리 삼촌.. 너무나 착한 우리 삼촌 제발 살려주세요. 제발요…"

분명 진심을 담아 기도를 했다. 한데, 끝끝내 응답은 들리지 않았다. 삼촌의 얼굴이 점점 창백해져 갔다. 걸고 있던 새끼손가락을 다시한번 힘주어 쥔 삼촌이 마지막 인사를 건네듯 나를 보고 평온한 미소를 지었다. 마지막까지 나를 향한 배려를 잊지 않는 삼촌의 모습에 저며 오는 가슴이 울었다. 더 이상 볼 수 없단 슬픔에 삼촌의 얼굴을 머릿속에 또렷이 새겼다. 눈이 새겨지고, 코가 새겨지고 입이 새겨지는 사이 마주한 삼촌의 얼굴이 점점 흐릿해져 갔다. 차마 입을 뗄 수가 없었다. 가지 말란 말을 하고 싶었지만 더 이상 그럴 수가 없었다. 삼촌이 바라는 게 아닐 테니까... 새끼손가락 걸고 약속했으니까... 태어나 처음으로 삼촌의 말을 들었다. 근데 어쩐 일인지 하염없이 눈물이 났다. 착하게 말을 잘 들었는데도 눈물이 났다. 마지막 힘을 다한 삼촌이 나의 발을 움켜잡고 힘껏 위로 밀었다. 끝까지 미소를 잃지 않은 삼촌이 멀어져 가는 나를 바라보며 손을 흔들었다. 언제나 그 자리 그곳에서 영원할 것만 같은 손짓이 마지막 내저음을 이어갔다. 흘러내리는 눈물을 훔치며 미소와 함께 손을 흔들어 화답했다. 이젠 다시 볼 수 없는 백만 불짜리 미소를 향해 작별의 손을 흔들었다. 더 이상 받아줄 수 없는 철없는 어리광을 받아준 고마움에 손을 흔들었다. 무엇보다 세상 가장 철부지 나, 오은서의 삼촌이 되어준데 대한 감사의 손을 흔들었다. 그렇게 점점 멀어져가는 삼촌을 향해.. 더 이상 보이지 않을 때까지 하염없이 손을 흔들었다.

- 안녕, 삼촌... 그 동안 너무 너무 고마웠어. 매일 소리밖에 지르지 않는 조카 성질 다 받아줘서 고맙구, 필요 할 때 이용만 한 조카 부탁 다 들어줘서 고맙구, 단 한 번도 사랑으로 대하지 않은 철없는 조카 변함없이 사랑해줘서 고맙구, 언제나 그 자리 그대로 있어줘서 너무너무 고마워.
고맙구 또 고마워.. 세상 그 누구보다 불행하다 여겼던 나를 그 누구보다 행운아로 만들어줘서 고마워. 그리고 미안해.. 삼촌이 있어 얼마나 행복한지 몰라서 미안하구, 나보다 더 날 사랑해주는 삼촌의 사랑을 몰라서 미안하구, 날 지켜주겠다던 삼촌의 말 믿지 않아서 미안하구, 무엇 보다... 삼촌을 창피해 한 거

진짜 진짜 미안해. 그리고 뒤늦게 이 말 전하는 거 너무 너무 미안해... 삼촌,
사랑해! 앞으로도 영원히 삼촌 사랑 간직하고 살게.

잘 가, 삼촌...

10

에필로그

"쯧쯧쯧… 운명이야! 누군가를 위해 희생 할 운명을 타고났어."

"그라믄 우째야 합니꺼?"

"버려, 이름도 버리고 흔적도 버리고 다 버리고 숨어 살아!"

이 말 한마디가 삼촌의 비밀을 만들어 냈다. 현대 의술로는 힘들다는 진단에

도 미련의 끈을 놓지 못한 할매가 어떻게든 삼촌을 고쳐보려 전국 곳곳 용하다

는 한의사며 무당들을 찾아다녔다고 한다. 그러다 우연히 한 무당으로부터 삼촌의 운명에 대해 듣게 되었고 그때부터 삼촌의 존재를 숨겼다. 무당이 일러주는 대로 이사는 물론이고, 이름도 바꿔 불렀다. 그도 모자라 법이 바뀌자마자 정식으로 개명까지 해가며 철저히 삼촌을 숨겼던 것이다. 하지만, 그토록 세찬 발버둥에도 불구하고 타고난 운명만은 바꿀 수가 없었다. 사연을 듣고 나니 내가 삼촌의 과거를 알게 된 게 결코 우연히 아니었단 생각이 들었다. 그리고 삼촌은 약속을 지켰다. 엄마가 돌아올 때까지 나를 지키겠다는 그 약속을 삼촌은 지켰다. 삼촌을 봉안하기 위해 아빠가 봉안돼 있는 용안사 납골당을 찾았을 때였다. 우연히 납골당을 나오는 한 비구니와 마주쳤다. 나의 굳은 표정만큼이나 마주 선 비구니 역시 굳은 표정으로 나를 바라 봤다. 엄마였다. 아무리 세월이 흐르고 길었던 머리가 민머리로 변했어도 나와 닮은 긴 속눈썹이, 유독 도드라진 오똑한 콧날이 굳이 말을 안 해도 엄마임을 알려줬다. 나를 할매에게 안긴 후 엄마는 곧바로 이곳으로 와 비구니가 되었다. 도저히 아빠의 곁을 떠날 수가 없었다고 한다. 그리고 가까이 있으면서도 나를 찾지 않은 배후엔 할매의 반대가 자리하고 있었다. 할매는 여전히 엄마가 아빠의 인생을 망쳐놨다고 생각하고 있었다. 할매의 일관성 있는 고집인 눈에 흙이 들어가기 전까지는 그 맘이 절대 변치 않을 것이다. 오죽하면 엄마와 마주치기 싫다는 이유로 돌연 불교에서 기독교로 개종까지 했을까. 아울러 할매의 세련된 생일선물의 실체도 드러났다. 모두 엄마가 교회 목사님을 통해 건넨 것이었다.

나는 지금 남해 여고에 다닌다. 결국, 삼촌에게 코꼈다. 차마 삼촌을 떠날 수가 없었다. 승희언니는 언제나처럼 나를 챙겨 주었다. 몰랐던 사실인데 언니는 알고 보니 학교 짱이었다. 공부만 잘하는 게 아니라 주먹도 잘 썼다. 첨엔 믿지 않앉지만 전학생 하나가 언니에게 도전 했다 주먹도 뻗기 전에 언니의 돌려차기에 쌍코피를 터트리며 나가떨어지는 걸 목격한 후 얼른 의심을 접어 삼켰다. 다행히 언니는 문제아들 외에는 특별히 주먹을 쓰지 않는 정의로운 짱이었다. 3년 내내 단짝으로 지내던 미향이는 부산에 있는 체고에 입학했다. 비록 몸은 멀어졌지만 쉬는 시간마다 걸려오는 전화에 늘상 곁에 있는 것처럼 느껴졌다. 그새 미용사의 꿈을 접은 정화는 아빠의 가업을 이어받겠다며 남해에 남았다. 그리고 언제나처럼 나의 곁에서 있는 체, 잘난 체로 속을 긁어 놓는다. 그럴 때마다 눈치 빠르게 정화의 말을 잘라주던 미향이가 그리웠다. 아무리 통화를 자주한다 해도 어찌됐던 덩치만큼이나 미향이가 떠난 자리는 너무도 컸다.

 학교를 마치고 나면 난 매일 삼촌을 찾는다. 늘 삼촌이 날 찾았던 것처럼... 그 덕에 납골당에 들릴 때 마다 엄마를 만난다. 이유야 어찌됐던 아직 원망이 다 가라앉은 건 아니라 어색함이 많지만 그래도 시간이 가면 점점 나아지리라 믿는다. 아참, 삼촌은 남해의 유명인사가 되었다. 바로 삼촌 이름의 축구장이 생겼기 때문이다.

 '오형식 구장'

삼촌의 사망보험금으로 지어진 축구장이다. 아니, 엄격히 말하면 '오형식,오은서 구장' 이 되어야 맞다. 이유인 즉, 예산에 맞춰 공사를 진행하다 공사 막바지에 물난리가 나는 바람에 추가 비용이 들게 됐다. 한데, ㄱ 추가 비용이 히필 딱, 정확히, 더도 덜도 아닌 오천만원이었다. 왠지 나의 도피를 막으려는 삼촌의 계략인 것 같았다. 결국, 나의 도피 자금이 투입됐다. 돈을 건네며 관리자에게 조건을 내걸었다. 장애자와 비장애자 모두 차별 없이 축구장을 이용하게 해달라고.

단, 오직 한 사람만 빼고! 바로.. 상목오빠!

단, 오직 한 사람만 빼고! 바로.. 상목오빠!

작가의 말

　어느 순간부터 마음에 깔때기가 생기기 시작했다.

진심으로 전하는 누군가의 말도 일단은 한 번의 의심을 안고 바라봤다.

살아오며 누군가에 의해 상처 받으며 생긴 경계심이리라... 나이를 먹어가며
그 의심의 깔때기는 점점 늘어갔다. 한편으로, 나 또한 누군가에게 그리 비춰
지고 있단 생각에 덜컥 겁이 났다. 진심이 통하지 않는 세상... 슬펐다. 그리
고 거기에 일조한 나의 죄를 덜기 위해 무언가를 해야겠단 의무감이 들었다.
내가 할 수 있는 일중 가장 널리 따뜻함과 진심에 대해 전할 수 있는 일이 무
엇일까? 선택은 이미 정해져 있었다. 자연스레 글을 쓰기 시작했다.

봉구는 순수한 시절의 나다, 그리고 다시금 변모해야 할 앞으로의 나이기도 하다. 봉구에게 마음의 깔때기는 존재하지 않는다. 눈으로 본 것을 믿고 귀로들은 것을 의심치 않으며 약속한 것은 바라는 것 없이 지킨다. 생존을 위한 경쟁의 시대를 살아가야하는 인간으로서 결코 그리 살아 갈 수는 없을 것이다. 나 또한 이미 맛본 개인적 성취에 대한 달콤함을 알기에 봉구처럼 모든 걸 내려놓을 수는 없다. 단지, 조금씩 삶에 지장을 받지 않을 정도의 이해와 믿음에서부터 차츰 늘려 가려 한다. 그리고 나의 시작이 내 주변 누군가에게 전해지고 전해져 좀 더 따뜻함을 느낄 수 있는 세상이 되길 바래본다.

그것이 앞으로 세상을 살아갈 미래의 아이들에게 전해 줄 수 있는 가장 값진 유산이리라.

마지막으로, 본 소설의 생동감을 위해 흔쾌히 초상권을 허락해준 나의 동생 상목이, 그리고 누나 이유진, 97세의 고령에도 불구하고 여전히 소녀 같은 해맑은 미소를 간직하고 계신 나의 사랑하는 할매와 더불어 '봉구 삼촌'을 세상에 출산 시켜준 도모북스 손우리 대표님, 보다 많은 감동을 전하기 위한 영화 제작을 결정해 준 CMG초록별 김태연 대표님, 최융환 본부장님, 이배훈 피디에게 감사의 인사를 전한다.

그리고 무엇보다 나에게 가장 큰 영감을 준 하나뿐인 조카 은서가 세상을 살아가며 마음의 깔때기를 채우지 않고 순수함과 진실됨으로 살아가길 바라며 이 책을 바친다.

초판1쇄 인쇄 2012년 5월 25일
초판1쇄 발행 2012년 5월 30일

지은이 이상훈
발행인 손우리

편집.디자인 나인본

마케팅 손정욱, 안재임, 김미경, 이혜인

펴낸곳 도모북스
주소 서울 서대문구 창천동 90-43 3층
주문전화 02 324 8220
팩스 02 3141 4934
이메일 domobooks@naver.com
홈페이지 www.domobooks.co.kr
출판등록 2012년 12월 8일 제 312-2010-000055호

ISBN 978-89-965632-7-3-03810